LA ROSE BLANCHE

CAROLINE VON KROCKOW

LA ROSE BLANCHE

Traduit de l'anglais
par Ève Vila

EDITIONS PRISMA

Titre de l'édition originale :
The White Rose

Responsable éditoriale : Ambre Rouvière
Assistante éditoriale : Adèle Jacquet
Correction : Nord Compo Multimédia
Composition : Nord Compo Multimédia
Conception graphique de la couverture : Nord Compo Multimédia
Illustration de couverture : © Thibault Saint-Germain

ISBN : 978-2-8104-2896-0

PEFC
10-31-1601
Promouvoir la gestion durable de la forêt
pefc-france.org

Depuis 2009, Prisma Media met en place une politique d'achat éco-responsable. Ainsi, près de 100 % du papier de nos magazines est certifié PEFC (gestion durable des forêts). La fabrication des livres des Éditions Prisma s'inscrit également dans cette démarche.

Pour Mima

« Nora : Qu'appelles-tu mes devoirs les plus sacrés ?

Helmer : Tu as besoin que je te le dise ? Est-ce que ce ne sont pas tes devoirs envers ton mari et tes enfants ?

Nora : J'en ai d'autres non moins sacrés.

Helmer : Tu n'en as pas. Quels sont ces devoirs ?

Nora : Mes devoirs envers moi-même.

Helmer : Avant tout tu es épouse et mère.

Nora : Je n'y crois plus. Je crois que je suis avant tout un être humain, avec les mêmes droits que toi, ou que du moins je dois tâcher de l'être. Je sais que la majorité des hommes te donnera raison et que ces idées sont imprimées dans les livres, mais maintenant je ne puis penser à ce que disent les hommes et à ce qu'ils impriment dans les livres. Je ne sais rien, mais je vais tout tirer de moi-même. Il faut que je forme moi-même mes idées là-dessus, et que j'essaye de m'en rendre compte. »

Henrick Ibsen, *Une maison de poupée*

1

Le palais Weissenberg

« Oh, comme je suis fatigué de lutter ! »
Johann Wolfgang von Goethe
(1749-1832)

Je me tenais devant le palais Weissenberg, tellement austère en cette froide journée de janvier. À sa vue, d'affreux souvenirs d'enfance ressurgirent. Je rongeai mon vernis noir déjà tout écaillé en contemplant le portail surmonté d'une gargouille, un serpent ailé. *Cette entrée évoque plutôt le château d'un ogre.* Mon dos fut parcouru de frissons. Le vent me fouetta le visage. L'endroit me fichait toujours la trouille. Cela faisait trois ans que je n'y avais pas remis les pieds, et encore, mon séjour alors s'était résumé à une seule journée. Mon doigt tremblant et gelé hésita au-dessus de la sonnette. Je ne pouvais me résoudre à appuyer. Enfin, au prix d'un immense effort, je pressai le petit disque en bronze. Un domestique que je ne connaissais pas ouvrit la haute porte en bois.

– Qui dois-je annoncer ? demanda-t-il.

– Je viens voir mon père.

– Et vous êtes ? s'enquit-il avec indifférence.

– Vivian.

– Bien, répondit-il, avant de me faire traverser un vestibule où s'alignaient bustes en marbre et peintures, et de me conduire à un salon.

Je jetai un regard à la vaste pièce débordant d'antiquités : le dernier endroit où j'avais vu ma mère, Greta, en vie.

Le type chauve désigna d'un geste le canapé en velours à l'autre bout de la pièce. Alors que je passai devant le miroir orné de dorures, je regrettai de ne pas avoir pris le temps de laver mes cheveux bruns qui pendaient mollement, ni d'enfiler une autre tenue que ma veste en cuir élimée et mon jean déchiré. Le punk cadrait bien avec Londres, mais pas avec Vienne. Mon père, Markus, m'avait convoquée en urgence. Et aux rares occasions où il faisait cas de mon existence, je me sentais toujours obligée de lui répondre. J'avais décollé cet après-midi-là, certaine de ne pas manquer à la rédactrice en chef du magazine d'art où je travaillais, et espérant que la demande de Markus ait un rapport quelconque avec l'argent. Il me faisait cruellement défaut. Je craignais que mes espérances ne soient déçues, les gens ne changent pas et mon père était le pire de tous les hommes.

Je traversai le salon, découragée, et pris place sur une méridienne dorée. Je me retrouvai à mon point de départ. Mes yeux repérèrent ensuite l'armoire à liqueurs à côté des portes en acajou. À présent, un tableau représentant un jeune homme aux boucles délicates ornait l'une des portes. Il paraissait avoir de la valeur. À la fin de leurs dîners mondains, mes parents venaient souvent dans cette pièce, verrouillaient les portes et la soirée se prolongeait en prenant une autre tournure. De mon lit, j'entendais la voix enjouée de ma mère réprimandant Markus parce qu'il jugeait trop sévèrement un certain comte. La joie de ma mère résonne toujours aussi nettement à mes oreilles, et les opinions de mon père continuent de me déconcerter. Combien de temps allait-il me faire attendre aujourd'hui ? Avais-je déjà eu envie de le voir ? Je réfléchissais à ce que j'allais dire. En fait, j'avais tout écrit dans mon carnet en cuir orange durant le trajet en avion. Je ne serais pas prise au dépourvu cette fois. J'avais envie de relire mes notes, mais mes mains tremblaient tellement que je n'arrivais pas à ouvrir la fermeture Éclair de mon journal intime. Il fallait que je me calme. Me servir un remontant était un geste audacieux. Qu'en penserait Markus ?

J'ouvris quand même l'armoire à liqueurs et me versai un verre de brandy. En retournant m'asseoir, je levai les yeux vers *La Rose blanche* : le portrait d'une brune aux yeux tristes vêtue d'une robe de satin bleu clair, ornée de rubans en velours. Je me concentrai sur la silhouette souple de la femme et sur la manière dont le corsage et son décolleté mettaient en valeur sa poitrine généreuse. Elle était assise sur une terrasse, une ombrelle en dentelle à la main, son petit garçon sur les genoux, et une gerbe de roses blanches était posée sur la table, devant eux. Même après avoir étudié l'art pendant des années, je considérais toujours cette toile comme la plus magnifique de toutes. Peut-être étaient-ce les empâtements, les jeux de lumière sur les fleurs, l'air perplexe de la femme, la lueur espiègle dans le regard de son fils, je ne savais pas. Peut-être tout simplement parce que la femme sur la peinture, Marie Anne – princesse de Lacquise – était mon arrière-grand-mère, qui autrefois avait aussi résidé dans ce palais glacial.

Depuis ma plus tendre enfance, je nourrissais une véritable obsession pour ce tableau. En grandissant et en approfondissant mes connaissances sur les origines de l'œuvre, qui datait de 1895, mon obsession n'avait fait que grandir. La peinture était de Maurice Danet, et je trouvais cela fascinant. Pour moi, cet impressionniste partageait quelques points communs avec Van Gogh, y compris le fait que son talent n'ait pas été reconnu de son vivant. Contrairement à Van Gogh, Danet demeurait injustement méconnu. J'espérais y remédier – et dans ce but, je l'avais choisi comme sujet de thèse, au Courtauld Institute. Tout autant que l'injonction de mon père, cette peinture motivait mon retour : afin de me délecter à nouveau de sa vue. J'avalai une autre gorgée de brandy, en imaginant le jour où le portrait de Marie Anne serait accroché chez moi. J'espérai aussi découvrir encore d'autres informations sur la grand-mère de ma mère et son histoire d'amour avec Danet.

Je connaissais déjà quelques faits historiques : Marie Anne était née à Vienne, fille de la comtesse Viktoria et du comte Maximilian von Baumgartner. Sa mère avait des origines modestes et son nom de jeune fille était Viktoria Schneider. Elle était chanteuse d'opéra et dotée d'une sacrée voix. Son père était un aristocrate, issu d'une lignée très ancienne. Banquier renommé, il possédait et dirigeait la banque familiale. Pour nombre de personnes, il représentait le célibataire le plus en vue de l'époque. Le couple se maria le 1er juillet 1870 à Vienne et mit au monde des jumeaux : Peter et Marie Anne. Peter mourut jeune et Marie Anne vécut avec ses parents à Vienne jusqu'à ce que son prince Thomas ne l'entraîne à Paris. Cependant, il se révéla rapidement sous un nouveau jour et entretint de nombreuses aventures. Par ailleurs, il n'avait de cesse de voyager et abandonnait

Marie Anne toute seule dans une ville qu'elle connaissait à peine. Marie Anne tomba amoureuse d'un artiste sans le sou, Maurice Danet. Auprès de lui, elle éleva même un fils illégitime né d'une précédente relation et elle s'efforça de tracer son propre chemin dans le monde. Radicale pour son époque, elle rejeta la morale de l'élite européenne de la fin du XIXe siècle et divorça de son époux pour se marier avec Maurice Danet. Ensemble ils eurent une fille : Francesca Danet.

J'examinai le salon où je me trouvais : la cheminée, les murs de pierre, les peintures achetées par ma mère, et je m'efforçai d'imaginer à quoi la vie de Marie Anne avait bien pu ressembler. Ma mère m'avait raconté de nombreuses anecdotes, certaines tristes, d'autres émouvantes, mais toutes partageaient un point commun. Pour une femme qui vivait sous l'ère victorienne, elle ne manquait pas d'audace. J'aurais aimé lui ressembler. Marie Anne avait manifestement une grande force intérieure – ce dont, à mes yeux, je manquais cruellement.

Une heure s'était écoulée, et Markus n'avait donné aucun signe de vie. Une partie de moi rêvait de regagner ma chambre à l'étage ou de quitter la maison. Des murmures et des bruits d'assiettes que l'on débarrassait me parvenaient de la salle à manger, par-delà les lourdes portes en acajou. Mon estomac se serra et des crampes m'assaillirent. La seule voix de Markus me donnait la nausée. Je contemplai le salon et me remémorai une nuit inoubliable, celle du 31 août 1963, la nuit où ma mère mourut. Je me servis un autre verre de brandy et avalai un médicament, mais il resta sans effet sur la douleur. Pas un seul jour sans qu'elle me manquât.

Un an après ses obsèques, alors âgée de six ans, je fus expédiée – contre ma volonté – dans un pensionnat britannique. À mon arrivée à Badlington, on me montra ma chambre. Ma colocataire était assise près de l'unique fenêtre de la chambre, et contemplait les motifs que les gouttes de pluie dessinaient sur la vitre, tout en tirant sur ses longs cheveux bruns et en mangeant du chocolat.

– Tu en veux ? demanda-t-elle.

Je fis non de la tête. La fille m'effrayait. Engoncée dans ses vêtements, elle était manifestement en surpoids.

– Ça t'arrive de manger ?

– Comment tu t'appelles ? demandai-je.

– Annabelle, répondit-elle. Toujours pas de chocolat ?

Je pris un carré, mais j'eus du mal à l'avaler tant ma bouche était sèche. Je n'ai jamais aimé le chocolat noir et, aujourd'hui encore, je préfère celui au lait ou le praliné. Annabelle m'adressa à peine la parole durant les premières semaines, et ce, malgré mes efforts répétés pour me montrer amicale. J'appris par les autres que ses parents avaient divorcé et qu'ils vivaient au Canada. À Badlington, les adolescents fumaient tous et le whisky était la boisson de prédilection. Au bar du coin, connu sous le nom de *La Ferme*, j'avais tout juste neuf ans quand Annabelle me tendit mon premier whisky avec ma première cigarette. Au début, j'ai toussé et je n'ai pas aimé le goût agressif de ce breuvage trop fort. Mais par la suite, boire et fumer devinrent des habitudes auxquelles je demeurais fidèle. Durant mes années à Badlington, Markus ne me témoigna que peu d'intérêt. Les vacances et tous les étés, je les passais avec sa jeune sœur, Margot, à Londres.

Ce fut tante Margot qui assista à ma remise de diplôme en 1975.

– Qu'est-ce que tu veux étudier ? me questionna Margot lors de notre dîner de fête au restaurant *The Ivy* à Londres.

Je me laissai tenter par leur spécialité : le soufflé au chocolat. Je contemplais fixement le comptoir central qui scintillait et les vitraux en losanges.

– L'art, Margot, j'adore l'art.

– Alors il n'y a que le Courtauld Institute.

Margot m'aida à remplir ma demande d'inscription et à organiser mon déménagement à la résidence universitaire, sur King's Road. Deux fois par semaine, j'allais dîner chez elle, dans une des Mews[1] de Chelsea. Margot était l'exact opposé de Markus : naturelle, chaleureuse, aimante. Dans la cinquantaine, elle avait une chevelure brune striée de gris, des yeux vifs d'un beau vert, et des formes généreuses. Elle faisait preuve d'une énergie illimitée et suivait à la fois les informations et le marché de l'art avec passion. Elle n'avait pas d'enfants et ne s'était jamais mariée, à l'inverse de mon père. Je m'efforçais sans cesse de leur trouver des ressemblances, sans jamais y parvenir.

Quand j'avais quitté la maison pour rejoindre le pensionnat en Angleterre, mon père s'était déjà remarié à une blonde aux jambes interminables prénommée Kirsten. À l'âge de quatorze ans, je fus invitée à rentrer à Vienne pour Noël.

– Bienvenue à la maison grande sœur, déclara une blondinette, lorsque j'ouvris la haute porte en bois.

---

1. Rues pavées adjacentes aux beaux quartiers, dans lesquelles logeaient autrefois les domestiques.

– Grande sœur ? répétai-je en laissant tomber mon sac sur le perron.

Je faillis m'évanouir. Une partie de moi eut envie de filer une beigne à cette fillette que je n'avais jamais vue de ma vie.

– Eh oui, frangine, je m'appelle Sophie, répliqua la fille, en souriant de toutes ses dents.

– Vraiment ? rétorquai-je.

Je découvris alors que mon père ne se contentait pas de batifoler avec d'autres femmes : ses voyages réguliers à New York étaient en réalité un prétexte pour passer du temps avec son autre famille. *Pas étonnant que j'aie toujours vu maman en pleurs. Était-elle au courant ?*

***

Aujourd'hui, assise dans ce salon, j'attendais Markus. Je resserrai mon blouson d'aviateur autour de ma taille et frissonnai. Qu'y avait-il de si urgent pour que Markus me fasse venir en quatrième vitesse ?

Je remplis mon verre à ras bord et jetai un coup d'œil à l'heure. À cet instant, les deux grands battants de la porte s'ouvrirent enfin.

– Tu es là ? s'étonna-t-il. Pourquoi tu ne nous as pas rejoints ? dit-il en guise de bonjour.

Markus s'approcha et déposa un baiser sur ma joue. Je reculai d'un pas. Il sentait l'ail.

– Un nouveau style ? s'enquit-il en examinant mon vernis à ongles.

– Je croyais que ton majordome t'avait prévenu.

– James ? Tu ne te souviens pas de lui ? Il est avec nous depuis cinq ans maintenant. Je vois que tu as trouvé le brandy.

À cinquante-cinq ans, ses cheveux avaient blanchi et s'étaient raréfiés, il avait pris de la brioche et son teint était devenu cireux. Comme à son habitude, il était vêtu d'un costume et son regard bleu acier demeurait glaçant.

Face à son regard perçant, je n'aurais su dire s'il mentait ou pas. Ma belle-mère, Sybille, sa troisième épouse, une femme robuste, entra à sa suite dans la pièce. D'une main, elle remit de l'ordre dans ses cheveux blonds coupés court. À cinquante ans, elle faisait plus jeune que son âge, et comme toujours, ce soir-là, elle ruisselait de diamants.

– Comment s'est passé ton vol, chérie ? demanda-t-elle en m'embrassant d'un air faux et en m'enveloppant de son parfum entêtant. Tu dois mourir de faim…

– Non, répondis-je, même si j'étais affamée.

Je n'avais pas mangé de toute la journée et il était vingt-trois heures. L'alcool m'avait furieusement donné envie d'une pizza.

– Une boisson convenable alors. Chéri, peux-tu nous servir des bulles, s'il te plaît ?

– Mais certainement. Cette robe met vraiment ta beauté en valeur.

– Flatteur.

Markus nous tendit un verre de champagne et nous trinquâmes.

– Alors comment est Londres en ce moment, avec toutes ces grèves ? J'ai lu que le pays était paralysé, déclara Sybille.

– Ça se passe bien, répondis-je.

En fait, il y avait eu d'horribles manifestations et les ordures s'amoncelaient partout dans les rues, ce qui faisait ressembler la ville à une poubelle géante. L'opposition, Margaret Thatcher en tête, attaquait le gouvernement travailliste pour avoir refusé de déclarer l'état d'urgence, mais Sybille pouvait bien se renseigner toute seule.

– Et Vienne alors ? demandai-je, en les regardant tous les deux, un sourire forcé aux lèvres.

– Vivi, s'il te plaît, assieds-toi.

Markus prit lui-même un siège.

– Nous avons l'intention de mettre le palais sur le marché.

Je ne sais pour quelle raison exacte, l'émotion réprimée, le choc peut-être, mais d'un seul coup, je lâchai mon verre et les éclats de cristal furent projetés dans toutes les directions. Mon cœur se mit à battre la chamade, je me levai, reculai de quelques pas vers la porte principale.

– Vivian, fais attention ! Mais qu'est-ce qui cloche chez toi ? demanda-t-il en me saisissant le bras.

Je me libérai de sa poigne et le regardai, mais en évitant ses yeux.

Il poursuivit :

– Il faut que tu emportes tes affaires. Je suppose que tu auras fini de tout remballer d'ici demain.

– Mais pourquoi ?

– Chérie, intervint Sybille.

– Tu as des problèmes d'argent ? demandai-je.

– Non, et ce ne sont pas tes affaires, de toute façon.

Le ton de Markus était sans appel.

– Mais… et les tableaux ? *La Rose blanche* ? bégayai-je.

– S'il te plaît, remballe tes affaires.

James entra et nettoya les débris de verre, en me lançant un regard dédaigneux.

– Pourquoi vends-tu le palais ? répétai-je.

– Nous avons déniché un appartement si romantique, répondit Sybille, en serrant Markus dans ses bras. Cet endroit est beaucoup trop grand pour nous, expliqua-t-elle à grand renfort de gestes théâtraux. Laissons Vivi se détendre, mon chéri, nous devrions y aller maintenant.

– Nous serons de retour dans deux ou trois heures, lâcha Markus en enfilant son manteau.

– Nous allons danser, chéri. Je veux absolument exhiber cette nouvelle robe de chez Dior, lança-t-elle avec un gloussement d'adolescente.

Quelle garce, pensai-je, lorsque la porte se referma. Qu'est-ce que Markus pouvait bien trouver à cette femme et comment était-ce possible ? Je serrai les poings et m'écroulai devant *La Rose blanche*. Mon père était radin, mais riche, assis sur des millions. Il dirigeait l'une des agences de pub les plus réputées au monde, attirant une clientèle internationale. La folie dépensière de Sybille devait avoir eu raison de son pactole. Je contemplai *La Rose blanche* et redoutai de ne jamais revoir ce portrait. Je me resservis un verre, incapable de refouler mes larmes.

Je montai l'escalier d'un pas lourd. Tout cet alcool dans un ventre vide m'avait fait tourner la tête. C'est à peine si je pus me traîner jusqu'à ma chambre. Une immense chaise noire bloquait la porte. Le reste de la pièce était rempli de cartons vides ; tous les placards débordaient, les portes grandes ouvertes. Je me dirigeai vers l'étagère à moitié débarrassée et balançai les livres restants dans une boîte brune. Je me fis toute petite pour éviter les vestiges, grimpai dans mon lit, roulai sur le dos et rivai mon regard au plafond. Tout à coup, je l'aperçus, ce signe de complet abandon. *Il y a une énorme toile d'araignée*, pensai-je dégoûtée, *deux même*. Après un bref décompte, sans même me lever, je totalisai six toiles, certaines abritant de minuscules arachnides, et d'autres de plus gros. Je regardai sous ma couverture, qui soit dit en passant sentait très mauvais. Après m'être assurée de l'absence de tout insecte dans mon lit, je tirai la couverture sous mon cou et me remis à pleurer. Markus, qui recevait tous ses invités comme des rois, n'avait même pas eu la décence de faire nettoyer ma chambre. Encore une autre claque en plein visage ! Il gâtait cette idiote de Sybille, mais ne me donnait jamais assez d'argent, et puis, il me faisait peur. Je pouvais encore sentir les bleus sur ma peau, malgré les années passées.

La dernière fois que j'étais venue à Vienne, j'avais emmené mon amie Chloé pour qu'elle me protège. Markus s'était montré tout aussi froid envers moi, mais au moins ma chambre était-elle impeccable. Chloé, quant à elle, était tombée sous le charme du palais et de *La Rose blanche* – et fut également conquise par Danet.

– Pourquoi a-t-il peint ton arrière-grand-mère ? m'avait-elle demandé.

J'adorais parler de Marie Anne.

– Marie Anne et Danet étaient amants. Elle a abandonné la haute société parisienne pour vivre une existence bohème avec Maurice à Montmartre.

Je repensai au tableau, accroché au même endroit depuis le décès de Marie Anne, il y avait plus d'une centaine d'années.

– Elle a vécu ici ? m'avait questionnée Chloé.

Je hochai la tête et avouai ne connaître que certains des aspects les plus tristement célèbres de sa vie. Ma mère n'était pas au courant de tous les détails non plus, car Marie Anne était décédée avant sa naissance. Je tus ce que ma mère m'avait raconté : à savoir que le fils de Marie Anne était né hors mariage.

Cette nuit-là, je m'endormis en songeant à Marie Anne et au tableau – ma mère m'avait promis qu'un jour il me reviendrait. Je me demandai s'il serait déplacé d'en parler à Markus dès maintenant, mais je décidai de ne pas tirer sur la corde. Il s'était révélé encore plus froid et hostile que la dernière fois. Même si je n'étais liée au palais que par des sentiments teintés de tristesse, cela me rendait furieuse que Markus envisage de vendre l'endroit que ma mère avait racheté et pour lequel elle s'était tellement battue. En la mémoire de sa propre mère, Francesca Danet, maman avait racheté la toile, de sorte que le bâtiment qui avait été jadis le foyer de Marie Anne abrite à nouveau *La Rose blanche*.

Le matin suivant, lorsque j'approchai Markus, il dissimulait son visage derrière le journal.

– Tu as tout empaqueté ? demanda-t-il. Ne t'inquiète pas, je paierai les frais de transport.

– Markus, commençai-je, à propos de frais…

Il referma le journal d'un coup sec.

– Ta sœur, Sophie, ne me demande jamais d'argent.

– C'est ma demi-sœur et elle n'en a pas besoin, Kirsten subvient à ses besoins.

– Elle travaille pour Kirsten à New York, rectifia-t-il. Et peut-être serait-il temps que tu te trouves un emploi. Que dirais-tu d'une galerie toi aussi ? Quel est l'intérêt de fréquenter l'université pour obtenir un diplôme en art ?

Sophie n'a nul besoin de diplôme et elle travaille pour l'une des galeries les plus réputées de Manhattan.

Sa mère lui a filé le job, pensai-je.

– J'étudie pour devenir conservatrice, dis-je.

– Oh, le marché est en pleine expansion, ironisa-t-il.

– C'est la seule chose que j'aie envie de faire. Et en plus, je bosse déjà… dans un journal dédié à l'art.

– Je voulais parler d'un vrai boulot. Que dirais-tu de travailler pour Margaret Thatcher ? Voilà une femme forte.

Markus se leva. Quelques minutes plus tard, j'entendis claquer la lourde porte d'entrée.

Devant Markus, j'avais maîtrisé mes émotions, mais je ne pouvais me contenir plus longtemps. J'empoignai mon assiette vide et la balançai contre le mur. Puis, je jetai cinq vases par terre avant de me mettre à hurler. Les éclats blancs volaient en tous sens. Je sentis une main saisir mon bras droit. Le domestique déclara qu'il allait appeler la police.

– C'est une menace ou une promesse ? demandai-je.

Furieuse, je grimpai les marches en courant. Une fois que j'eus regagné ma chambre, je claquai la porte et lançai mes affaires à l'aveuglette dans des cartons. J'inscrivis l'adresse de Margot à Londres et pris un vol retour l'après-midi même. Je jurai de ne plus jamais reparler à mon père. Ce ne fut que lorsque les colis arrivèrent, trois semaines plus tard, que je découvris leur contenu. Margot les avait empilés dans son séjour. Après avoir savouré un poisson qu'elle avait acheté le jour même au marché et l'une de ses spécialités, la tarte crumble aux pommes, je m'approchai des cartons, un couteau à la main.

Du premier colis, je sortis mon vieil âne en peluche, Ollie, avec son unique oreille déchirée – le seul cadeau jamais reçu de la part de mon père ; *Heidi*, le livre que ma mère me lisait, *Mr Fox* jauni et abîmé par les années ; et une Barbie disco aux cheveux roses.

Les deuxième et troisième cartons contenaient des objets de moindre importance, dont un ouvrage sur les chiens.

– Je ne possède aucun objet de valeur, déclarai-je, en me remémorant notre labrador noir, Max. Quand j'étais toute petite, je mangeais souvent dans la gamelle de Max posée dans la cuisine, et Markus m'encourageait en me disant : « La vie est dure. Tu devras commencer au bas de l'échelle. »

– Oh, jette un œil à ça, déclara Margot, en balayant une mèche de cheveux rebelle de son visage.

– Qu'est-ce que c'est ?

Je soulevai un livre noir, pourvu d'une reliure en cuir. Je ne me rappelais absolument pas l'avoir emballé – il devait avoir été balancé dans le premier carton, avec les affaires rangées avant mon arrivée.

Margot l'ouvrit ; il sentait le renfermé.

– C'est daté du 10 décembre 1887. Oh mon Dieu ! C'est le journal de Marie Anne.

2

10 décembre 1887

Aujourd'hui, ma mère m'a fait interner ici, en dépit de mes pleurs et mes cris. Elle a feint de pleurer devant mon père, une scène dont j'ai été le témoin trop souvent. Puis, ils sont repartis au palais Weissenberg, certainement pour savourer champagne et caviar.

Mon unique consolation est qu'ils n'ont pas emporté mon journal avec eux, celui que ma chère cousine Charlotte m'a donné. Ils ont pris tout le reste. J'écris en anglais, comme ça personne ici ne sera capable de le lire, si d'aventure quelqu'un venait à le découvrir.

Je dors dans une chambre au mobilier spartiate avec six autres femmes. Il y a des barreaux aux fenêtres, mais elles donnent sur un charmant jardin. Quand l'infirmière de nuit est venue, elle nous a donné des médicaments qui, selon elle, calment les nerfs. Puis, elle a refermé la porte à clé. Je n'ai pas encore vu de médecin.

11 décembre 1887

Petit garçon triste. Je me suis éveillée en sueur, gavée de médicaments, un martèlement dans ma tête et ce bruit de goutte-à-goutte dans les oreilles. Je pouvais à peine ouvrir les yeux. Mon frère est toujours debout près du lavabo. Je vois son ombre.

« Ne touche pas à mes serviettes », dit-il à la lune orange.

« Peter, tes mains sont propres », je murmure. Je veux crier, hurler, mais je suis trop faible. Tu ne vois pas que tes doigts saignent ? je lui demande, mais il ne répond jamais.

Mon frère jumeau avait l'habitude de se laver les mains tout le temps. Il le faisait pour faire partir les coups de règle donnés par ma mère, plusieurs fois par jour. Il s'est noyé quand il avait cinq ans. Je le vois encore se pencher dans le bateau, tomber… Ma gouvernante et moi n'avons rien pu faire.

12 décembre 1887

L'endroit est horrible et la nourriture épouvantable. On sert les repas dans un grand réfectoire d'un froid glacial rempli de longues tables et de bancs. Le dîner était une mixture diluée d'une nuance rosâtre, que les patients appelaient « soupe ». Elle était servie à chaque place. Nous devions être au moins deux cents. À côté de chaque bol, il y avait une tranche de pain, coupée très fin et recouverte de lard. Je n'ai pas pu manger. Après dîner, on nous a obligés à prendre un bain. L'eau était gelée et j'ai commencé à protester. En vain. J'ai supplié que l'on fasse sortir les autres patients, mais on m'a ordonné de me taire. L'infirmière encapuchonnée de blanc s'est mise à me frotter. Elle a sorti du savon d'une petite casserole en fer et m'a frictionné tout le corps, même mon visage et mes beaux cheveux.

« On frotte, on frotte, on frotte », disait l'infirmière tout bas. Je claquais des dents, j'avais la chair de poule et mes membres étaient bleus de froid. Soudain, elle m'a déversé trois seaux d'eau sur la tête – le liquide s'est infiltré dans mes oreilles, mon nez et ma bouche. J'avais l'impression de me noyer, comme Peter.

13 décembre 1887

Aujourd'hui, c'était ma première séance. Le docteur Weller paraissait plutôt gentil. Dans son confortable bureau, il y a un canapé tout doux, couleur bordeaux, sur lequel je m'allonge, pendant qu'une horloge de parquet émet un bruyant tic-tac dans le fond. La lueur des bougies, sa voix apaisante, les lunettes qui encadrent son regard fixe et intense, ses fins cheveux gris, et ses nombreuses rides, tout cela me fait entrer en transe. Assis dans son fauteuil, il a balancé sa montre gousset avant de dire :

– Fermez les yeux, dormez.

Et je me suis assoupie.

Ai-je vu des visages sur le mur ? Ai-je entendu des voix ? Ce sont les seules questions dont je me souviens.

Une fois éveillée de ma transe, je lui ai raconté que ma mère voulait me tuer. Je lui ai révélé qu'elle était venue dans ma chambre avec un couteau, la nuit avant mon internement dans cet asile.

– Pourquoi croyez-vous que votre mère est cruelle ? demanda-t-il.

– Je ne sais pas. Peut-être devriez-vous lui demander à elle. Elle a de l'argent à ne savoir qu'en faire, et elle passe la majeure partie de son temps à faire les boutiques ou à se faire

belle, mais malheureusement, pendant le temps qu'il lui reste, elle me torture.

– C'est terminé, dit-il à l'infirmière qui patiente à l'extérieur.

Je crains qu'il ne me croie pas.

20 décembre 1887

Je ne peux pas dormir. Impossible de me reposer. Pendant la journée, dans les rues, les fiacres s'agitent en tous sens, et je suis toujours dans cette maison de fous.

J'ai la gorge sèche, elle pique, et je me sens sale et vide, et mes jambes... J'ai l'impression de ne plus avoir de sensation dans les jambes. J'ai perdu beaucoup de poids. Le lit sur lequel reposent mes os douloureux est haut et dur. L'infirmière a apporté un autre plateau avec encore plus de médicaments. Elle m'a à peine adressé un regard.

– Je n'ai pas besoin de ça, ai-je dit en balançant les pilules par terre. Je veux parler au docteur Weller.

Mon seul rendez-vous avec lui a eu lieu il y a une semaine, et mon état se dégrade depuis.

– Regardez ce petit garçon triste. Il est malade, j'ai dit à l'infirmière, mais elle ne m'a pas répondu.

21 décembre 1887

J'ai eu une autre séance avec le docteur Weller. J'ai compté les rides sur son front : dix aujourd'hui. La dernière fois, j'en ai vu douze. Son intelligence ressort dans chaque mot qu'il prononce. Il a parlé de Mozart, de romance et du pouvoir des Noces de Figaro, *puis il a mis un disque sur le gramophone et la musique s'est mise à flotter dans l'air, éraillée, mais émouvante. Il m'a dit que je suis belle, et j'ai acquiescé, et je peux m'imaginer l'embrasser.*

– Je ne suis pas folle, j'ai dit aujourd'hui, mais parfois, je préférerais rester ici plutôt que de retourner à la maison et vivre avec ma mère.

– Vous avez quinze ans maintenant. Depuis combien de temps cela dure-t-il ? S'est-elle toujours montrée hostile envers vous ? a-t-il demandé.

Je lui ai dit que, quand j'étais petite, elle ne s'intéressait pas à moi, même si elle nous frappait souvent sur les mains, Peter et moi.

– Je crois que son plus grand soulagement c'est que, pendant que je suis enfermée, elle n'a pas à payer pour moi, ai-je dit.

Je lui ai raconté qu'elle me tenait pour responsable de la noyade de Peter, même si c'était la responsabilité de ma gouvernante et non la mienne. J'ai décrit cette journée atroce sur le lac Fuschl. Il faisait beau le matin et nous sommes allés tous les trois faire une promenade en barque à la demande de Peter. La gouvernante ramait et nous contemplions les cygnes blancs glisser à la surface de l'eau. Un orage s'est levé et Peter s'est penché pardessus bord, parce qu'il voulait aider à ramer jusqu'au rivage avec ses mains. Il est tombé dans les eaux bleu sombre. J'ai essayé de sauter à sa suite, mais notre gouvernante m'a arrêtée.

– Évidemment, on ne peut pas vous tenir responsable de la mort de votre jumeau. Vous n'aviez que cinq ans, ce fut un terrible accident, dit-il en balançant sa montre gousset.

Il pose la montre et vient plus près de moi, me caresse les jambes et la poitrine.

22 décembre 1887

Je pense que je vais avoir des séances quotidiennes à partir de maintenant. Le docteur Weller a tout compris et je me sens beaucoup mieux. Il m'a demandé quels actes ma mère a faits en public ces derniers temps.

J'ai répondu qu'au bal donné par les Rosenstein, elle a raconté à notre hôtesse et à chaque invité qu'il lui serait impossible de me trouver un époux à cause de mon comportement agressif. Ce soir-là, elle s'est soûlée et elle a insisté pour que je la raccompagne à la maison. Mon père était déjà parti avec sa nouvelle maîtresse. Dans la voiture, elle m'a giflée en disant que c'était ma faute si mon père n'était pas venu avec nous. Deux jours plus tard, au beau milieu de la nuit, elle m'a brûlé le bras avec un tisonnier. J'ai montré la cicatrice au médecin. Quand je l'ai raconté à mon père, elle a tout nié en bloc. Elle a prétendu que je m'étais blessée moi-même, et que je n'étais pas saine d'esprit.

– Comment vous sentez-vous ? a-t-il demandé.

Nous avons discuté pendant une heure, et cette fois il s'est assis à côté de moi sur le canapé, en me prenant la main et en la caressant avec douceur. Il est cultivé et gentil, et je veux lui faire plaisir. Il cherche sérieusement à découvrir le conflit d'origine dans ma relation avec ma mère. Puis-je le faire sourire ?

Je lui ai raconté que Peter recommençait à me tourmenter. Il m'a dit qu'il n'y avait aucun petit garçon dans cet hôpital et il a caressé mes bras, mon visage et mes seins.

Comme d'habitude, dans son bureau, il y a un panier de fruits frais et, à côté, des feuilles de papier vierges et des crayons.

– Dessine la pomme, dit-il. Cela te poussera à regarder avec plus de précision, ce qui ensuite t'aidera à considérer les choses plus clairement.

De retour dans ma chambre avec toutes les autres femmes, j'ai revu les ombres. Peter m'agace avec ses incessants lavages de main, tout comme le bruit constant de l'eau.

23 décembre 1887

Cet après-midi, alors que je fredonnais mon air préféré de Mozart, « Je suis l'attrapeur d'oiseaux », ma mère est entrée dans ma chambre, accompagnée de la marquise Zimmerli. Elle m'a regardée comme si elle s'adressait à une folle et elle m'a raconté qu'elles se rendaient chez la couturière.

– Que veux-tu pour Noël, ma chérie ? m'a-t-elle demandé d'une voix fausse.

En tant qu'ancienne chanteuse d'opéra, ma mère est obsédée par son image et sa voix. J'ai contemplé le mur, le regard vide, et elles m'ont proposé une glace à la vanille que j'ai refusée. Elle a dit à son amie que j'avais toujours été ainsi, et elles sont parties. Depuis mon lit, j'ai entendu leur calèche dans la rue pavée. Peu de temps après leur départ, le docteur Weller est apparu. Il m'a demandé de venir dans son bureau afin de discuter de l'incident. Il m'a posé d'innombrables questions sur mon enfance et il m'a hypnotisée. Puis, une fois sortie de ma transe, j'étais incapable de me souvenir de quoi que ce soit.

– Pourquoi est-ce que tu ne dessinerais pas rapidement la pomme ? m'a-t-il questionnée après notre séance.

Je ne veux pas le décevoir, mais je ne suis absolument pas douée.

24 décembre 1887

J'ai pris le crayon avant de le reposer à nouveau. Peut-être devrais-je dessiner la grosse pomme rouge toute fripée dans sa position naturelle, ai-je pensé, mais je redoutais un désastre. Quelle perspective choisir ? Je ne savais pas si je devais intégrer la tige et la feuille, et j'ai décidé que non. Des larmes ont coulé sur la pomme. L'une d'elles a atterri près du cœur, elle est restée perchée au sommet, fière et isolée. J'ai commencé à tracer les contours du fruit, l'extérieur, puis j'ai pris un crayon gras noir et j'ai colorié énergiquement l'arrière-plan d'un noir absolu, sans étoiles. J'ai tenté de peaufiner le fruit, mais les ombres paraissaient plus faciles à rendre que la lumière. Après chaque trait venait le suivant et enfin j'ai regardé le dessin et j'ai pensé : C'est terminé. *J'espère que le docteur Weller aimera mon cadeau de Noël et qu'il va nous rapprocher, lui et moi.*

25 décembre 1887

Je n'ai pas revu le docteur Weller depuis notre dernière séance et j'ai passé Noël avec les autres patients dans la salle commune, aussi froide que déprimante. Je me suis sentie si seule. Même si je sortais d'ici, je ne saurais pas où aller.

28 décembre 1887

– Merci beaucoup, a dit le docteur Weller quand je lui ai tendu le dessin, lors de notre séance.

Il m'a pris la main.

– Tu as de très belles mains et de beaux doigts ; ils sont capables de réaliser de magnifiques choses.

Il a recommencé à me poser des questions sur mon enfance et il m'a hypnotisée. Je ne me rappelle pas ce qui s'est passé au cours de notre séance.

– Docteur Weller, est-ce que nous nous verrons une fois que je serai partie ? lui ai-je demandé quand je m'éveillai.

Il s'est mis à me caresser les mains et il m'a dit de l'appeler « Christoph ». Je lui ai raconté que la visite de ma mère m'avait perturbée et il m'a dit qu'on ne devait pas attendre des choses ou des sentiments de la part de personnes incapables de nous les donner. Il m'a conseillé d'être forte et de me forger une armure intérieure pour mon futur retour, mais je ne veux jamais retourner dans cet endroit sans amour.

14 février 1888

Je suis allée au bureau de Christoph, me suis allongée sur le canapé et j'ai fermé les yeux. Au début, j'ai pensé qu'il allait m'hypnotiser, mais il a commencé à m'embrasser et à me déshabiller. Dès que Christoph est avec moi, le garçon arrête de se laver les mains. J'étends mes jambes et je sens encore Christoph à l'intérieur de moi. Bientôt, je serai libérée et nous pourrons nous marier. Je n'avais jamais imaginé ressentir un tel bonheur.

18 février 1888

Depuis que j'ai goûté à nos relations amoureuses, c'est une torture pour moi d'être séparée de lui. Je redoute qu'il passe moins de temps avec moi et qu'il se concentre davantage sur ses autres patients.

– Je t'aime, ma chérie, mais je travaille, m'a dit Christoph cet après-midi. Même si j'aimerais passer la journée entière avec toi, c'est impossible.

– Je comprends, ai-je menti, mais je l'attends indéfiniment.

20 février 1888

Aujourd'hui, Christoph a quitté Berlin pour assister à une conférence. Je ne sais pas comment je vais supporter cet endroit sans lui. Il a promis d'écrire souvent.

27 février 1888

Aujourd'hui, j'ai rencontré un autre médecin. Après m'avoir parlé pendant deux heures, il a dit que je pouvais reprendre ma liberté.

– Je ne veux pas partir, lui ai-je dit et je lui ai montré ma cicatrice. Je redoute ce que ma mère va me faire à mon retour.

Il n'a pas répondu à mes requêtes et m'a exhortée à me montrer raisonnable. Je ne pouvais pas lui poser la question qui me consumait : pourquoi Christoph ne répondait-il pas à mes lettres ?

3

L'asile

« Ne discutez point avec elle : c'est une lunatique. »

William Shakespeare (1564-1616)

– Margot, dis-je en refermant le journal, maman n'a jamais mentionné l'internement de Marie Anne. C'est horrible. Et cet asile évoque davantage une prison.

– Ta mère est morte si jeune, ma chérie. L'histoire familiale est très confuse, et l'époque était différente alors. La psychothérapie faisait ses premiers pas, mais une chose est certaine : ton arrière-grand-mère, Marie Anne, était une femme d'exception, tout comme toi.

– La psychothérapie ? Elle s'est fait violer par son médecin ! C'est ce qui arrivait à toutes les jolies jeunes filles de quinze ans ? Je suis de la même famille que lui ?

Je me mis à arpenter la pièce tout en me rongeant les ongles jusqu'au sang, en particulier les petites peaux à côté du pouce.

– Calme-toi. L'époque était différente et je ne suis pas certaine de ce qui s'est passé.

Je m'assis et me demandai ce que les pages jaunies, avec leurs magnifiques cartes postales et les photos anciennes collées à l'intérieur, allaient me révéler. Le journal de

Marie Anne, orné de son écriture fleurie, tracée à la plume, et ponctué de taches d'encre, était difficile à déchiffrer. Je devais lire lentement afin de comprendre chaque mot.

La première entrée du journal réveilla d'affreux souvenirs en rapport avec l'hôpital où l'on m'avait internée quand j'étais au pensionnat. J'étais allée dans la forêt située à proximité et au milieu des arbres, je m'étais soûlée au whisky et droguée à la cocaïne. J'étais tombée dans les pommes et, avec le recul, je suis surprise d'avoir survécu. En ouvrant les yeux, je vis des tubes qui sortaient de mes bras et je fus tétanisée. J'étais allée trop loin et je décidai de changer. Quand on m'expédia dans un hôpital adapté pour une évaluation psychologique, mon père ne fit pas le déplacement en Angleterre et ne daigna même pas m'envoyer une carte. À ce moment-là, je pris conscience que je pouvais uniquement compter sur Margot. Tel un rocher sur le rivage, elle demeura inébranlable et depuis lors, elle prenait soin de moi.

Elle me soutint jusqu'au bac que je passai au pensionnat Badlington et réussis avec brio. Elle fut aux anges quand le Courtauld Institute accepta ma candidature – une autre dépense que mon père refusa de payer. Une bourse d'études et mon poste au journal m'aidèrent à rembourser les frais, mais Margot prit le reste des dépenses scolaires à sa charge ainsi que tous les autres coûts engagés.

– Mon frère a changé, dit Margot. Je ne parviens pas à le joindre depuis son mariage avec Sybille. C'est elle qui se cache derrière sa cruauté.

J'observai une photo du frère et de la sœur, posée sur la cheminée en fonte de ma tante. Elle avait été prise au mariage de Markus et Greta. Ils riaient, un verre à la main, et leurs regards trahissaient une grande complicité.

– C'est toi qui l'as présenté à maman, pas vrai ? Comment était ma mère quand tu l'as rencontrée ?

– Une marchande d'art avisée... La meilleure. Quelle galerie que la *Greta Danet Gallery* ! Elle avait du flair et repérait les artistes à acheter avant même qu'ils se soient fait un nom : comme Mark Rothko, Jackson Pollock, et Alberto Giacometti. Avec ses revenus, elle a réussi non seulement à racheter le palais Weissenberg, mais aussi à le rénover. Cet endroit était une ruine.

– Je regrette de ne pas avoir son don pour l'argent, soupirai-je.

Margot éclata de rire.

– Tu as le temps. Tu es encore jeune.

– Et qu'est-ce qu'elle pensait de Danet ? lui demandai-je en avalant une gorgée de café.

Margot se leva et marcha vers la cuisine.

– Elle l'adorait et elle a pris son nom pour la galerie. Elle aurait pu l'appeler la Greta Schwarzenwerk Gallery, de son nom de jeune fille, ou Aigner.

– Mais qu'est-ce qu'elle disait de lui ? répétai-je avec impatience.

– Elle a fait quelques recherches, mais elle n'a jamais révélé beaucoup de détails le concernant.

Margot se retourna et déclara :

– J'espère que nous en découvrirons davantage dans le journal.

Je déclinai son invitation à déjeuner, parce que je devais travailler à la bibliothèque. Je devenais nerveuse, à l'approche des échéances.

– Souhaite-moi bonne chance, Margot. Je dois remettre une proposition de thèse sur Danet à la première heure demain matin.

En approchant de la bibliothèque, je levai les yeux sur l'imposant immeuble moderne, entouré de bâtiments à l'architecture classique. Le dôme en verre ressemblait à une navette spatiale avec sa façade transparente et son escalier en spirale, visible depuis l'extérieur. Après avoir grimpé l'escalier jusqu'à la salle de lecture du troisième étage, je m'assis à la longue table face à la fenêtre, humant l'odeur des livres : le parfum du savoir. J'adorai les bibliothèques et je me sentais toujours bien dans les environnements scolaires. En général, mes professeurs faisaient l'éloge de mon écriture. J'étais particulièrement fière de mes récents devoirs sur *Les Vierges* de Klimt, *La Persistance de la mémoire* de Dali, avec les montres molles qui symbolisaient le temps qui file, et la tristesse dans les toiles du Greco, y compris son *Assomption de la Vierge.*

Malgré tout, l'impressionnisme restait ma période préférée, il me fascinait plus que n'importe quel courant. Malheureusement, je détestais le spécialiste de cette période à l'université, le professeur Mhost, qui se trouvait être mon directeur de thèse. Un homme grand, mince, sur le chemin de la calvitie, avec des yeux sombres et perçants, qui m'évoquaient Raspoutine. Qui plus est, il avait une piètre opinion de Danet. Il tentait de me dissuader de rédiger ma thèse sur lui en insistant sur son insignifiance. En fait, Mhost contredisait souvent mes conclusions. Au dernier cours, il déclara que Maurice Danet était un peintre dénué de talent qui ne s'intéressait pas aux femmes et que sa manière de les représenter illustrait sa misogynie.

– Mais ce n'est pas vrai, protestai-je. Du moins, il ne détestait pas les femmes pendant les années 1890.

– Et comment le savez-vous ? demanda Mhost.

Je lui racontai devant toute la classe l'amour que Danet vouait à Marie Anne, princesse de Lacquise.

– Et qu'est-ce que cela prouve ? De nombreux misogynes ont entretenu des liaisons et se sont mariés.

Mes camarades acquiescèrent et un marmonnement parcourut la salle.

À la bibliothèque, j'ouvris un ouvrage récent sur les impressionnistes qui, chose étonnante, contenait un chapitre sur Danet. Il se concentrait essentiellement sur ses talents de portraitiste et je savourais particulièrement cette description de lui : « S'il existe un seul artiste dont l'œuvre entière capture la lumière, alors c'est Maurice Danet. Son thème de prédilection se concentre sur les vues : il peint des paysages urbains depuis sa terrasse, l'océan à Honfleur, et les femmes – en mouvement, assises, allongées – mais toujours en extérieur et baignées par la lumière changeante des saisons… »

L'échéance de ma thèse tombait en septembre et nous n'étions qu'en janvier ; pourtant, j'étais stressée. Je retournai au livre et étudiai une page qui décrivait la *Vénus* réalisée par Danet en 1891, une autre toile que j'analysai dans le cadre de ma thèse.

La *Vénus* de Danet montrait trois femmes nues. Le centre d'intérêt du tableau était une beauté endormie, à la chevelure sombre. *Ce doit être Marie Anne*, pensai-je. Sur cette toile, une blonde, dont les longues boucles s'enroulaient sur la majeure partie du tableau, une rousse et une brune gisaient enchevêtrées dans des positions aux courbes sinueuses. La lumière provenant d'une fenêtre toute proche éclairait leurs silhouettes, et la toile était dominée par une palette essentiellement composée de nuances intenses bleues et dorées.

Parmi les quelques critiques qui s'intéressaient à Danet, certains suggérèrent que la *Vénus* représentait les différents stades de l'éveil au désir : le désir, l'extase et le contentement. Je regardai à nouveau les silhouettes en essayant d'identifier ces différentes étapes. *Le professeur Mhost tire des conclusions absurdes, Danet aime les femmes*, songeai-je.

Je pris conscience que les trois femmes représentées sur la toile de Danet étaient en réalité une seule et même personne. Les thèmes de l'amour, de la sexualité et de la régénération ressortaient comme une évidence dans la forme cyclique de l'œuvre. Les femmes donnaient naissance à un enfant dans une cataracte de couleurs.

En rentrant chez moi, je songeai à toutes les recherches qu'il me restait encore à faire dans le cadre de ma thèse, et je priai pour que le journal de Marie Anne me fournisse l'éclairage nécessaire pour pénétrer les œuvres. Je me précipitai en haut de l'escalier et jetai un coup d'œil à mon livre en cuir bien-aimé, regrettant de ne pas avoir le temps de le poursuivre ce soir. Je me changeai rapidement et enfilai à la hâte un pantalon noir moulant et un sweat noir, j'enfilai mon collier orné d'une croix bleue et lançai un dernier regard au miroir : la veste en cuir rouge était parfaite. C'était devenu ma seconde peau, une sorte d'amie protectrice. Chaque fois que je la portais, je me sentais plus forte. Les cheveux attachés en une queue-de-cheval haute, je me fis l'effet d'une ballerine, très éloignée de mon style punk grunge habituel. J'étais impatiente de voir Jérôme, mon premier copain officiel. Nous nous étions rencontrés neuf mois plus tôt, le 30 avril 1978. Ce jour-là, Chloé m'avait emmenée au parc Victoria dans l'East End. Une foule s'était rassemblée. Les gens avaient afflué de toutes parts dans le pays pour assister à un concert spécial qui durait toute une journée, avec Tom Robinson et The Clash en tête d'affiche. À l'instant où je rencontrai Jérôme, je fus sous son charme. Il avait volé un sachet de chips et trois bières, et bizarrement, son audace m'intriguait.

Il était vingt et une heures trente lorsque j'entrai dans le restaurant italien que je connaissais bien. La serveuse au bras tatoué d'une licorne, piercing au nez et cheveux roses, me conduisit à une table. Jérôme arriva dix minutes plus tard.

– Désolé, je suis en retard, *chérie**[1], dit-il. J'ai aidé une vieille dame à traverser la rue.

Je sentis qu'il coulait sur moi un regard approbateur avant de m'embrasser sur la bouche, un long baiser profond tout en prenant ma tête dans ses grandes mains.

Sous son regard contemplatif, je me sentais si attirante. Je rougis quand il s'assit en face de moi. Je plongeai mon regard dans ses yeux de topaze pareils à ceux d'un félin, aussi intenses que d'habitude. Ses abondantes boucles blondes étaient brossées en arrière, dévoilant une cicatrice sur son front, dont il refusait de me révéler l'origine.

– Je veux t'apprendre la photo, dit-il en prenant mes mains dans les siennes.

– D'accord, mais ça va être un sacré défi, étant donné que je n'ai même pas d'appareil, répliquai-je.

---

1. Toutes les italiques suivies d'un astérisque sont en français dans le texte original, *ndlt*.

– Pas la peine. Tu adores l'histoire, je sais ça, ma studieuse petite abeille.

Il sortit un livre ancien sur la photographie au XIXe siècle. Il le feuilleta en m'expliquant que Nadar était l'un de ses photographes préférés. Il le décrivit comme un rouquin excentrique qui, embarqué dans un ballon, était un véritable pionnier de la photo aérienne.

– Les montgolfières existaient à cette époque ? le questionnai-je.

Jérôme me raconta que les premières dataient de la fin des années 1700, inventées par les frères Montgolfier. Malgré tout, cent ans plus tard, Nadar avait encore connu des accidents de temps à autre. Il ajouta que le gagne-pain de Nadar consistait à photographier la famille royale et la haute société de l'époque.

– Ah, un peu comme toi, dis-je.

– J'aimerais bien ! s'exclama-t-il.

Puis il s'interrompit et ramassa un sac d'un air gêné.

– Vivi, j'ai fait une séance photo pour la marque W, et je n'ai pas pu résister.

– Qu'est-ce que c'est ?

– Tu m'as demandé à quoi ressemblait mon boulot. Eh bien, en bon photographe de mode, je suis entouré de fringues. Alors j'ai un truc pour toi, dit-il avec cet accent suave qui faisait flageoler mes jambes.

Il me contempla comme si j'étais l'unique fille au monde et me tendit une boîte bien empaquetée.

Je lui adressai un bref sourire avant de déballer impatiemment mon cadeau. J'examinai avec attention une superbe robe rouge.

– Merci, dis-je en me levant pour l'embrasser longuement.

C'était la première fois qu'un homme m'offrait un vêtement, et en regagnant mon siège, j'en tremblais de joie. Heureusement la serveuse arriva à cet instant avec la cuvée du patron, et elle nous servit un verre de vin rouge.

– À toi, dit-il en portant un toast.

Nos verres tintèrent, et il se pencha par-dessus la table pour m'embrasser une nouvelle fois.

Quelques minutes plus tard, nous avions pratiquement vidé nos verres, et la serveuse réapparut.

– Le pepperoni ? s'enquit-elle.

– C'est pour moi, répondit Jérôme.

– La Primavera ?

J'acquiesçai.

Le repas terminé, Jérôme ressortit son livre et me montra une page révélant des photos de chevaux.

– Vrai ou faux : est-ce qu'un cheval soulève ses quatre sabots quand il trotte ?

– Faux, répondis-je.

– Non. C'est vrai.

Je lui adressai un regard interrogateur. Je n'adorais pas les devinettes, mais Jérôme poursuivit, électrisé. Il m'expliqua qu'un dénommé Stanford avait entamé le débat sur le fait qu'un cheval décollait ses quatre pattes simultanément du sol quand il trottait. Il avait parié 25 000 dollars que oui. Il avait embauché le célèbre photographe Eadweard Muybridge pour en apporter la preuve. Il fallut des années à Muybridge pour saisir ces images, mais *enfin** il prit une série de clichés montrant un cheval en mouvement, l'un d'eux figurait l'animal les quatre pattes en l'air en même temps. Jérôme me montra la photo.

– Regarde, Vivi. Avec cette découverte, Muybridge a en réalité inventé les premières images animées !

J'examinai de plus près les muscles puissants des chevaux. Il avait raison.

– Tu montes à cheval, *oui** ? demanda-t-il. Je peux peut-être faire quelques photos de toi en cavalière.

Les chevaux me terrifiaient et je répondis :

– Non, mais tu peux me montrer le maître à l'œuvre.

– Oui, je vais t'apprendre à développer des photos. C'est un art en voie de disparition.

Alors qu'il laissait du liquide pour payer l'addition, il ajouta :

– Tu sais, la photo n'est qu'un autre moyen de tenir un journal.

Après dîner, il me ramena à ma résidence universitaire sur sa moto violette. Je le serrais fermement à la taille craignant pour ma vie, tandis que nous descendions à toute allure les rues animées de Londres. Je fus soulagée d'arriver en un seul morceau.

Nous nous embrassâmes avec passion, la main de Jérôme se retrouva sous mon haut et il me caressa les seins. Je le repoussai doucement en lui assurant que je devais me lever très tôt le lendemain matin.

– La date limite pour ma thèse, soupirai-je.

Nous nous embrassâmes encore, sa main tenait la mienne et m'attirait à lui. Il m'excitait follement, son odeur pénétrait dans mes narines. Je me libérais de son étreinte avec peine.

Dans ma chambre, j'essayai la robe rouge hors de prix et me contemplai dans le miroir. Ma première robe au décolleté plongeant. J'admirai la façon dont elle soulignait mes courbes. Je me retournai pour voir la robe bouger en me demandant si Jérôme l'avait volée. *Il y a quelque chose de dangereux chez lui*, songeai-je en m'affalant dans un fauteuil et en me plongeant dans le journal de mon arrière-grand-mère.

4

1er mars 1888

Je suis de retour dans la maison de mes parents et l'ambiance est glaciale, mais une petite boîte et une lettre de Christoph sont arrivées aujourd'hui d'Allemagne. Cela m'a remonté le moral. Je redoutai qu'il ne m'ait complètement oubliée.

> *Chère Marie Anne,*
> *J'ai appris que tu es rentrée chez toi. Je prie pour que tu ailles bien et que la compagnie de ta mère ne soit pas trop pénible. Berlin est solitaire. Mon cœur est empli de tant de choses à te dire, la prochaine fois où nous nous parlerons de vive voix. Sois forte, je reviendrai à Vienne bientôt. Je prie pour que tu continues à m'aimer : ne sous-estime jamais le cœur le plus loyal de ton bien-aimé.*
>
> *À toi pour toujours, Christoph*

Quand j'ai ouvert la boîte, j'ai hurlé : elle contenait un magnifique bracelet vert.

20 mars 1888

J'attends un enfant, j'en suis certaine. Que dois-je faire ? C'est un désastre. Christoph doit revenir bientôt, je n'ose lui relater ma situation dans une lettre. Je dois l'en informer en personne.

Vienne, 5 juin 1888

La nuit dernière, j'ai entendu un hibou hululer près de notre maison. Il n'y a pas de hiboux à Vienne, songeai-je. Peut-être ne vais-je comprendre tout cela qu'à un stade plus tardif de mon existence. La sagesse viendra. Peu de temps après, les marches ont craqué. J'ai regardé l'heure. Il était trois heures et j'ai pris peur. J'ai pensé que l'animal allait voler à travers la fenêtre et m'attaquer, ou que la personne qui montait les marches allait me poignarder. Je voulais mourir en même temps que la vie qui grandissait en moi.

6 juin 1888

Même si je lui ai répondu rapidement en le suppliant de me donner plus de nouvelles, je n'ai plus reçu une seule lettre de Christoph. Je suis désespérée.

7 juin 1888

Je suis enceinte de quatre mois, sans être mariée et le père de mon enfant est juif. Comment puis-je le dire à mes parents ? Bientôt, ils le verront. Pour l'instant, ils croient que je m'engraisse.

– Tu aimes bien les gâteaux ces derniers temps ? ma mère m'a demandé en me regardant d'un œil critique me resservir du dessert.

J'ai peur de ne jamais épouser Christoph et d'être détruite à jamais : souillée, avec un enfant à élever ! Peut-être devrais-je passer le reste de ma grossesse dans notre petit pavillon de chasse à Kitzbichl. Je pourrais m'isoler là-bas, au Tyrol, et me cacher de la société viennoise jusqu'à l'arrivée du bébé...

Kitzbichl, 1er octobre 1888

Ces derniers mois ont été cauchemardesques. Les visions de mon frère me tourmentent. Je le vois tomber. Je saute après lui et ensuite tout est bleu.

7 octobre 1888

Je viens juste de donner naissance à mon bébé, prénommé Peter, à la mémoire de mon jumeau. Sa naissance a été extraordinairement douloureuse et même la sage-femme n'a pas semblé compatir avec moi.

Peter avait l'air si beau et éveillé quand il est sorti de mon ventre, il me fixait avec intelligence. Ses yeux ressemblaient aux miens ; ils sont de la même couleur, noisette mêlé de jaune. J'ai l'impression de me regarder, de regarder Christoph.

Peter est arrivé au cœur d'une période tourmentée et incertaine ; je n'ai toujours pas informé Christoph de sa paternité. Je suis épuisée, mais je serai une bonne mère pour mon garçon.

8 octobre 1888

Ma mère m'a dit que Peter était mort dans son berceau pendant que je dormais. Mort ? Je ne pouvais y croire et j'ai couru jusqu'à son lit, mais il était vide. Il ne restait qu'une chaussette bleue dedans. Je voulais le voir, mais elle ne me l'a pas permis. Elle a dit que cela me ferait du mal. Que lui a-t-elle fait ? Est-ce seulement vrai, peut-être est-il encore en vie ? Elle a dit qu'il n'y aurait pas de funérailles, mais qu'elle ferait mettre une stèle avec son nom dans le jardin. Je veux disparaître de ce monde. La seule chose que je possède c'est sa chaussette bleue : le seul souvenir qu'il me reste de mon enfant.

9 octobre 1888

Je touche mon ventre et je peux encore sentir mon bébé dans mon corps. Aujourd'hui, j'étais assise devant le berceau vide et j'imaginais mon petit bébé, qui avait grandi à l'intérieur de moi plus longtemps qu'il n'était resté sur la terre. Peut-être avait-il une âme trop bonne et Dieu voulait-il lui épargner une vie terrestre ? Ou peut-être ma mère ne dit-elle pas la vérité ? Pourrait-il être vivant, sinon pourquoi ne puis-je pas voir son corps ? Je n'ai jamais été aussi malheureuse et cette torture est pire que tout ce que j'ai jamais ressenti : elle me ronge de l'intérieur. La fureur, la tristesse et le désespoir, voilà mes seules émotions. Je tire sur ma longue chevelure brune bien épaisse et je regarde mes lèvres rouges, mordues de colère et qui saignent maintenant. Je voudrais prendre un couteau et tout détruire.

10 octobre 1888

On a emmené le berceau. Il a disparu, impossible de le trouver nulle part. Mère dit que ce n'est pas bon pour moi de rester assise devant un lit de bébé vide. Il y a un trou dans mon cœur : je ne voudrai jamais d'autre enfant. La douleur de la perte est insoutenable.

11 octobre 1888

Les cris aigus de mon garçon m'ont réveillée au beau milieu de la nuit. J'ai encore entendu le hibou et j'ai couru jusqu'à la chambre d'enfant, mais il n'y avait personne. Je crois que je deviens folle : je dois me maîtriser, car ma mère m'a menacée de me renvoyer à l'hôpital.

Vienne, 12 octobre 1888

Je suis de retour à Vienne et j'ai fait un terrible cauchemar la nuit dernière. J'étais dans l'eau et j'essayais de nager jusqu'à la surface, mais peu importe le sens dans lequel je nageais, il n'y avait que de l'eau, et encore de l'eau. Je n'arrivais pas à rejoindre la surface ni à voir la lumière. Je nageais pendant des heures et quand je me suis réveillée, mon lit était trempé. Mes yeux étaient humides de larmes et je n'ai pas pu sortir de mon lit de toute la journée.

13 octobre 1888

Je porte mes vêtements de deuil et mère me dit de m'habiller avec des couleurs vives, parce qu'elle redoute les questions. Elle me réprimande d'avoir pris trop de poids, parce que maintenant il est temps de trouver un époux et d'avoir des enfants légitimes. C'est vrai que j'ai grossi, surtout au niveau des seins, et mon ventre est encore très gras. Mon père, qui n'est jamais venu à Kitzbichl pendant mon séjour, m'a contemplée d'un regard vide sans prononcer un seul mot.

14 octobre 1888

Des images de mon bébé Peter me hantent et j'ai le sentiment qu'il est toujours vivant. Je dois le trouver. J'essaierai de visiter tous les orphelinats, d'abord à Vienne, puis dans toute l'Autriche. Où mère a-t-elle bien pu l'emmener ?

14 novembre 1888

Mère me force à prendre des cours de danse. C'est la dernière chose dont j'ai envie. Ma cousine Charlotte suit également ces cours, ce qui les rendra peut-être moins pénibles.

Je lis beaucoup récemment. Je viens de terminer Madame Bovary, *mais j'ai tellement pleuré. Je prie pour que mon futur soit plus heureux que celui d'Emma, et je dois m'assurer de ne jamais finir en province. Je ne m'amuse pas à Kitzbichl. Avec un peu de chance, les bals et les opéras seront mon destin. J'ai commencé* Bel-Ami *de Maupassant, qui est une lecture charmante. J'espère que la fin n'est pas triste. J'ai besoin de quelque chose pour remonter mon moral au plus bas.*

Je suis contrainte de changer ma pitoyable existence. Peut-être vais-je rencontrer quelqu'un qui me convient. Ma liaison avec Christoph ne m'a pas fait beaucoup de bien. Il est encore à Berlin, je suppose.

15 novembre 1888

C'est ma première soirée dehors depuis la naissance de Peter et le premier jour passé sans pleurer. Charlotte m'a invitée à l'ouverture du nouveau Burgtheater. Le bâtiment, en forme de demi-cercle, est d'une dimension à couper le souffle. Un imposant escalier s'étend jusqu'en bas et l'intérieur est recouvert de peintures murales réalisées par Gustav Klimt. Nous avons vu la pièce de théâtre poétique intitulée Esther *de Franz Grillparzer, qui est magnifique. Sa poésie m'a émue aux larmes. Après la représentation, Gustav Klimt, que Charlotte connaît bien, a conversé avec nous de charmante façon.*

20 novembre 1888

Aujourd'hui j'ai marché le long du Ring en remarquant que Vienne est remplie de bébés. Devant la cathédrale Saint-Étienne, j'ai rencontré la marquise Marie avec son nouveau-né. Elle m'a invitée chez elle pour voir la petite Valérie dans de bonnes conditions. Dans le landau, elle était entièrement recouverte par son chapeau, ses vêtements et des couvertures. J'ai accepté de lui rendre visite, même si j'appréhendais d'aller chez elle pour admirer son bébé, alors que mon petit Peter me manque tellement.

J'ai réussi à me maîtriser, mais dès que je suis revenue dans ma chambre, et que j'ai fermé la porte à clé, j'ai éclaté en sanglots. Pourquoi est-il mort ?

5

Jérôme

« L'amour qui dure le plus longtemps est l'amour auquel il n'est pas répondu. »

W. Somerset Maugham (1874-1965)

Je me suis endormie tout habillée en lisant le journal. Je me suis éveillée en sueur. La lecture m'a donné des cauchemars. La mort de bébé Peter m'a traumatisée et je me suis étonnée de l'identité du garçon sur *La Rose blanche*. La sonnerie du téléphone a interrompu ma rêverie. C'était Chloé.

– Vivi, j'ai une nouvelle incroyable pour ta thèse.

Encore vêtue de ma chemise froissée dans laquelle j'avais dormi, j'enfilai un pull, ma veste d'hiver et des bottes. Je filai chez Chloé immédiatement, et rejoignis son immeuble en briques sur Gloucester Road en quelques minutes. Je pris l'ascenseur jusqu'au troisième étage, entrai dans son appartement, et descendis l'escalier en colimaçon que je connaissais si bien. L'appartement n'avait rien de spécial et Chloé n'avait pas assez d'argent pour le décorer comme il se doit, mais il possédait d'immenses fenêtres. J'adorais passer du temps chez elle à savourer la vue sur le petit square planté d'arbres et de fleurs.

– Tu vas aimer ça, dit Chloé, en portant son bébé, qui tirait sur sa chevelure rousse et bouclée. Un Maurice Danet, comme celui qui se trouve dans le palais de ton père, s'est vendu aux enchères la semaine dernière un million d'euros.

Elle posa le bébé dans son berceau et revint avec l'article paru dans *Art Week*.

Je pensais qu'il s'agissait d'une erreur. Peut-être l'acquéreur croyait-il avoir acheté un Monet. Je parcourus rapidement l'article en tremblant tandis que j'apprenais la vente récente du *Piano rouge* de Danet. Deux enchérisseurs inconnus avaient fait grimper le prix de l'œuvre réalisée par l'impressionniste méconnu. La photo qui accompagnait l'article montrait la peinture d'une femme en robe de satin bordeaux qui jouait du piano, des boucles blondes cascadaient dans son dos. *Qui cela peut-il bien être ?* me demandai-je.

– Un million d'euros, répéta Chloé.

Qui a payé autant d'argent pour un Danet ? pensai-je. J'étais impatiente de montrer l'article au professeur Mhost – cela changerait son opinion sur Danet.

– Qu'as-tu découvert sur lui dans le journal de ton arrière-grand-mère ? m'interrogea Chloé.

– Il me faut des plombes pour déchiffrer son écriture. Pour l'instant, Marie Anne a eu son premier bébé avec un médecin juif de l'hôpital psychiatrique, Christoph Weller. Mais le bébé est mort.

– C'est triste et bizarre. Elle a eu un bébé avec son psy ?

Chloé s'assit sur le sofa beige.

– Alors ton arrière-grand-père était thérapeute ?

– Je n'en suis pas sûre, dis-je. Peut-être a-t-elle eu un autre bébé avec lui plus tard, mais à ce stade du journal, ils ne sont plus en contact. Je sais pourtant que ma mère est la fille de Francesca Danet, mais elle ne figure pas encore dans le journal.

Chloé me tendit une tasse de thé.

– J'ai entendu dire que cela devenait sérieux entre Jérôme et toi. Il a dit que vous étiez sortis ensemble hier soir.

Mon ventre se noua.

– Quand est-ce qu'il t'a dit ça ?

– On se parle presque tous les jours. C'est comme un frère pour moi. Tu sais bien.

J'avais toujours nourri des soupçons sur leur relation. Je n'arrivais pas à croire qu'ils étaient de simples copains d'enfance, et ce malgré les dires de Chloé. Pourtant, je me forçai à sourire et omis de réagir à ses commentaires taquins.

– Il faut que j'aille travailler. Merci pour cette note géniale en début de journée. Je me glissai dans ma veste en cuir avant d'embrasser Chloé.

J'étais trempée jusqu'aux os en arrivant au bureau du journal, dans le quartier de Battersea. Donald, le directeur littéraire, était debout, sans chaussures, près du coin cuisine, et mangeait dans un bol en plastique. Sa chaussette gauche avait un trou et son gros orteil dépassait. Ses cheveux paraissaient sales.

– Tous tes articles pour moi sont prêts ? demanda-t-il.

– J'ai celui d'Ana. Elle est là ?

Donald acquiesça sans lever les yeux de son muesli. Je tapais à la porte de la rédactrice en chef.

– Salut Ana, dis-je en passant ma tête dans son bureau. Voici l'article sur les prochains spectacles de l'Est londonien et de Camden.

J'entrai et lui tendis les papiers.

Ana jeta un œil dédaigneux sur les pages et les enferma dans son tiroir du bas.

– Le professeur Mhost est ton enseignant, n'est-ce pas ? questionna-t-elle.

Je hochai la tête.

– Il fait partie du conseil d'administration de notre journal, comme tu le sais. Il veut relire ton article.

Cet homme me hantera jusqu'à la tombe, songeai-je.

Ana remarqua que je m'attardais, et elle demanda :

– Autre chose ?

– Ana, je travaille pour le journal depuis plus d'un an. Pouvons-nous discuter de mon salaire ?

– Ce n'est vraiment pas le moment, Vivi. Tu es l'une des plus jeunes journalistes ici… et tu as déjà de la chance que je te paie. Tu devrais être aux anges de travailler pour notre journal.

– Bien sûr, je le suis, mais j'aimerais une augmentation…

– Parlons-en la semaine prochaine, après le retour de ton professeur sur cet article. D'ici là, quelles sont tes idées pour la prochaine histoire ?

– Je veux écrire sur l'impressionniste Maurice Danet. Une de ses toiles s'est vendue 1 million d'euros la semaine dernière chez *Christie's*.

– Tu as de l'ambition, n'est-ce pas ? déclara Ana en me tendant une pile de communiqués de presse. Pourquoi ne synthétiserais-tu pas ces prochaines expositions ?

– Aucun problème, mais est-ce que je peux aussi écrire sur Maurice Danet ? Je te montrerai ses œuvres : chacune d'elles est un chef-d'œuvre. C'était un peintre formidable qui a mené une existence fascinante et la plupart des gens ne savent pas grand-chose sur lui.

– Vivi, sortons d'abord l'article sur les infos et nous verrons ensuite.

Je refermai la porte d'Ana et balançai la pile de papiers sur mon minuscule bureau. *Oui, j'ai vraiment de l'ambition*, pensai-je en me mettant au travail. Il me fallut du temps pour tout terminer, parce que je ne pouvais me permettre aucune erreur. Je travaillai pendant la pause déjeuner et, à dix-neuf heures, je tendis poliment mon travail terminé à Ana. Une fois la porte refermée derrière moi, je descendis l'escalier d'un pas lourd. Jérôme m'attendait sur sa moto violette et il me passa mon casque. Le ciel s'était dégagé et nous roulâmes jusqu'à l'est londonien. Aujourd'hui, j'appréciais le vent froid qui caressait mes joues. Il calmait ma fureur.

Au bistrot français, Jérôme connaissait tout le monde. Le bar en cuivre, le sol carrelé de blanc et noir, et les chandeliers en acier rustiques contribuaient à créer une ambiance feutrée. L'endroit était bondé et les gens parlaient davantage en français qu'en anglais. Jérôme commanda du whisky pour nous deux. Après deux ou trois verres, je lui racontais ce qu'il en était d'Ana et du professeur Mhost, et ajoutai qu'il voulait relire mon article.

– Ce type m'a dans le pif, me lamentai-je. Je ne l'imagine pas avoir un avis bienveillant.

– A-t-il déjà relu tes articles auparavant ? demanda Jérôme.

– Non. Je crois qu'il vient de rejoindre le conseil d'administration, mais c'est mon directeur de thèse.

– Sur quoi porte ta thèse ? me questionna-t-il.

– *La Rose blanche*, une peinture de Maurice Danet.

Je racontai à mon amoureux que le portrait de Marie Anne était l'œuvre la plus envoûtante que j'aie jamais vue. Je la décrivis avec moult détails : la terrasse, l'ombrelle en dentelle, le garçon sur ses genoux, et les roses blanches tout autour.

– *Magnifique**, il semblerait qu'elle ait sa place au Louvre, remarqua Jérôme.

– Peut-être. Elle se trouve au palais Weissenberg à Vienne, là où j'ai grandi. En plus, Chloé a découvert qu'elle valait une fortune. Jérôme commanda deux assiettes de poulet avec frites et salade, en même temps qu'une bouteille de bordeaux, ce qui faisait grand bien en cette soirée de janvier. Après le repas, nous roulâmes jusqu'à son loft sur Eric Street, en plein cœur de l'East End, la patrie de l'argot cockney. Les maisons étaient en briques pour la plupart et plus rustiques que dans mon quartier. Des mendiants étaient assis aux coins des rues et des femmes vendaient des fleurs, même à cette heure-ci. Je resserrais mes bras autour de la taille de Jérôme, alors qu'il accélérait au cœur de ces rues familières. J'eus une montée d'adrénaline en songeant que j'allais visiter son appartement pour la première fois. Je n'avais pas voulu y aller avant d'être sûre que ce serait *la* nuit.

– Ouah, ma chambre rentrerait six fois ici, dis-je dès que je mis un pied dans son appartement.

Pendant qu'il préparait des verres, je fis le tour de son loft high-tech, impressionnée par son immensité et tous ses gadgets. Il y avait des codes et des systèmes d'alarme sur plusieurs portes, un système audio perfectionné en streaming, et deux écrans plasma. Tout était blanc, des photos s'alignaient sur les murs : certaines de mannequins, et d'autres de mondanités auxquelles Jérôme avait assisté. L'intérieur dégageait une ambiance masculine et austère. L'exact opposé de ma chambre : pleine à craquer, encombrée de bouquins, de photos et d'objets, laissant à peine assez d'espace pour s'y mouvoir.

Contrairement au salon, les chambres à coucher étaient petites. Un grand lit à baldaquin recouvert d'une couverture blanche occupait pratiquement toute la pièce. Une photo en noir et blanc d'une femme nue était accrochée au-dessus du lit et un luminaire élégant de couleur bleue tombait du plafond. Je remarquai qu'il avait reconverti un placard sans fenêtre en chambre noire.

– Jolie piaule, dis-je en revenant dans la pièce principale. J'aime tout particulièrement ta chambre noire. Un de ces jours, tu devrais m'apprendre à développer des photos.

– Carrément, répondit Jérôme en souriant.

Il me tendit un gin tonic. J'avais déjà le cerveau embrumé quand il me conduisit jusqu'au canapé niché dans un angle. Une grande photo de Twiggy nue, surgissant de l'océan, toute mouillée, était accrochée au-dessus du canapé et dominait la pièce. En la fixant, je me sentis intimidée par la beauté du mannequin. Devant la photo et le canapé se dressait une table basse à damier noir et blanc, où je posai mon verre. Nous nous installâmes et Jérôme appuya sur un bouton ; l'écran plasma descendit.

– « Mayering », c'est un film français que tu vas adorer ! Tu vas voir, c'est poignant, dit-il quand le film débuta.

Après avoir regardé les premières scènes, il se pencha vers moi et m'embrassa. Il souleva mon sweat gris et examina attentivement mon corps pour la première fois. La sensation était plutôt agréable.

– Tu as un tatouage ? chuchota-t-il. Le « G », c'est pour quoi ?

– Greta : le prénom de ma mère.

– C'est toi qui l'as dessiné ?

J'acquiesçai.

– C'est un chef-d'œuvre, dit-il en prononçant chaque syllabe très lentement.

Il suivit les contours du tatouage du bout des doigts et l'embrassa de ses lèvres charnues – léchant la peau à cet endroit. Il le redessinait du bout de la langue et, sensible aux chatouilles, je ne pus me retenir de rire.

– Quand l'as-tu fait ?

– Il n'y a pas très longtemps. Quand j'ai déménagé à Londres. Chaque fois que je le regarde, j'ai l'impression que ma mère me protège.

Sur l'écran, Rudolf se disputait avec son père, le roi François-Joseph Ier, qui l'exhortait à se montrer à la hauteur de ses responsabilités, mais à ce stade nous ne prêtions presque plus attention à l'histoire. Pendant que Rudolf fuyait les contraintes de son mariage et la cour, sa relation avec sa maîtresse, Vera, gagnait en intensité. Tout comme la nôtre. Au XIXe siècle, les amants se rapprochèrent dans le pavillon de chasse royal niché au cœur du bois de Mayerling. Jérôme me porta jusqu'à son lit. Lorsqu'il me déshabilla, puis qu'il posa soigneusement mes vêtements et sous-vêtements coordonnés sur une chaise à proximité, je fus incapable de résister. Il se dévêtit à la hâte et s'élança près de moi sur les draps d'un blanc immaculé. Son odeur pénétra dans mes narines, intense, pareille aux premières roses du printemps. Elle flotta dans l'air et me chamboula : je le désirais plus que jamais en cet instant.

Avec délicatesse, je caressai la peau nue de son dos musclé. J'avais souhaité attendre que se passe un an avant de coucher avec lui et avant lui, je m'étais refusée à de nombreux hommes, certains plus beaux. En sentant Jérôme si près de moi, me léchant les orteils avec patience, je m'étirai comme un chat. Son regard croisa le mien et j'acquiesçai alors que sa langue remontait le long de ma jambe gauche. Il entoura mon clitoris de ses lèvres et sa respiration se fit plus forte. Je me détendis instantanément et serrai ses boucles épaisses dans mes mains. Son visage s'enfonça plus profondément en moi et je me mordis les lèvres pour ne pas crier, tandis que mon premier orgasme approchait. Sans pudeur, j'attirai un peu plus son visage en moi et respirai avec bruit. Satisfait il se hissa vers moi et je m'imprégnai de son odeur virile. Je me retrouvai ensorcelée et dépourvue de toute volonté. Il me caressa les seins et le ventre, chuchota des mots doux au creux de mon oreille et me caressa entre les jambes avant de me pénétrer de son pénis endurci. Je me délectai du spectacle de son corps sur le mien à la lueur vacillante des bougies. Quand il s'enfonça plus profondément en moi, je l'attirai plus près et me mordis les lèvres jusqu'à ce que je sente une minuscule goutte de sang. Je voulais que ce moment ne connaisse pas de fin. Bientôt, Jérôme soupira, puis cria, je lâchai moi aussi un cri de plaisir et ne pus réprimer un rire. Il me regarda, surpris, mais mes gloussements nerveux ne s'arrêtèrent pas, je ne m'étais jamais sentie aussi comblée.

– Je suis tellement heureuse, réussis-je à marmonner.

Pourtant, j'avais du mal à exprimer mes émotions. Jérôme sourit, plus beau encore, mais il avait les traits tirés. Il s'endormit rapidement, contrairement à moi. Je me glissai hors du lit et allumai une cigarette. J'eus envie d'appeler Chloé afin de partager ma joie, mais il était trop tard. Alors je me serrai contre mon apollon et m'efforçai de calmer ma respiration. Malgré mon entrejambe irrité, je goûtai à la plénitude du moment. Je ne m'étais pas attendue à ce que Jérôme se montre aussi passionné.

Le lendemain matin, Jérôme avait un rendez-vous urgent.

– Je ne dois pas faire attendre les Chinois, cette campagne pourrait nous rapporter pas mal d'argent.

Comme d'habitude, il prépara du café et fit griller du pain de seigle. Puis, il me ramena à la résidence universitaire. Comme si rien d'exceptionnel ne s'était passé, quoique plus légère que d'habitude, je balançai mon sac dans un coin, me laissai tomber sur mon lit et attrapai immédiatement le journal de Marie Anne.

6

Vienne, 1er décembre 1888

Le désespoir m'a clouée au lit pendant des jours et m'empêche d'apprécier les marchés de Noël qui m'apportaient tellement de joie les années passées. Je pense uniquement à la mort de mon bébé. Tout devient effort, y compris le fait d'écrire ces simples mots dans ce journal. Je n'ai eu aucune nouvelle de Christoph depuis mars. J'espère qu'il ne lui est rien arrivé. Je me sens comme une flamme que l'on a soufflée.

Ma femme de chambre, Helena, vient de m'apporter du thé, des Zimtsterne, *les étoiles à la cannelle, et des* Vanilla Kipferl, *les sablés au sucre vanillé. Ça me fait toujours plaisir de retrouver son visage joufflu, ses cheveux bruns attachés en un chignon impeccable. Elle est gaie et digne de confiance.*

– Tout droit venus du marché de Noël. Je les ai achetés hier après-midi, j'ai dû affronter le froid. Avez-vous vu comme la neige a déjà recouvert la ville ? me demanda-t-elle. Comme dans un conte de fées.

Je suis bénie que cette créature angélique travaille pour moi et qu'elle illumine mes heures, même les plus sombres. Je lui ai fait part de mon inquiétude à propos de Christoph et elle m'a réconfortée.

7 février 1889

Hier soir, Charlotte et moi avons assisté à un dîner chez le cousin Maximilian. Charlotte était adorable avec ses cheveux blonds aux boucles serrées et sa robe blanche qui rehaussait son teint pâle. J'espérai passer une soirée festive, mais le décès mystérieux du prince héritier d'Autriche, Rudolf, et de son amante était sur toutes les lèvres.

Au départ, les journaux rapportèrent que Rudolf était décédé dans son pavillon de chasse, à Mayerling, d'un anévrisme cardiaque, mais à présent, les rumeurs d'un suicide vont bon train, ce que je considère comme plus plausible. Chacun savait à Vienne que son mariage avec Stéphanie n'était pas heureux et qu'il entretenait une liaison avec la baronne Mary Vetsera, âgée de dix-sept ans à peine. Mais pourquoi sont-ils morts ?

Cet incident ébranle tout Vienne. Maximilian est convaincu que, comme Rudolf était le fils unique de l'empereur, le trône ira maintenant au fils du frère de l'empereur, Karl Ludwig, et à sa descendance, l'archiduc Franz Ferdinand. Maximilian parlait avec une grande excitation. Il expliquait que, d'après les apparences, Mary était décédée bien avant Rudolf. À ses yeux, il s'agit d'un complot pour renverser la monarchie, une perspective désastreuse à l'entendre. Je ne suis pas d'accord avec Maximilian, et je crois plutôt qu'ils sont morts par amour, comme Roméo et Juliette. Par ailleurs, je ne pense pas que la monarchie soit en péril. La pauvre impératrice Sissi. Son mariage avec l'empereur était déjà en difficulté et, à présent, elle a perdu son fils unique, comme moi. Ma cousine Charlotte m'a dévisagée de son regard bleu clair et j'ai compris qu'elle partageait mes convictions.

Je me sens proche de Charlotte de bien des façons, mais je ne lui ai jamais rien raconté sur Peter ni sur Christoph.

13 février 1889

Je ne dois plus jamais me soumettre à la volonté de Charlotte en matière de chocolat chaud et de gâteaux, et ce, malgré son insistance. Nous sommes restées une éternité au Sacher Café *à bavarder à propos d'hommes galants et de régimes, tout en dévorant deux morceaux de* Sachertorte *chacune.*

Je dois perdre ce surpoids. J'envisage de prendre un tonique à l'arsenic ou peut-être des pilules contre le ver solitaire, traitements recommandés par Charlotte pour rester mince.

Ce soir, je vais à l'opéra avec elle.

Helena m'a fait entrer dans ma nuisette en soie et un corset blanc cassé – j'ai failli m'évanouir pendant qu'elle le laçait. Avec ce temps hivernal et la neige, j'ai aussi mis trois jupons avant de me glisser dans ma robe jaune et beige ornée de la magnifique broderie sur l'ourlet, l'un des quelques ensembles qui me vont encore.

Helena m'a habillée avec soin et je me sentais resplendissante. Après un bref coup d'œil au miroir, j'ai dû admettre que mes bras et mes mains sont modelés à la perfection, ma poitrine est pleine. Ma chevelure d'ébène est coiffée dans les règles de l'art : décorée de perles, de petits diamants et d'une tiare à plumes. Le rose de mes joues me donne bonne mine ; mon nez est petit ; ma peau évoque l'ivoire et mes lèvres sont d'un rouge profond. Mes yeux sombres s'harmonisent à la perfection avec mes cheveux.

Voyons qui nous rencontrerons à l'opéra.

14 février 1889

Je n'ai pu fermer l'œil de la nuit. Hier soir, j'ai fait la connaissance d'un gentleman étranger, une figure princière, à l'opéra de la Cour. J'en suis complètement éprise.

La soirée est passée tellement vite. Je me suis assise avec Charlotte dans notre loge pour voir Le Vaisseau fantôme *de Wagner. Je connais très bien l'histoire et les paroles. Aujourd'hui, Senta était splendide et déjà, au premier acte, j'étais stupéfaite qu'un chant aussi beau puisse sortir de la bouche d'une femme. Le talent du chef d'orchestre était inégalable ; pas un seul instrument n'a manqué une note. Je jetai un regard tout autour de moi avec mes jumelles. Je remarquai les larmes qui coulaient sur les joues des spectateurs. Mon regard tomba sur un gentleman à moustaches. Avec le départ de Christoph, j'ai eu le cœur brisé. Je n'ai eu aucune nouvelle de toute l'année passée. Par conséquent, à mon sens, j'ai tout à fait le droit d'être attirée par cet élégant gentleman.*

Durant l'entracte, accompagné d'un ami, il a frappé à la porte de notre loge. Ils sont entrés et nous ont offert des bonbons. Il est très séduisant. Il est grand, soigné, des sourcils d'un noir d'ébène, et des cheveux aussi sombres que l'encre de Chine. Son chapeau de soie, impeccable, brillait à la perfection. Il portait une canne au pommeau doré, ainsi qu'une chemise en soie ornée de son monogramme. Au doigt, une chevalière avec deux hiboux entrelacés, le symbole de son château situé près de la Loire.

Il a incliné la tête et s'est présenté : Thomas, prince de Lacquise, et son ami, le marquis Patrick Cernuccio. J'ai décelé un accent français, qui a bien failli me faire défaillir. Par chance, son ami a diverti ma cousine Charlotte, tandis que je discutais avec Thomas. Il est très instruit sur Wagner et sur l'histoire du marin maudit condamné à voguer sur les mers jusqu'à ce qu'il soit sauvé par le véritable amour. Il a insisté sur la controverse qu'inspirait Wagner. Il a ajouté qu'il ne prendrait pas la peine de recenser ses mauvais attributs. Je lui ai déclaré que, selon moi, Le Vaisseau fantôme *était le premier véritable opéra de Wagner. Ses yeux pétillaient d'approbation. Avant de nous séparer, Thomas m'a invitée à prendre le thé le lendemain, précisant qu'il séjournait à Vienne une semaine.*

C'est sa première fois ici et il m'a demandé de visiter les monuments avec lui.

15 février 1889

Mon cœur palpite tandis que j'appuie ma plume d'oie rouge sur le papier. Jusqu'à aujourd'hui, je n'avais jamais gâché de page à cause des éclaboussures d'encre, mais là, mes mains en tremblent encore.

Thomas et moi avons exploré les rues de Vienne, guidés uniquement par notre affection mutuelle. Je lui ai montré le Café Landtmann *avec son intérieur splendide, regorgeant de lustres et de miroirs. Nous nous sommes assis dans un box pour nous réchauffer et j'ai commandé deux parts de ma* Sachertorte *préférée accompagnée de grands cafés. Comme l'allemand de Thomas est très sommaire, nous avons conversé en français l'après-midi entier. Heureusement, la sévère gouvernante qui m'a suivie toute mon enfance, Madame Schillinger, m'a assuré que mon français était impeccable.*

20 février 1889

Thomas m'a invitée au Burgtheater ce soir pour voir Le Camp de Wallenstein, *la première partie de la trilogie de Friedrich Schiller sur le déclin du fameux chef militaire Wallenstein, qui fascine Thomas. Cela ne le dérangeait pas que la pièce soit en allemand, parce qu'il connaissait tout de la guerre de Trente Ans et des exploits de Wallenstein. Il croit que la trahison à la bataille de Lützen a précipité le déclin du chef catholique.*

Depuis l'ouverture du Burgtheater l'année dernière, j'ai songé souvent aux divines peintures murales de Klimt. J'espère que Klimt sera présent ce soir ; ce serait merveilleux de lui présenter Thomas.

25 février 1889

Une autre lettre : Thomas est un tel gentleman. Il a prolongé son séjour et je suis certaine que c'est pour moi. Chaque jour, avant son arrivée, son majordome, Pierre – grand, très maigre et chauve –, m'apporte un message de sa part, enveloppé dans un ruban de couleur. J'ai à peine le temps de les lire avant nos rendez-vous.

Aujourd'hui, j'ai invité Thomas à monter Betsy et Lina, les juments de mes parents. La neige a commencé à tomber pendant que nous trottions à travers bois et que nous dépassions de somptueux manoirs. Des flocons scintillaient sur les tuiles de l'abbaye de Klosterneuburg. Le toit voûté de l'abbaye de Heiligenkreuz brillait au soleil. Je suis fière du paysage autrichien et j'ai indiqué le nom des montagnes à Thomas. Après avoir dépassé le château de Mayerling, j'ai rappelé à Thomas que Rudolf et Mary Vetsera y avaient récemment trouvé la mort.

« Un véritable amour », fut sa réponse emplie de romantisme.

1er mars 1889

À ma grande joie, le Künstlerhaus *de Vienne, ma galerie d'art préférée, a plu à Thomas. Il a beaucoup admiré le style Renaissance italienne de la villa et son magnifique emplacement sur les berges de la rivière. Il est passionné par les arts. Il m'a demandé si j'aime les figurines de porcelaine, celle du soupirant qui joue de la harpe pour un ange. Il en possède une belle quantité et il a promis que, quand je serai à Paris, nous pourrions terminer sa collection.*

Il mentionne souvent sa demeure de la rue de Monceau, et il la décrit avec une telle richesse de détails que je la vois en esprit. Il s'agit d'un grand immeuble haussmannien. Les salons évoquent les salles d'un musée, car ils renferment les œuvres d'Antoine Watteau, Nicolas Lancret et François Boucher. Les rideaux et les murs sont tendus de tissus colorés. Je vais défaillir lorsque je la verrai.

3 mars 1889

Je souhaite que ces jours n'aient jamais de fin. Aujourd'hui, nous avons pris son attelage jusqu'au lac, nous sommes descendus pour nous promener et discuter sans interruption de Guy de Maupassant et d'Émile Zola. Il partage le même enthousiasme que moi pour la littérature française, mais ne se lasse pas d'analyser Wagner.

À ma grande surprise, Thomas a pris rendez-vous avec le célèbre photographe français Nadar, qui, par un heureux hasard, séjourne à Vienne. Il a survolé la ville en montgolfière. Je n'ai jamais rencontré Nadar et je suis très nerveuse. Il a déjà soixante-huit ans et a connu un grand succès à Paris. J'ai peine à croire qu'il va nous photographier, Thomas et moi, mais Thomas dit que je dois garder un cliché de nous deux. Nadar veut que nous nous habillions de noir. Rien ne doit détourner l'attention de nos visages, selon lui.

4 mars 1889

Nadar est corpulent et chauve, il a des étincelles dans le regard, et une moustache blanche comme neige. Il nous a reçus dans un studio et nous a donné des directives très strictes. Nos visages devaient rester proches et nous devions demeurer immobiles. La séance a duré une heure.

6 mars 1889

« Nous formons un couple sublime », a déclaré Thomas en me tendant un superbe médaillon. À l'intérieur se trouvait la photo de nous prise par Nadar. J'étais tellement aux anges que je me suis sentie tout étourdie, prise de vertige, d'autant plus quand mon amour m'a invitée ainsi que mes parents à Paris ce printemps pour voir l'Exposition universelle, un événement à ne pas manquer.

7

Professeur Mhost

« Une université devrait être un lieu de lumière, de liberté, et d'apprentissage. »

Benjamin Disraeli (1804-1881)

– Encore un retard ? s'étonna le professeur Mhost, à l'instant où je mettais un pied dans la salle de classe pleine à craquer.

Serrant fermement mon café à emporter, je me frayai un chemin parmi les vingt élèves (des filles en majorité). La lumière vive me fit mal aux yeux, lorsque je regagnai ma place habituelle, dans une rangée du fond, près de la fenêtre. Bien qu'il soit quatorze heures, j'avais encore la gueule de bois. La douleur me martelait le crâne, j'avais la bouche sèche et je me sentais incroyablement fatiguée. Malheureusement, aujourd'hui, c'était mon tour de présenter les nouvelles recherches relatives à ma thèse. J'avais envie de parler du journal intime et d'en lire quelques extraits, mais je l'avais oublié à la résidence. Or je n'avais pas pris de notes, et je n'ai jamais été très douée pour l'improvisation. Je me doutais que le professeur Mhost serait impressionné par cette source de premier ordre. Grâce à elle, mon devoir prendrait une autre dimension. Mes camarades de classe avaient témoigné aussi peu d'intérêt vis-à-vis de mon sujet de thèse que mon professeur, mais le journal pouvait changer la donne. Pour la majorité, ils avaient choisi des artistes contemporains comme Andy Warhol, Jackson Pollock, et Jean-Baptiste Basquiat ; l'impressionnisme leur semblait vieillot. *Tout a déjà été dit sur ce mouvement*, songeai-je en regardant la classe.

– Alors Vivian, de nouvelles idées concernant votre Maurice Danet, l'impressionniste ? s'enquit le professeur Mhost.

J'ai le journal intime de Marie Anne, pensai-je, mais je fus incapable de prononcer un mot.

– Oui ? poursuivit le professeur Mhost.

Le journal de Marie Anne, princesse de Lacquise, mon arrière-grand-mère. Je peux maintenant intégrer ses connaissances sur Danet dans ma thèse. Je préparai mentalement la phrase. Pourtant, la peur m'empêcha d'ouvrir la bouche. Sans aucun doute, le professeur Mhost allait-il rejeter cette source et répondre qu'il n'avait jamais entendu parler d'une liaison entre Maurice Danet et Marie Anne, et que le journal d'une lointaine parente ne constituait pas une source valide. Il me demanderait de rester fidèle aux ouvrages de la bibliographie. *Ce journal représente une source fondamentale, qui révélera les détails présents sur les toiles de Danet durant cette période*, je reformulai mon idée dans ma tête, mais mon crâne ne cessait de tambouriner. *Pourquoi ai-je descendu autant de verres avec Jérôme, la veille d'un jour aussi important ?* Je répondis enfin :

– *La Rose blanche*, le portrait qu'il a réalisé de Marie Anne, est la plus belle toile de Danet.

Le professeur Mhost éclata d'un rire malveillant.

– Vous savez ce que je pense de votre Maurice Danet : c'est le moins intéressant des impressionnistes, mais j'attends avec impatience d'entendre vos conclusions quand vous serez prête. S'il vous plaît, venez me voir dans mon bureau après la classe.

Mhost se tourna vers sa *protégée**, Anna, et la conversation dévia sur Andy Warhol et sa série « Les icônes de la célébrité ».

Je frémis et regardai autour de moi, mais aucun visage ne me témoignait la moindre compassion. *Je ferai de ma thèse un chef-d'œuvre*, pensai-je en m'efforçant de me donner du courage. L'attitude de mes camarades m'agaça au plus haut point, mais changer de cours n'était pas envisageable. Après avoir avalé une aspirine, je me sentis un peu mieux et je participai à la discussion sur les *Huit Elvis* et les *32 Boîtes de soupe Campbell* d'Andy Warhol. Cette analyse des photos floues montrant Elvis Presley, un revolver pointé sur le spectateur, ne fit qu'accroître ma haine envers le professeur Mhost. J'échafaudais des manières de le tuer. Pourtant, je devais admettre que j'admirais Andy Warhol. Tout comme Anna, qui l'avait choisi pour sujet de thèse, j'étais impressionnée par la diversité de son œuvre. Néanmoins, j'aurais souhaité que mes camarades, tout du moins, quelques-uns d'entre eux, partagent ma passion pour le XIXe siècle.

De retour à la résidence, je repensai à la mort tragique du fils de l'impératrice Sissi, que j'avais lue dans le journal. Je fis des recherches sur le drame, et je découvris qu'il existait un film intitulé *Mayerling* avec Omar Sharif et la toute jeune Catherine Deneuve. Je désirais en apprendre plus sur cette période et sur le double suicide. Je me précipitai sur King's Road pour louer le film. Peu de temps après, de retour dans ma chambre universitaire, je l'insérai dans le magnétoscope de ma petite télé. J'enfilai mon pantalon large en coton beige et un sweat gris. Puis, je me servis un whisky en me demandant comment je pourrais finir ma thèse. Lorsque le film débuta, je me mis au lit et me laissai emporter vers la Vienne du passé.

***

J'arrivai dans les bureaux du journal vers dix-sept heures ce jour-là et fus accueillie par un Donald à la mine glaciale. Il me conduisit jusqu'à la salle de conférences déserte et me fit signe de m'asseoir à la table en verre ovale.

– Je suis désolé, Vivian, mais nous allons devoir nous séparer de toi. Ana a laissé cette lettre pour toi, elle y explique les raisons de cette décision.

– Où est-elle ? demandai-je en me rongeant les ongles.

– À Paris, elle fait un discours au Louvre.

Dans sa lettre de licenciement, Ana m'accusait de bâcler mes reportages. D'après elle, je me contentais de récrire les communiqués de presse des galeries sans créditer mes sources, voire sans assister aux événements. J'étais furieuse. Quelle menteuse et quelle lâche, cette femme ! Elle n'avait même pas le courage de me virer en personne. Ma colère grandit, mais ma peau devint froide et humide, je redoutai de tomber dans les pommes. Au final, ce revenu supplémentaire m'était devenu indispensable et ma survie en dépendait. J'avais besoin d'un avocat, mais ne pouvais m'en payer un. Était-il possible de me renvoyer comme ça ?

Donald sortit de la pièce et revint avec un verre d'eau, l'air plus compatissant.

– Tout à fait entre nous, Vivian, ton renvoi a quelque chose à voir avec le professeur Mhost. Il ne t'apprécie pas beaucoup. Mais ne t'inquiète pas, il y a d'autres boulots qui t'attendent.

Facile à dire pour lui, pensai-je en quittant le bâtiment. J'avais l'estomac lourd, comme lesté de pierres.

J'appelai Chloé, qui paraissait de bonne humeur. Elle me proposa de nous retrouver pour un dîner de bonne heure dans notre restau de burger préféré, sur King's Road. Une heure plus tard, j'étais assise dans un box avec elle, ravie de voir son visage chaleureux et de l'avoir pour moi seule. Chloé commanda deux cheeseburgers, plein de frites, et des daiquiris glacés à la fraise.

– J'ai une nouvelle à t'annoncer, déclara Chloé. Dominic m'a demandé ce matin si je voulais l'épouser et faire de lui l'homme le plus heureux de la terre. Regarde ma bague.

Elle leva la main ; un gros solitaire brillait à son annulaire.

Je me levai pour embrasser mon amie, même si j'avais envie de pleurer.

Je trouvai très difficile de partager sa joie.

– Félicitations, dis-je d'un ton assez convaincant. Je suis si heureuse pour toi.

Tout ceci était un peu trop pour moi, mais je fis ce que toute amie aurait fait en cet instant et je commandai d'autres verres.

– Et toi alors ? Tu as l'air déprimée.

– Je me suis encore disputée avec Mhost et je me suis fait virer du journal, ce qui est entièrement la faute de ce connard.

Je racontai à Chloé que mes fréquents problèmes avec ce professeur m'inquiétaient.

– Ma thèse sur Danet est tout pour moi, mais Mhost est insupportable et je ne suis pas certaine d'avoir assez de matière pour la terminer.

– Pourquoi ?

– Je ne suis pas sûre de pouvoir utiliser le journal de Marie Anne.

– Lance-toi ! m'encouragea Chloé. J'ai quelque chose pour toi.

Chloé me tendit une superbe photo encadrée de *La Rose blanche*.

– Où l'as-tu trouvée ?

– À Vienne. J'avais pris une photo et j'ai fini par faire développer la pellicule. J'avais l'intention de te la donner depuis longtemps, mais aujourd'hui, on dirait que c'est le moment idéal.

– Tu es la meilleure, Chloé.

Je l'étreignis à nouveau.

– Allez… Je vais t'emmener au meilleur vernissage de toute ta vie. Ce soir, il y aura un bal, dit Chloé en souriant.

Au vernissage, situé dans une galerie d'art monumentale – un ancien entrepôt –, nous avons flâné, verre à la main, en contemplant une multitude d'œuvres.

– Cool, déclara Chloé. Regarde cette Barbara Kruger !

– *Be as tough as she is, Nike.* Tu es sérieuse ? Toujours la même rengaine, mais celle-ci est incroyable, dis-je en désignant *Fontaine* de Marcel Duchamp. Je n'avais jamais vu ses ready-made d'aussi près. Quelle sélection éclectique ils ont ici, l'expo est géniale !

Après deux heures passées à observer des œuvres et des gens, j'étais fatiguée.

Le lieu me rendait claustrophobe et les bulles m'enivraient ; je me sentis à nouveau soûle. Rentrer n'était pourtant pas une option. Je n'avais pas envie d'être seule.

– On va où maintenant ? demandai-je à Chloé.

Je contemplai la foule hétéroclite composée d'hommes pleins aux as, flanqués de leurs épouses liftées, qui circulaient aux côtés d'artistes débraillés et barbus et des punkettes qui leur tournaient autour.

– Les fêtes ne manquent pas, répondit Chloé en sortant des invitations de son sac à main. Jetons un œil à celle-ci. J'ai entendu dire que Barbara Kruger y serait.

– Chloé, tu es obsédée par cette femme ! Si je ne te connaissais pas aussi bien, je croirais que tu as craqué pour elle.

– Allez ! Ses slogans sont top, j'adore celui de la dingue de shopping !

En partant, j'aperçus une silhouette familière à l'autre bout de l'entrepôt. C'était Jérôme. Il roulait des pelles à une autre fille, tout en la déshabillant. Quasiment.

– Chloé ! hurlai-je, mais elle était déjà partie.

***

L'appel eut lieu le lendemain matin à huit heures. Je dormais profondément. J'avais beaucoup trop bu avec Chloé, désireuse d'oublier le spectacle de Jérôme en train de se vautrer sur une autre fille. Chloé ne croyait pas que c'était lui, car il lui avait dit travailler cette nuit-là. Quoi qu'il en soit, j'avais chaud et j'étais couverte de sueur. Je n'arrivais pas à me lever. Le téléphone n'arrêtait pas de sonner.

– Vivi, tu es assise ?

– Margot, qu'est-ce qui ne va pas ? demandai-je en me redressant d'un bond.

Sa voix trahissait une énorme angoisse.

– Vivi, je suis désolée, ça va te faire un choc.

– Qu'est-ce qui se passe Margot ? Vas-y, dis-moi.

– Ton père est mort la nuit dernière. Une autre crise cardiaque…

– Une autre quoi ?

Markus n'avait que cinquante-cinq ans. Je ne savais pas qu'il souffrait de problèmes cardiaques. D'ailleurs, je ne savais même pas qu'il avait un cœur. Du moins ne me l'avait-il jamais montré. Malgré tout, la nouvelle me causa un choc. J'attrapai la bouteille de whisky sous mon lit et avalai une grosse gorgée. Mon père était mort alors que je le détestais – je ne lui avais jamais pardonné – et, à présent, il était trop tard. Je ne le reverrai jamais.

***

J'avais cinq ans et je me tenais à l'entrée de la cuisine, près de la porte, invisible aux yeux de mon père. Il était debout devant un magnifique plateau en argent, et il préparait des canapés. Avec son costume gris, sa cravate bleu foncé, et sa pochette en soie assortie, il avait fière allure malgré l'éclat sombre de son regard. Il sortit la bouteille de champagne du réfrigérateur et la déboucha. Je me souviens encore de l'étiquette orange. Il en versa dans un verre, puis prit un sachet noir dans la poche de sa veste, l'ouvrit et fit tomber une poudre blanche dans l'un des verres. Maman entra dans la cuisine, magnifique dans une robe en mousseline lavande, sa chevelure d'un noir de jais tombant en cascade sur ses épaules.

– Et qu'avons-nous là ? demanda-t-elle en l'embrassant doucement.

Elle était toujours affectueuse et gentille envers mon père, quel que soit son comportement à lui. Malgré mon jeune âge, j'avais perçu que mon père était un dragueur invétéré qui rendait ma mère malheureuse. Chaque fois qu'il sortait, ce qui arrivait souvent, je l'entendais sangloter dans sa chambre.

– Emmenons les verres au salon, dit-il en me lançant un de ses regards noirs. Nous n'avons pas envie que tu sois là.

Ma mère voulait m'accompagner au lit comme tous les soirs. D'habitude, elle me lisait une histoire, me chantait une chanson et me faisait cinq câlins et dix bisous. Mais cette soirée-là débuta par une surprise.

– Ma chérie, j'ai quelque chose pour toi, dit-elle lorsque je m'allongeai.

Elle me tendit une petite boîte entourée d'un ruban rouge. Je l'ouvris. Elle contenait une chaîne en or ornée d'une croix impressionnante. La croix était couverte de diamants.

– C'est magnifique, maman.

– Comme toi, dit-elle, ses joues ruisselant de larmes.

– Pourquoi tu es triste ? C'est à cause de papa ? demandai-je.

– Non, tu as beaucoup de chance, tu as un père merveilleux. Il faut que tu sois gentille avec lui.

Ne voulant pas la décevoir, je gardai le silence.

– Terminons *Fantastique Maître Renard*, dit-elle en se détournant pour s'essuyer le visage.

Elle ouvrit le roman de Roald Dahl. Après avoir lu l'histoire des trois fermiers qui essayaient de piéger le renard, elle me serra cinq fois dans ses bras, plus fort que d'habitude. Puis, elle me fit vingt baisers sur la tête, les joues, le nez et les oreilles.

– Je t'aime. Maintenant, dors mon ange.

Elle soupira et borda la couverture autour de mes épaules. Le rituel du coucher fut différent cette nuit-là et je remarquai que les gestes et la voix de ma mère étaient inhabituellement lents et distants.

Le lendemain matin, le 1er septembre 1963, je m'éveillai au son des sirènes. La dernière vision que j'eus de ma mère fut cette femme toute frêle allongée sur une civière, que l'on emmenait vers l'ambulance. Mon père me prit à part et essaya de me consoler.

– Tu l'as tuée, je t'ai vu ! ai-je dit en tentant de me libérer de son étreinte.

Il me flanqua une gifle, qui me laissa une marque bleue pendant des jours.

– Comment oses-tu ? répondit-il.

Mon père me saisit le bras et me conduisit jusqu'au salon.

– Assieds-toi.

Nous prîmes place sur des chaises dorées.

– Ta mère était très malade.

– Quoi ?

– Elle avait un cancer en phase terminale.

– Quoi ? répétai-je en l'interrompant avec impatience.

Je ne comprenais pas un traître mot de ce qu'il disait et j'étais persuadée que la poudre l'avait tuée. J'avais déjà vu cette poudre venir à bout des souris dans la maison. Il ne pouvait pas me duper.

– Maman était malade. Elle est au paradis maintenant, expliqua Markus.

– Et la poudre alors ?

– La quoi ?

Déjà à cet âge-là, je sentais que mon père mentait. Il s'approcha de moi, nos têtes se touchaient presque, et il me saisit par les épaules avec fermeté. Je pris peur. Il m'avait frappée par le passé. Un jour, il m'avait même pourchassée avec une ceinture. Je dus me cacher dans la salle de bains.

– Il vaudrait mieux pour toi que tu fasses attention à ce que tu dis, jeune fille. Je ne veux plus jamais entendre parler de cette poudre imaginaire. Ta mère est décédée de mort naturelle. Un jour, tu comprendras, et maintenant, file dans ta chambre.

Effrayée par la réaction de Markus, je n'avais jamais confié mes soupçons à qui que ce soit. Je craignais que, confronté à cette accusation, Markus ne me fasse interner pour de bon. Maintenant qu'il était mort, peut-être pourrais-je révéler la vérité, au moins à Margot et Chloé. Je n'avais jamais eu le courage de l'affronter en personne. En sa présence, les mots restaient coincés dans ma gorge. Ses menaces en cette matinée fatale résonnaient encore à mes oreilles. Je ne pourrais jamais pardonner au meurtrier de ma mère bien-aimée.

– Il était malade depuis quelque temps, poursuivit Margot, mais Sybille a dit que, finalement, tout s'est passé très vite.

Curieusement, mes yeux se remplirent de larmes.

– Quand ont lieu les obsèques ? bégayai-je.

– La semaine prochaine, répondit Margot. Nous irons ensemble... Je m'occupe du voyage. Tu veux passer aujourd'hui ?

– Je m'arrêterai après les cours.

– Peut-être que tu devrais te reposer au lieu d'y aller.

– Je n'ai pas le choix, Margot.

Après avoir raccroché, je songeai à la soudaineté de la mort et à son caractère irréversible. J'eus une pensée pour le bébé de Marie Anne, Peter. Sa mort m'avait ébranlée. À présent, je n'avais aucune envie d'assister à mes cours, au lieu de cela, je n'avais qu'un seul souhait : rester au lit. Je m'obligeai à me ressaisir. J'étais déterminée à convaincre mon professeur de l'importance de *La Rose blanche*.

J'entrai dans la classe dix minutes plus tard.

– Dans *Les Tournesols* de Van Gogh, le jeu de lumière est en partie obtenu grâce aux empâtements de peinture, expliquait Mhost.

Son regard s'assombrit lorsque je m'assis dans le fond.

Je levai la main.

– Danet illustre cela à la perfection.

– Il est question de Van Gogh en cet instant. S'il vous plaît, veuillez cesser vos élucubrations sur Danet.

Le ton de mon professeur était sans appel.

Je me souvins de la photo encadrée prise par Chloé. Je regrettais de ne pas avoir raconté au professeur que *La Rose blanche* était accrochée sur un mur du palais Weissenberg. Pas encore tout du moins. Il aurait probablement paru prétentieux de me vanter d'avoir grandi dans un palais ; par ailleurs, avec ce prof vaniteux et obstiné et mes camarades amorphes, toute velléité de dialogue s'avérait vaine. Si j'avais envie de poursuivre ma thèse sur Danet, je devrais changer de professeur.

Après les cours, j'allai tout droit chez Margot. J'espérais qu'elle serait de bon conseil et m'indiquerait comment procéder sans compromettre mes chances d'obtenir mon diplôme. Une fois arrivée devant sa porte, je sonnai, mais n'obtins aucune réponse. Pleine d'appréhension, je pris la clé cachée sous le paillasson et ouvris.

– Margot, appelai-je, mais mon appel demeura sans réponse lui aussi.

Je traversai le salon, puis la cuisine, et la chambre en appelant toujours. L'écho de ma voix me parvint pour toute réponse. J'essayai de lui téléphoner, mais personne ne décrocha.

Je fis le numéro de Chloé.

– Margot est introuvable et j'ai vraiment besoin de parler à quelqu'un, dis-je entre deux sanglots. Je peux passer ?

J'entendis le bébé de Chloé pleurer dans le fond.

– Quoi ?

Chloé ne parut pas m'entendre.

– Je peux passer te voir ? répétai-je en hurlant pour couvrir les pleurs.

– Aujourd'hui, c'est impossible, Vivi.

– Quoi ?

Je pressai le téléphone sur mon oreille, espérant avoir mal compris. Tout à coup, je me sentis incroyablement seule.

– Je suis morte de fatigue… Je n'ai pas dormi de la nuit. Susan a vomi. Je n'ai aucune idée de ce qu'elle a, je dois courir chez le pédiatre. Dominic est en déplacement. Désolée, il faut que j'y aille.

Je raccrochai, déprimée et effrayée ; je me traînai jusqu'au canapé. J'attendrais Margot, elle était sortie faire une course, probablement. Je commençais à craindre que le pilier de ma vie ne se soit volatilisé d'un coup. Après plusieurs heures sans aucun signe de ma tante, je regagnai ma résidence. *Où est Margot ?* Je me posai cette question en me vautrant sur mon lit. Je me versai un whisky et me plongeai dans l'univers de Marie Anne.

8

Paris, 20 avril 1889

Nous sommes arrivés à Paris hier ; le voyage fut éprouvant. Nous avons pris l'Orient-Express ; le périple a duré vingt-huit heures. La nourriture servie par l'élégant restaurant était plaisante, mais il m'a été impossible de dormir, lire ou même écrire à cause du roulis du train. Ma plume d'oie n'arrêtait pas de faire des éclaboussures.

Thomas nous attendait avec son domestique et son attelage à la gare de l'Est. Il paraissait encore plus raffiné qu'à l'accoutumée, vêtu d'un costume sur mesure, d'un long manteau, d'une canne et de gants… à la dernière mode. Il a des manières d'aristocrate tout à fait parfaites ; assuré qu'il est d'appartenir à la haute société. J'espère vraiment que ma fatigue n'était pas visible. J'ai fait de mon mieux pour la dissimuler avec du fard et je me suis mordu les lèvres et pincé les joues énergiquement pour avoir l'air pimpante à la sortie du train. Je portais ma robe verte richement ornée, aux manches bouffantes, sur laquelle j'ai fixé un tournesol que j'avais arrosé pendant tout le voyage. Malheureusement, le temps d'arriver dans la demeure de Thomas, rue de Monceau, il avait séché.

Il n'a pas exagéré : son hôtel particulier est magnifique. Le hall d'entrée est recouvert de marbre blanc, chaque salon est décoré dans une couleur différente et sa chambre est baptisée « Siegfried », en hommage à Wagner. Le salon rouge regorge d'art japonais : Thomas s'enorgueillit d'une collection de netsuke, *présentée dans une vitrine en laque noire, tandis que nombre des précieuses peintures dont il m'avait parlé sont exposées dans le salon vert. Le* Marie-Antoinette *peint par Winterhalter est de toute beauté. L'impératrice Eugénie y est représentée sous les traits de Marie-Antoinette. Thomas m'a expliqué qu'Eugénie vénérait Marie-Antoinette, qu'elle vivait dans les mêmes palais et préférait elle aussi le Trianon. Elle s'était même entourée de meubles et d'objets qui avaient appartenu à la reine guillotinée. Cette adoration ressort comme une évidence dans cet éblouissant portrait. De profil, elle est figurée debout dans un jardin, vêtue d'une robe en taffetas jaune, ornée de rubans bleus et de nœuds noirs, et sa chevelure portée haut est poudrée, à la mode de l'Ancien Régime.* La Danse *de Jean-Antoine Watteau est tout aussi délicieuse. On y voit trois enfants qui jouent de la musique avec leur gouvernante, tandis qu'une superbe jeune fille prend la pause au milieu de la danse pour fixer le spectateur. Une église de village perchée sur une montagne se dresse en arrière-plan. La toile respire la sérénité.*

Après avoir montré leurs appartements à mes parents, la suite violette, il m'a escortée jusqu'à la suite rose, qui abrite un grand lit et un cabinet de curiosités. L'origine de chaque objet est extraordinaire : des coraux de couleurs vives en provenance des Antilles, des papillons aux ailes d'un bleu irisé venus d'Afrique, des sculptures religieuses de la Terre sainte, et une mâchoire de requin ramenée du cap de Bonne-Espérance, tout entière avec des dents pointues. J'ai été étonnée par les nombreux trésors ramenés de ses lointains voyages. Il remplit mon esprit d'émerveillement.

Thomas exerce aussi une influence bénéfique sur mes parents. Ce sont des personnes différentes quand il est dans les parages ; mon père est loquace, et ma mère est enjouée et douce. Elle ne m'a pas insultée une seule fois depuis notre arrivée. Thomas nous a servi un repas simple et léger (une omelette aux champignons accompagnée d'une salade) et a débouché une bouteille de champagne pour célébrer notre arrivée. Ensuite, pendant une pause sucrée avec du café et des macarons, nous lui avons offert un grand cadre en argent, pour lequel il nous a remerciés avec exagération. Ensuite, il a suggéré que je prenne du repos et s'est tourné vers ma mère.

– On va faire une petite promenade ensemble* ? *proposa-t-il et avant que je ne puisse intervenir, ils étaient partis.*

Trois heures plus tard, ma mère est revenue radieuse, et elle se cramponnait à deux sacs du Bon Marché, *en déclarant qu'une importante livraison allait arriver cet après-midi.*

– Mets ça ce soir, dit-elle, en me tendant une robe et un châle. Thomas les a achetés pour toi. Tu dois te montrer sous ton meilleur jour à ce dîner.

J'ai contemplé la splendide robe en soie et taffetas couleur lavande, avec une doublure en sergé, et le châle assorti en alpaga et mohair orné d'une broderie qui, heureusement, couvre la cicatrice sur mon bras, une marque éternelle.

Thomas a organisé un dîner officiel dans sa vaste salle à manger verte. Quarante invités sont arrivés, accompagnés d'une trentaine de domestiques vêtus de blanc. L'atmosphère était sans pareille. Dès mon entrée dans la pièce, j'ai été soufflée par le doux éclat d'une centaine de bougies rouges plantées dans des candélabres ancestraux ; les assiettes dorées à l'or fin ; un centre de table en argent de style baroque avec une délicate composition florale, abondance d'orchidées et de violettes ; ainsi que les services successifs provenant de Sèvres, de Saxe, du Japon et de Dresde. Tout était lustré et étincelait de mille feux. Les invités brillaient encore davantage que le décor.

La crème de la crème parisienne fit acte de présence : les parents de Thomas ; la comtesse Greffulhe avec son cousin, le poète issu du mouvement symboliste, Robert de Montesquiou ; la magnifique duchesse de Gramont ; la princesse Clotilde Bonaparte, la veuve du prince Napoléon ; et plusieurs membres de l'aristocratie fortunée new-yorkaise et bostonienne, tels que les Bigelow et les Douglas. La robe de la comtesse Greffulhe éclipsa toutes les autres : une création Charles Worth en soie bleu pâle. Elle consistait en une longue jupe ornée d'un volant et une tunique unie par des bandes en dentelle, l'ensemble entièrement agrémenté de perles plates. Elle portait aussi trois rangées du même ruban, tressé avec des perles, dans ses cheveux, qui retombaient en boucles légères.

Je n'avais jamais vu mes parents si nerveux et j'eus du mal à garder mon calme, moi aussi. Je suis stupéfaite par le nombre de personnes intéressantes et influentes que connaît Thomas. Sa vie est bien plus raffinée que la nôtre à Vienne.

Au cours de la soirée, on nous a servi une quinzaine de plats, tous plus savoureux les uns que les autres :

— Potage brunoise aux perles[1] *(un délice et sa température était parfaite) ;*

— Velouté aux nids d'hirondelles *;*

---

1. Tous les mets sont en français dans le texte.

— Cassolettes de morilles ;
— Compotée d'oignons rouges au porto ;
— Truites saumonées et émulsion de coquillages ;
— Filet de bœuf aux truffes *(la viande était servie rouge et chaude, recouverte d'une sauce sombre et épaisse. Malheureusement pour mon régime, j'ai tout terminé. Elle était accompagnée d'un bordeaux charpenté, qui accentuait le goût délicat des truffes)* ;
— Poularde de Bresse rosière ;
— Jambon de Bayonne à la provençale ;
— Pain de bécasses en Bellevue *(la bécasse était succulente et servie avec des cubes de foie gras)* ;
— Spoom au porto doré ;
— Canetons de Duclair rôtis et légumes truffés ;
— Poulardes de Granville à la russe ;
— Asperges en branche, sauce mousseline ;
— Glaces nelusko *(servies avec du champagne)* ;
— Pavé de bar de nos côtes aux algues marines

Au fil du dîner, nous avons savouré une quinzaine de vins différents en commençant par du blanc. Thomas a goûté chacun d'eux, avant que ses domestiques ne remplissent les verres des invités. Les vins rouges étaient exquis, ils allaient du bourgogne léger au bordeaux plein et charpenté. Au dessert, champagne et porto ont été servis à parfaite température, dans des verres délicats. J'aurais honte de l'inviter un jour chez mes parents.

J'étais assise en bout de table, à un côté de Thomas ; ma mère était de l'autre. À ma gauche se trouvait un merveilleux photographe britannique qui se nommait Eadweard Muybridge. Il faisait montre d'une vivacité d'esprit extraordinaire et débordait de vie malgré son âge considérable. Avec ses cheveux blancs et sa barbe fournie, il incarne parfaitement la figure paternelle, et sa voix ferme m'a apaisée. Il venait d'arriver, par bateau à vapeur, de Philadelphie, où il réside.

– Ce que j'essaie de saisir, me dit-il, c'est le mouvement. L'appareil photo est l'instrument parfait. Savez-vous, ma chère, que l'appareil peut capturer des mouvements que l'œil n'a même pas commencé à percevoir ?

Il produit des milliers d'images de chevaux en mouvement. Il s'est plaint de la difficulté qu'il y avait à voyager avec son appareil et ses négatifs sur plaques de verre ; l'un d'eux s'était déjà brisé. Il nous a invités, mes parents et moi, à une conférence qu'il donnait le lendemain.

Thomas a le don pour divertir mes parents.

– Que chasse-t-on en Autriche ? a-t-il demandé à mon père, le lançant ainsi sur son sujet préféré (hormis l'opéra).

Il lui a raconté qu'il prévoyait d'organiser une chasse dans son château à l'automne.

– J'adore tirer l'oie en exquise compagnie, a-t-il ajouté.

30 avril 1889

Thomas nous a tous emmenés au bal costumé organisé par son ami, le marquis Patrick Cernuccio, à qui il m'a présentée la nuit même de notre rencontre à Vienne. Cette expérience était étourdissante ; j'en tremble encore d'excitation. Monsieur Cernuccio nous a reçus dans sa demeure du parc Monceau, un manoir d'une superficie étendue, bâti spécialement pour mettre en valeur la sublime collection de trésors japonais qu'il a rapportés d'Extrême-Orient. Patrick Cernuccio est un homme de haute taille, à la physionomie saisissante. On dirait le jumeau blond de Thomas. Hier soir, il portait un costume de samurai, tout comme ses amis célibataires qui l'aidaient à accueillir les invités. La salle principale, où l'orchestre jouait et où l'on dansait, exhibait une colossale statue de Buddha en son milieu. Le charmant Robert de Montesquiou était présent. Thomas le trouve extraordinairement ridicule, mais je dois dire que je trouve ce surréaliste amusant, d'autant plus amusant avec ses moustaches pointues. Il m'a complimentée sur ma robe à plusieurs reprises et j'ai dansé la polonaise avec lui : cette danse élégante et majestueuse. Il m'a conduite avec habileté tout autour du Buddha, tout en discutant de sa maison, qu'il aimerait me montrer bientôt. Il m'a présentée au président français Sadi Carnot et à son épouse, qui était vêtue d'une belle robe en velours couleur rubis, ornée d'une guipure ancienne.

Thomas m'a présentée à la duchesse d'Uzès, vêtue de la tête aux pieds de satin rose, avec un corsage Louis XV et un diadème étincelant. Nous avons discuté du général Boulanger, le nationaliste, et de sa menace d'un coup d'État, qu'elle soutient, puis du danger des attentats à la bombe organisés par les anarchistes, qu'elle condamne. Elle m'a paru une dame forte et admirable, au style incroyable. Je dois absolument agrandir ma garde-robe.

3 mai 1889

Je n'ai presque pas dormi ces derniers jours. Thomas est le maître de chacune des minutes durant notre séjour. Enfin, j'ai un moment pour écrire. Hier soir, nous avons assisté à un récital organisé par la comtesse Greffulhe à son domicile parisien de la rue d'Astorg.

– Vous vous rappelez d'elle à notre dîner ? m'a demandé Thomas au déjeuner hier.

J'acquiesçai en songeant à sa magnifique robe.

Sa demeure est encore plus spacieuse que celle de Thomas et décorée dans des nuances claires et féminines. La marquise m'a accueillie chaleureusement. Elle était magnifique, sa chevelure sombre brillait tout comme ses yeux d'une couleur singulière, presque violette, comme des lucioles noires. La nuance de son regard changeait au gré de la lumière, et je me suis sentie bien quelconque à côté d'elle. Thomas m'a raconté que son époux était infidèle et irascible. Comment un homme peut-il tromper une dame aussi belle ? Le concert avait lieu dans un vaste salon, pareil à une salle de concert. Un imposant piano trônait sur une scène. Le formidable pianiste, Claude Debussy, a interprété divers morceaux de Mozart, bien que le plus marquant ait été Petite Suite *à quatre mains, jouée avec Jacques Durand. Le concert fut aussi délicieux que la compagnie.*

À la fin, la comtesse Greffulhe demanda :

– Vous avez rencontré mon cousin, le comte de Montesquiou ?

– Oui, ai-je reconnu, c'est un bon danseur.

Elle sourit.

– Aimez-vous les courses ?

Elle a ajouté qu'elle était favorable aux courses de lévriers.

– Peut-être aimeriez-vous assister à notre prochain événement. Je regrette de ne pas rester plus longtemps ; il y a tellement à faire ici.

Après le concert, la conversation a tourné autour de l'Exposition universelle, qui débute demain. Tout le monde a un avis tranché sur la monstruosité d'environ trois cents mètres de haut, fabriquée en fer, dessinée par Gustave Eiffel, et qui n'est pas encore achevée. Certaines personnes ont dit qu'elles remercieront le Seigneur quand elle sera démantelée à la fin de l'exposition.

Une femme m'a dit que Gustave Eiffel bâtissait des ponts d'habitude, et que cette tour était un miracle de virtuosité technique – malgré la controverse qu'elle suscite. Les expositions sont abritées dans plus de quatre-vingts structures sur le Champ-de-Mars, dont l'impressionnante galerie des Machines, imaginée par Ferdinand Dutert. Les points forts sont l'exposition coloniale, et une importante collection de matériel de guerre et de beaux-arts. J'espère réussir à dormir cette nuit.

6 mai 1889

Quelle journée*. *Mes parents, Thomas et moi sommes arrivés très tôt à l'exposition et nous avons été escortés immédiatement à l'intérieur, en passant devant la foule qui affluait en masse. Deux cent mille personnes essayaient d'entrer.*

Nous avons commencé par la tour Eiffel.

– C'est un déshonneur pour Paris, cette statue girafe, s'exclama Thomas en me racontant la lettre envoyée au gouvernement pour dénoncer cette structure. Charles Garnier, Guy de Maupassant et Alexandre Dumas ont signé la lettre de protestation, tout comme Léon Bloy, qui appelait la tour « un lampadaire réellement tragique ».

Je n'ai pas osé le contredire, mais je trouve cette tour tout sauf monstrueuse. Je n'ai jamais vu le fer modelé avec une telle perfection, à la manière d'un treillis.

À côté se trouve le palais des Beaux-Arts, rempli de peintures naturalistes, mais à ma grande surprise, hormis Burne-Jones et Millet, que je n'adore ni l'un ni l'autre, peu d'œuvres impressionnistes sont exposées. Ensuite, nous avons descendu l'esplanade des Invalides, qui abritait l'exposition coloniale de cinquante ânes égyptiens ; ils ressemblaient à des zèbres et paraissaient complètement incongrus dans ce décor majestueux. Le plus grand bâtiment clos était la galerie des Machines, qui était probablement le plus bruyant aussi, avec des milliers de machines qui claquaient et cliquetaient en même temps. Parmi les nombreuses merveilles à l'intérieur se trouvait le phonographe d'Edison. Thomas a promis d'enregistrer ma voix le moment venu. La France était sur son trente et un et le drapeau tricolore décorait les réverbères et les bâtiments.

Mon moment préféré fut quand Thomas m'a prise à l'écart.

– Tu dois voir ça, a-t-il chuchoté.

Alors nous nous sommes éloignés en cachette de mes parents et il m'a emmenée vers la partie française. Et il était là : le diamant impérial.

– Voici le plus gros diamant au monde, m'a-t-il annoncé, comme s'il me l'offrait. Il fait 184,5 carats et a été découvert en Afrique du Sud ; il a été acheté par un prince indien, le nizam de l'Hyderabad. Contre toute attente, il s'en servait de presse-papier.

Nous avons dû faire preuve de patience avant de pouvoir approcher la pierre précieuse car la file d'attente était longue.

– La limpidité de la pierre est éblouissante, ai-je dit en la fixant avec admiration. J'aurais pu la contempler pendant toute une éternité.

– Content de connaître tes goûts, a-t-il dit.

Puis nous avons traversé le pont jusqu'au Trocadéro où l'exposition des beaux-arts déployait des Fragonard colorés et des statues de Rodin.

– Prenons un verre, a proposé Thomas. Nous pouvons rester ici toute la nuit, grâce aux éclairages électriques d'Edison.

À vingt-deux heures, la tour Eiffel s'est illuminée de couleurs vives et nous l'avons admirée pendant que nous nous tenions à côté de Buffalo Bill.

Même si nous avons parcouru l'exposition à bord d'un petit train, mes pieds me faisaient terriblement mal. Pourtant, tout cela en valait la peine.

9

Tante Margot

> « La peur de la mort découle de la peur de la vie. Un homme qui vit pleinement est prêt à mourir à tout moment. »
>
> Mark Twain

Cela faisait deux jours que j'essayais de joindre Margot, en vain, et je commençais à paniquer. J'avais déjà appelé tous les hôpitaux des environs, m'imaginant qu'elle était peut-être tombée, avait perdu connaissance et que quelqu'un lui était venu en aide. Déprimée, je me rendis au poste de police. Après trois heures d'attente, sur une chaise en plastique bien dure, à côté d'une femme, j'étais encore plus chamboulée. Ma voisine était séduisante, habillée de vêtements coûteux, mais elle sanglotait bruyamment.

– Vous allez bien ? lui ai-je demandé.

– Non, je crois que mon mari me trompe. C'est la deuxième lettre anonyme. La première racontait qu'il se faisait faire des gâteries par toutes les jeunes filles de son bureau. Et celle-ci m'accuse d'être trop maigre et m'informe que mon mari préfère les femmes aux formes sexy et généreuses.

– C'est sûrement quelqu'un de jaloux, ai-je dit, mais l'image de Jérôme ressurgit dans mon esprit.

– La police ne sert à rien, chuchota la femme. La dernière fois, ils m'ont conseillé d'en rire, mais vous trouvez ça drôle, vous ?

Elle prit un autre mouchoir en papier dans son sac Birkin beige de chez Hermès.

Enfin, une porte s'ouvrit et un jeune policier blond à la mine sérieuse m'invita à entrer, puis à m'asseoir.

– Bonne chance, ai-je dit à la femme.

J'espérais que la police se montrerait plus utile dans mon cas.

Je suivis le policier le long d'un couloir jusqu'à un petit bureau vivement éclairé.

– Prenez un siège, proposa-t-il en s'asseyant derrière son ordinateur. Depuis combien de temps votre tante a-t-elle disparu ? m'a-t-il questionné avec un fort accent allemand.

– Une semaine, répondis-je. Que peut-on faire ?

Le policier commença par créer un dossier avec les informations que je lui fournis, ce qui sembla durer une éternité. Enfin, il prit des renseignements sur Margot.

– Avez-vous une photo d'elle ? demanda-t-il sans s'arrêter de taper.

Puis, il se leva, marcha jusqu'à un meuble de rangement et en sortit un dossier. Je remarquai qu'il boitait et qu'un papier rouge était collé sous sa chaussure noire.

– Oui, dis-je, malade à l'idée que Margot ait été victime d'un acte criminel.

J'avais apporté plusieurs photos. Mes clichés préférés. Nous les avions pris devant la National Gallery sur Trafalgar Square au printemps dernier.

– Jolie photo. Comment avez-vous réussi à attirer un pigeon sur son épaule ?

Je souris pour la première fois depuis une semaine.

– Pouvez-vous me donner des renseignements sur ses amis, ses autres parents, et les endroits qu'elle visitait souvent ? poursuivit le policier, sur un ton plus compréhensif.

Tandis que je répondais à ses questions, je me retrouvai à fixer le papier rouge, à présent collé sous ses deux chaussures, car il avait rapproché ses pieds sous son bureau en métal argenté. Je racontai au policier l'amour de Margot pour les ventes aux enchères, l'art et Hyde Park, et je me sentis soudain faible. Elle pouvait être n'importe où. *Et si je ne la retrouve jamais ?* La dame de la salle d'attente n'avait pas été très encourageante concernant les performances de la police londonienne.

– Souffrait-elle de problèmes médicaux ? demanda-t-il en tapant du pied gauche.

Un bruit agaçant. Un papier tomba de son bureau.

Je lui racontai que ma tante souffrait d'asthme, surtout dans les moments de stress. En tant que parente, je lui donnai la permission de fouiller le domicile de Margot et nous tombâmes d'accord pour nous y rendre sur-le-champ. Après avoir examiné la maison, il me demanda un échantillon d'ADN et emporta la brosse à dents de ma tante.

Lessivée, je retournai à ma résidence et sanglotai tout en récapitulant les événements de mon existence dénuée de sens. Margot avait disparu et elle était probablement morte, comme mon père, et ma thèse, mon rêve de devenir conservatrice, et mon boulot au journal : tout était voué à l'échec. Je me lamentai aussi sur ma situation financière désespérée et sur le fait que Jérôme soit passé à une autre fille. Je ne parvenais pas à effacer l'image de lui en train d'embrasser l'autre, si vite après notre nuit d'amour. *Je n'ai aucune raison de vivre*, pensai-je. Assise à mon bureau, je projetai de rédiger une lettre de suicide à l'intention de Margot, si d'aventure elle réapparaissait. Je déversai mes pilules dans un arc-en-ciel de couleurs sur le bureau devant moi, et avalai trois bleues en premier avec une rasade de whisky. On frappa à la porte, mais je fis semblant de ne pas entendre.

– Vivi, *chérie** ?

Je ne répondis pas à la voix familière.

– Je sais que tu es là, Chloé me l'a dit.

– Va-t'en, dis-je, mais Jérôme insista.

Je décidai d'ouvrir rapidement et de le renvoyer d'où il venait. Je me levai donc et déverrouillai la porte. Dès que j'ouvris, il entra d'un pas assuré comme à son habitude et tenta de m'embrasser sur la bouche. Je me détournai et lui demandai de partir.

– *Chérie, ça va** *?* s'enquit-il avec son irrésistible accent.

– Ne m'approche pas ! dis-je.

– Qu'est-ce que tu fais ? demanda-t-il en fixant les médicaments.

– Va-t'en, tu n'as aucun droit d'être ici. Comment as-tu passé la sécurité ? demandai-je en désignant la porte, mais Jérôme ne bougea pas.

Je frémis en le revoyant avec l'autre fille. Il ne me récupérerait pas aussi facilement. La situation était gênante, mais il n'avait aucun droit d'être ici.

– Je pense que tu devrais y aller, dis-je en désignant la porte.

– *Vivi, mon amour**, que se passe-t-il ?

– Arrête, tu crois que je ne t'ai pas vu.

– Vu quoi ? demanda Jérôme en sortant du tabac, du cannabis et en s'asseyant sur mon lit. Il réduisit la drogue en poudre.

– Jérôme, va-t'en.

Manifestement, il n'avait aucune intention de partir et il se contenta de jeter les pilules à la poubelle, comme pour faire de la place et terminer son joint.

– *Attends, ma belle**, dit-il.

Une fois qu'il l'eut roulé, il prit des allumettes, l'alluma et tira une bouffée. La braise rouge illumina ma petite chambre.

– Rien de mieux quand je stresse, ajouta-t-il en me regardant.

Mes yeux verts rencontrèrent les siens, couleur topaze, et je fus sur le point d'éclater en sanglots. Les médicaments que j'avais avalés faisaient effet et ils dissolvaient mes défenses.

– Je t'ai vu embrasser une autre fille au vernissage, répondis-je.

Je bredouillai.

– Mais Vivi, *c'est impossible**. J'étais à Paris pour un autre shooting et je ne suis revenu qu'aujourd'hui. C'est pour ça que tu pleures, ma *chérie** ?

Il prit une autre bouffée et s'installa plus confortablement. C'est un lit génial.

– Jérôme, je ne suis pas ce genre de fille, c'est sérieux pour moi.

– Mais *chérie**, tu ne m'écoutes jamais. Je t'ai dit la semaine dernière que c'était pour Fijo. La marque de parfum japonaise.

– Vraiment ? Pour quoi faire ? Pourquoi tu ne me l'as pas dit ? J'avais tellement envie de le croire.

– Vivi, viens par ici.

– Non, dis-je, mais je le laissai prendre ma main et il m'attira à lui.

Avant que je n'aie conscience, il me tenait serrée contre lui et nous finissions le joint ensemble. C'est vrai qu'après chaque bouffée je me détendais un peu plus. *Fijo*, le nom me disait vaguement quelque chose. Je me souvins de Jérôme m'expliquant que les Japonais étaient ses nouveaux clients. Disait-il la vérité ? Je décidai de lui donner une seconde chance, le poids était trop lourd à porter toute seule. Dans un état proche de la transe, je le suivis hors de la résidence et je bondis à l'arrière de sa moto. Je le serrai très fort. Engourdie, je n'avais même pas peur de sa conduite imprudente. Je fermai les yeux et sentis mon cœur cogner contre son dos, jusqu'à ce qu'il se gare devant le restaurant, à deux pas de son loft.

– *Bonjour** Jérôme, lança le chef de rang de derrière le bar en cuivre.

Il lui serra la main.

– *Ça va* ?* répondit Jérôme.

– Ta table près de la fenêtre ?

– *Mais oui**.

Le serveur me sourit et nous conduisit dans un coin tranquille.

Assis en face de moi, mon amoureux prit mes mains dans les siennes.

– Vivi, tu es déprimée ?

Je regardai dehors en cherchant un mensonge adéquat. *Puis-je lui faire confiance ?*

– Vous avez choisi ? s'enquit le serveur en approchant.

– *Comme d'habitude**, répondit Jérôme.

– C'était comment Paris ? le questionnai-je.

– Il faut qu'on y aille ensemble, *chérie**. Mais dis-moi, qu'est-ce qui s'est passé ? C'est parce que tu as cru me voir avec une fille ?

– Non, ce n'est pas ça. Il y a tellement plus... Je parlai de la mort de mon père. Je ne sais pas pourquoi je m'en soucie. Markus était une brute, un véritable enfoiré.

– Mais malgré tout, c'était ton père. Je connais ça. Ce n'est pas facile de vivre sans parents.

Jérôme m'avait raconté qu'il avait perdu ses deux parents alors qu'il était enfant. Cela avait dû être difficile pour lui de grandir dans un orphelinat. Il n'en restait pas moins qu'il déployait une énergie sans bornes pour aider les autres : bénévole dans un foyer pour personnes âgées dans l'East London et dans un refuge pour animaux, et aussi prof de photo pour des gamins défavorisés. Son altruisme était un modèle pour moi.

– Tu as des frères et sœurs ?

– Une demi-sœur, Sophie : une vraie teigne. Tu l'as probablement vue en photo. Elle est dans tous les magazines. Elle ressemble à Paris Hilton.

Le serveur déposa du pain, du beurre et de l'eau sur la table.

– Une sœur célèbre ? demanda Jérôme et, à ma grande surprise, j'éclatai de rire.

C'était un rire nerveux, mêlé de larmes.

– Sophie vit à New York avec sa mère, Kirsten, la deuxième femme de mon père. Sophie sera aux obsèques, c'est certain. Et j'appréhende de la croiser...

– Pourquoi ? m'interrogea-t-il pendant que le serveur remplissait nos verres d'eau. Si tu veux que je vienne avec toi, je le ferai évidemment ! J'accompagnerai *ma chérie** avec plaisir, dit-il.

Son regard balaya mon corps.

Je commençai à recouvrer des forces.

– Elle est parfaite à tous les égards, dis-je en prenant une gorgée d'eau.

Je détestai ma sœur, mais j'en étais aussi jalouse. La situation financière de Sophie me faisait me sentir encore plus pauvre.

– Que veux-tu dire ?

– Je ne suis pas certaine de vouloir y aller.

Tout à coup, la faim s'abattit sur moi comme la foudre.

– Tu n'es pas obligée de te décider maintenant, poursuivit-il en me prenant la main et en se penchant par-dessus la table pour me donner un baiser profond.

J'avais des papillons dans le ventre et je me sentis gênée. Je jetai un regard autour de moi pour voir si on nous observait. Où était le serveur ? Je songeai à attraper le plus gros morceau de pain de la corbeille en espérant que mon amoureux avait commandé un plat nourrissant. C'était du pain de seigle aux graines avec de petits morceaux de noix, mon préféré. J'étalai une généreuse couche de beurre par-dessus et ajoutai trois pincées de sel.

– Parle-moi de Sophie.

Je pris un autre morceau de pain et jetai un autre coup d'œil à la ronde.

– Sophie est une étoile montante dans l'univers artistique. Elle travaille pour la galerie d'art contemporain de sa mère à Manhattan.

Je lui racontai que Kirsten jouait en effet les maquereaux auprès de sa fille pour booster les ventes et que Sophie s'habillait comme une call-girl. Il n'était donc pas surprenant que des étrangers l'abordent fréquemment.

– La dernière chose que j'ai entendu dire c'est qu'elle a rencontré un Allemand de cinquante et quelques années dans un café. Après avoir flâné dans les galeries, ils sont entrés dans celle de Kirsten, où Sophie a convaincu son nouvel ami, qui ignorait qu'elle y travaillait, d'acquérir un Andy Warhol pour cinq millions de dollars. Bien entendu, Sophie gagne toujours une belle part.

– Joli système, déclara Jérôme en riant.

– Ce gentleman-là n'a pas duré longtemps, parce qu'il s'est fâché quand il a découvert l'existence des autres, parmi eux, un beau businessman italien, un cheik du Qatar, un mafieux russe avec sa propre île caribéenne et un trafiquant d'armes.

– Un trafiquant d'armes ?

– Oui, tous aujourd'hui les heureux propriétaires d'œuvres coûteuses provenant de la galerie de Kirsten. Et où est le problème si Sophie doit à l'occasion coucher pour les convaincre d'acheter ?

– *Quelle pute** ! Je ne comprends pas pourquoi tu as peur d'elle ? Pourquoi ne pas aller aux obsèques ?

– Sa présence me déstabilise.

– Je serais honoré de t'accompagner à Vienne, si cela peut t'aider, répéta-t-il.

Je pris une nouvelle gorgée d'eau à l'instant où le serveur apportait deux steaks frites.

– Merci d'avoir commandé ça, dis-je en regardant mon assiette. C'est exactement ce qu'il me fallait.

– *Chérie**, je veux venir à Vienne. En plus, ce sera ma première fois.

– Vraiment ? demandai-je en coupant un gros morceau de viande rouge. Je vais y réfléchir. J'espérais y aller avec Margot, mais elle s'est volatilisée…

J'éclatai en sanglots en lui racontant la disparition de ma tante.

– Mais la police, elle ne fait rien ?

– Pas grand-chose.

– Je vais engager un détective privé, décida Jérôme. Nous la retrouverons, Vivi. Ne t'inquiète pas.

Je le dévisageai.

– Mais cela coûte très cher.

– J'ai touché une belle somme à Paris, ne t'inquiète pas.

Je le considérai sous un nouveau jour.

– Tu ferais ça pour moi ?

– *Chérie**, il te faut un homme dans ta vie, dit-il en payant l'addition et en me prenant fermement la main.

***

La secrétaire, quelque peu effacée, nous proposa de patienter dans la salle d'attente, pendant que le détective terminait avec un autre client. Je me demandai les raisons qui amenaient l'autre personne ici. J'imaginai que le détective rencontrait un mari jaloux voulant espionner sa femme adultère, désireux à tout prix de prouver quelle salope il avait épousée afin de déménager chez sa maîtresse la conscience en paix. La porte s'ouvrit, une grande blonde avec des lunettes noires en sortit précipitamment, et courut le long du couloir gris, manquant de trébucher sur ses hauts talons.

– Suivant, lança une voix rauque de l'intérieur de la pièce.

Jérôme et moi entrâmes dans le bureau miteux.

Je balayai la pièce du regard. Jonchée de détritus, de morceaux de papier et de moutons de poussière, on aurait dit que la pièce n'avait pas vu d'aspirateur depuis des lustres. Des cartes de Londres étaient accrochées aux murs. Des étagères débordaient de dossiers, empilés les uns sur les autres. Un grand ordinateur à écran plat prenait toute la place dans le bureau.

– Asseyez-vous, déclara l'homme d'âge mûr en éteignant sa cigarette.

Le cendrier en métal était rempli à ras bord de mégots. L'homme tendit la main au-dessus de son bureau pour nous saluer.

– Cela vous ennuie si j'enregistre la conversation ? demanda-t-il en ajustant ses lunettes aux montures noires.

Il appuya aussitôt sur le bouton « Enregistrer » sans attendre de réponse.

– Alors qui recherchons-nous ?

– Ma tante, la sœur de mon père, répondis-je en rongeant mon vernis à ongles vert.

– Mariée ? Des enfants ?

– Elle l'était, mais son mari est décédé… Sans enfants, dis-je en me rappelant que j'avais toujours connu Margot veuve.

– Elle a hérité d'une fortune ? s'enquit le détective.

– Oh, vous voulez dire de son mari ? Il lui a légué de l'argent et une grande maison.

– Vous pensez qu'on l'a kidnappée ?

– Je ne sais pas, mais elle s'est volatilisée, dis-je.

Je lui racontai que nous étions très proches, que mon père venait de décéder et qu'elle avait soudainement disparu, le même jour.

– Et ça ne s'est jamais produit auparavant ? questionna-t-il.

– Jamais.

Je repartis avec peu d'espoir. Durant tout le trajet jusqu'à la résidence, j'étais angoissée et je serrai la taille de Jérôme plus fort que d'habitude.

10

20 mai 1889

Nous sommes arrivés hier à Vienne. Je compte les minutes qui me séparent de mes retrouvailles avec Thomas. Ce voyage m'a fait grand bien. Mes boucles sombres sont plus abondantes et j'ai perdu du poids. Maintenant, ma femme de chambre peut resserrer mes corsets. À Paris, je ne me sentais pas petite – toutes les femmes le sont, cette ville est faite pour moi.

22 mai 1889

Mes retrouvailles avec Charlotte au Café Landtmann *furent joyeuses. Elle m'a interrogée sur Paris et je lui ai raconté que tout y était éblouissant : les vêtements, les bijoux, l'art, le vin, la nourriture, l'architecture, et les Parisiens eux-mêmes. En comparaison, Vienne semble bien terne. Je lui ai fait promettre de venir avec moi la prochaine fois, nous lui trouverons un cavalier français.*

Je lui confiai que j'étais impatiente de déménager à Paris et que je rêvais de devenir une princesse : impeccablement vêtue, maîtresse de mon foyer, et menant une existence royale.

Ce ne sont que sottises : Thomas ne m'a même pas demandée en mariage, bien que Charlotte pense que cela se produira assurément.

20 juin 1889

Chaque nuit, je dors avec le médaillon de Thomas sur mon cœur, et j'ai passé chaque heure de la journée à penser à lui. Cependant, ces derniers temps, je deviens folle d'inquiétude. Thomas n'a répondu à aucune de mes lettres et je crains qu'il ne m'ait oubliée. Peut-être qu'il m'a jugée trop quelconque, trop grosse, trop terne. Peut-être qu'il m'a trouvée indigne de devenir une princesse. A-t-il découvert, je ne sais comment, que je ne suis pas vierge ?

Kitzbichl, 1er juillet 1889

À ma grande déception, je suis obligée de passer l'été avec mes parents à Kitzbichl, où la vie est atrocement calme. Des visions de la naissance de Peter me reviennent, accompagnées du souvenir de sa disparition. Je revis le désespoir de cette époque, et je me retrouve assise dans sa chambre d'enfant à fixer le vide. Les heures passent et j'entends un bébé pleurer. La nuit, j'ai des visions de mon garçon. Je crois que je deviens folle. Je dois garder ces pensées pour moi, sinon ma mère pourrait me faire enfermer à nouveau.

2 juillet 1889

Ma mère a invité ses amies à la maison et m'a réprimandée parce que je n'étais pas assez gaie. J'avoue que j'étais distraite et que je ne supportais pas les conversations superficielles à propos de la haute société viennoise.

3 juillet 1889

Christoph m'a écrit. Il m'a donné des nouvelles de Berlin et m'a dit qu'il ne se passait pas un jour sans qu'il pense à moi. Il m'a implorée de lui donner des nouvelles et ses trois pages écrites à l'encre rouge m'ont rendue si triste. Il me fallait penser à Peter.

Mais je n'ai reçu aucune nouvelle de Thomas.

5 juillet 1889

Je dois rester active et essayer d'ignorer les pleurs de bébé qui me hantent. Je n'ai pas envie de répondre à Christoph, mais je sens que peut-être il le faudrait.

J'ai décidé de m'occuper en me plongeant dans la pièce de Molière, L'École des femmes, *mais cela m'a encore plus déprimée. C'est incroyable la façon dont Arnolphe parle à Agnès quand il fait sa demande à la scène 2 de l'Acte III. Il ose dire : « Je vous épouse, Agnès et cent fois la journée, | Vous devez bénir l'heur de votre destinée : | Contempler la bassesse où vous avez été […] Vous devez toujours, dis-je, avoir devant les yeux | Le peu que vous étiez dans ce nœud glorieux […] Votre sexe n'est là que pour la dépendance. » Je devrai faire attention en choisissant un époux, à condition que je puisse supporter d'être à nouveau avec un homme. Mais Thomas est différent. Pourquoi Christoph revient-il dans ma vie ?*

Quelles sont mes options ? Je pourrais devenir nonne, mais je doute que ma foi soit assez forte.

7 juillet 1889

Ma mère est insupportable. Elle a invité la comtesse Graften avec son fils très vilain et nous a incités à aller nous promener dans les montagnes. Après avoir escaladé la première colline, il m'a demandé en mariage. J'ai regardé le visage de Hans, constellé de taches de rousseur, ses cheveux roux et ses yeux vides que je connais bien, puisque nous jouions ensemble enfants. Ce pourrait être très satisfaisant de l'épouser étant donné sa fortune, son château et sa générosité, mais je ne le peux pas. Je regarde sa silhouette courtaude et corpulente, ainsi que ses grandes mains : il n'y a rien de séduisant chez lui.

10 juillet 1889

Aujourd'hui, j'ai décidé de me consacrer à la broderie, mais je n'ai pas arrêté de me piquer avec l'aiguille. Mon sang a taché le coussin que j'essayais d'agrémenter de motifs floraux.

12 septembre 1889

Aujourd'hui, la balade à dos de cheval ne m'a pas remonté le moral ; je suis accablée par l'ennui et les souvenirs de Peter. Même écrire dans mon journal bien-aimé constitue un effort. Pour la première fois de ma vie, j'ai hâte de revenir à Vienne.

Vienne, 7 octobre 1889

Nous sommes rentrés à Vienne depuis des semaines, mais toujours pas un mot de la part de Thomas. Pour apporter une note plus enjouée, je dirais que je suis assez fine, car je ne supporte plus de manger.

10 octobre 1889

Je suis restée au lit des jours entiers. Helena vient d'apporter une lettre de Thomas. Il écrit que ses parents et lui projettent de nous rendre visite à Vienne et, par ailleurs, il a demandé si ses lettres et son paquet étaient arrivés. J'ai sonné Helena et lui ai demandé si elle avait vu un paquet et d'autres lettres de Thomas. Elle a répondu que ma mère s'emparait de toutes les lettres reçues sur-le-champ, mais ma mère était sortie et Helena m'a apporté sa lettre. Helena est revenue plus tard et elle m'a dit avoir trouvé le paquet dans la cave. J'ai déballé la peinture de Vénus avec deux angelots de François Boucher. C'est la toile la plus sensuelle que j'aie jamais vue. Une beauté blonde est allongée seins nus sur un lit recouvert de satin jaune, un angelot dort sur son ventre, l'autre jette un coup d'œil juste à côté. La mélancolie et la fraîcheur de ce tableau sont incomparables : la richesse de la couleur, l'opacité du blanc et du rose, les ombres, le mouvement. La boîte contenait une autre lettre de Thomas.

> *« Ma Vénus bien-aimée,*
> *S'il te plaît, accepte cette peinture en gage de mon affection. La contemplation de ton beau visage me manque. J'ai tellement hâte de te retrouver, mon ange.*
>
> *Ton humble serviteur, Thomas »*

À présent, la peinture est accrochée au-dessus de mon lit. Il y a peu de risques que ma mère la voie ici, car elle n'entre jamais dans ma chambre.

12 octobre 1889

Ma mère s'agite dans tous les sens, faisant beaucoup de bruit au sujet du dîner de demain avec Thomas et ses parents. J'ai du mal à comprendre ses motivations. Sans aucun doute, elle approuve ma relation avec Thomas, étant donné le foin qu'elle fait au sujet de ce dîner. Elle a envoyé les bonnes de la cuisine au marché pour aller chercher des oies, puis elle les a renvoyées pour du chevreuil, des légumes, et des truffes, et elle n'a pas cessé de marmonner qu'elle savait que ça marcherait. Quand je lui ai demandé ce qu'elle voulait dire, elle a répondu : « Les hommes sont des chasseurs, ma chère. On ne doit pas trop leur écrire ni leur porter une trop grande attention, laisse-moi faire et tout se passera bien. »

A-t-elle caché toutes les lettres de Christoph également ?

On a sorti la porcelaine fine, la magnifique argenterie et le cristal des vitrines. La maison commence à étinceler. La cheminée est remplie de bois au lieu du charbon habituel, et si je ne connaissais pas notre situation, je croirais que nous sommes devenus riches dans la nuit.

Vienne, 15 octobre 1889

Les efforts de ma mère ont payé et le dîner était parfait. Thomas et ses parents ont paru très impressionnés par le tout.

Ils étaient allés à l'atelier de Klimt un peu plus tôt dans la journée. Thomas a déclaré ne jamais avoir vu d'atelier avec un jardin si ravissant ; il a trouvé le style de Klimt, la juxtaposition, et son emploi de la couleur assez extraordinaires. Il s'est senti obligé d'acheter trois toiles : Sappho, *qui représente la poétesse de l'Antiquité grecque, dans des tons rouges chauds ;* Le jeune garçon de Savoie, *émouvant dans son innocence malicieuse ; et* Clara Klimt, *le portrait de sa magnifique sœur. La famille entière, même le père de Thomas, semble apprécier les arts.*

– Oh, dit ma mère, vous devez absolument voir notre Klimt.

Elle les conduisit au salon, où est accrochée notre Allégorie de la sculpture.

– La femme est presque aussi divine que votre fille, dit-il.
Ma mère me regarda avec un mélange de haine et de fierté.

Son regard contenait une menace voilée. Elle n'oserait pas parler de Peter à Thomas, n'est-ce pas ?

Vienne, 16 octobre 1889

Aujourd'hui, un panier de fruits et des fleurs sont arrivés de la part de Christoph ; à l'intérieur se trouvait une autre lettre. Christoph est à Vienne ! Il m'a invitée à assister à une représentation de La Flûte enchantée *de Mozart. Que dois-je faire ? Ce serait une occasion de le revoir enfin et de lui parler de Peter.*

Vienne, 17 octobre 1889

Une autre lettre de Christoph, qui a vu ma mère au Café Landtmann. *Elle lui a demandé d'arrêter de me contacter et lui a parlé de ma relation avec Thomas. Il est furieux et écrit qu'il ira à l'*Hôtel Sacher, *où séjourne Thomas pour lui parler.*

Vienne, 18 octobre 1889

Je suis paralysée par la peur. Le pire s'est produit. Christoph a rendu visite à Thomas et, j'ai appris, horrifiée, qu'il lui avait raconté que nous avions été amants. Thomas l'a traité de menteur et de fou. Christoph, offensé, a exigé réparation sous la forme d'un duel. La mère de Thomas m'a tout raconté aujourd'hui ; folle d'inquiétude, elle était dans tous ses états.

*– Ma chère, qui est cette personne ? m'a-t-elle demandé. Il a hurlé sur Thomas à l'*Hôtel Sacher.

– Il fut mon médecin il y a très longtemps.

– Il a lancé son gant aux pieds de Thomas. Vous savez ce que cela signifie ?

J'ai acquiescé.

– Thomas a accepté et a pris Maximilian comme témoin.

– C'est affreux, ai-je dit.

– En effet, ça l'est, a-t-elle répliqué, en me lançant un regard fâché.

Elle est partie brusquement. Son affection pour moi semble s'être évaporée dans la nature.

Thomas a choisi l'épée comme arme et les bois près du manoir de Mayerling comme camp d'honneur.

Je suis tellement effrayée par ce qui va se passer.

19 octobre 1889

Je n'ai pu dormir, tourmentée par une effroyable prémonition.

J'ai reparlé à Thomas, mais sans succès.

– Qui est ce médecin ? ne cessait-il de me répéter.

– Je le connais à peine, ai-je répondu et je l'ai supplié de ne pas se battre, mais il est déterminé.

Cela va se terminer par un terrible désastre. Je regrette que Thomas soit entré dans ma vie. Son entêtement me révolte.

20 octobre 1889

Oh, jour sombre, le pire de ma vie. Le duel a eu lieu ce matin dans les bois viennois. Mes mains en tremblent encore. Christoph est mort : il est mort et tout est ma faute ! Je suis condamnée à rester seule. Deux côtes ont été arrachées à mon corps et je ne pourrai jamais me pardonner. Depuis que Christoph était revenu, je me demandais quand et où lui parler de Peter. Je voulais être avec Christoph. Thomas aurait pu partir, tout simplement. À présent, c'est trop tard. Je suis allée à la cuisine et j'ai vu un couteau. La lame argentée brillait et je ne pouvais détourner mon regard de son vif tranchant.

21 octobre 1889

Des visions de cette épouvantable matinée me hantent. Chaque seconde de cet horrible duel est imprimée dans mon esprit. Ce matin, il faisait un froid glacial ; le brouillard épais et les chutes de neige rendaient l'atmosphère encore plus surréaliste. Pourquoi me suis-je sentie obligée d'aller là-bas ? Peut-être que si Charlotte et moi étions restées à l'écart, rien de tout cela ne serait arrivé.

Thomas et Christoph ont combattu un long moment à l'épée et semblaient être pareillement experts. Ils ne portaient pas de masques. Le bruit des épées était net, sonore et inquiétant. À cause du brouillard, il était difficile de suivre leurs mouvements. Soudain, nous avons entendu un cri. Thomas était touché : une profonde entaille sur la joue, du sang gouttait sur son visage.

J'étais mortifiée et je me pris à détester Christoph. J'étais sur le point de courir vers lui et de le gifler, car je pensais que le duel était terminé. Soudain, le visage de Thomas est devenu blême. Il a pris un air que je ne lui avais jamais vu auparavant ; c'est à peine si je le reconnus, ses yeux brûlaient de haine. Il a couru vers Christoph : les hommes ont essayé de l'arrêter, mais c'était trop tard, il a enfoncé son épée dans le corps de Christoph, lui perforant la poitrine. Je l'ai vu, mon médecin, tomber au sol. J'ai couru hors de ma cachette et je suis tombée à genoux près de lui, en hurlant son prénom. J'ai crié qu'on appelle un docteur, le frère de Christoph a poussé des cris, Charlotte a sangloté, et quelqu'un a dit qu'il était mort. J'ai dit non, c'est impossible, et j'ai secoué son corps. Puis, je me suis évanouie.

– Où est Christoph ? ai-je demandé en reprenant conscience.

– Marie Anne, a répondu Charlotte en me prenant la main. Christoph a été tué.

Je suis allée vers le corps et je l'ai regardé. La couleur de la vie avait déserté sa peau, il avait les yeux fermés. Mon cœur s'est empli de haine envers Thomas.

– Toi, espèce de brute ! ai-je hurlé.

Thomas a présenté des excuses, mais la réalité de ce qui est arrivé était trop cruelle. Je me suis enfuie en courant, aveuglée par les larmes. L'air froid a giflé ma peau, sans parvenir à engourdir la douleur. Une fois à la maison, je me suis enfermée dans ma chambre pour pleurer. Thomas s'est immédiatement rendu chez nous, mais je ne pouvais pas discuter avec lui. Je suis trop perdue. Je ne reverrai jamais Christoph ; il ne saura jamais pour Peter.

22 octobre 1889

Mon visage méconnaissable est gonflé par les pleurs et le manque de sommeil. Je souffre de palpitations à l'intérieur de mon crâne. Thomas est resté devant notre porte pendant des heures aujourd'hui, il me suppliait de lui parler, mais je ne voulais qu'une seule chose : me suicider. Je n'ai plus rien à faire sur terre.

25 octobre 1889

Ma mère m'a dit que Thomas était rentré à Paris. Je ne veux jamais le revoir. En toute honnêteté, je me tiens moi-même pour responsable.

26 octobre 1889

J'ai assisté aux funérailles de Christoph avec beaucoup d'appréhension. Depuis son décès, je suis d'une humeur si sombre et suis tellement rongée par la culpabilité. Dans la synagogue, on m'a tendu un ruban noir à épingler à ma robe. J'ai pris un siège dans le fond, près de l'entrée, un voile noir recouvrait mon visage. L'éloge funèbre fait par le rabbin était en hébreu et je ne pouvais pas le comprendre, mais les yeux de tous se sont remplis de larmes. Ensuite, le frère de Christoph a parlé en allemand, et il a décrit Christoph comme un homme d'une grande bonté intérieure, élégant et fort. J'ai appris qu'il était veuf. J'ai pris conscience que je connaissais à peine le géniteur de mon enfant. Comme nous avons mutuellement influencé notre destinée.

1er novembre 1889

Je me suis assoupie pendant que je lisais et quand je me suis réveillée, ma chambre bougeait. Le canapé de satin rouge paraissait mouillé, comme si la transpiration de mon corps l'avait trempé et mes mains me donnaient l'impression d'être poisseuses de sang. Le portrait de l'impératrice Sissi dans sa robe de sacre signée Charles Worth, accroché en face de mon lit, se moquait de moi. Quand je me suis levée, l'angelot au-dessus de mon lit a paru s'animer et me gronder. Le sol était froid, et le tapis persan m'a égratigné les pieds jusqu'au sang.

20 décembre 1889

Les mois passés à Vienne sont longs ; les minutes ne s'écoulent pas. Ma femme de chambre m'a transmis les lettres enflammées de Thomas. Il est mon unique chance de quitter Vienne. Dans sa dernière missive, il m'a informée qu'il reviendrait bientôt. Je dois trouver dans mon cœur la force de lui pardonner, mais je n'y parviens pas. Il faudra que j'oublie Christoph, mon fils perdu et cette terrible journée.

21 décembre 1889

Ce soir il m'est arrivé le plus effrayant des incidents. Je suis allée discrètement jusqu'au cimetière juif pour déposer une couronne de fleurs sur la tombe de Christoph. Je ne peux pas l'oublier et je regrette de ne jamais lui avoir parlé de notre fils. Je ne voulais pas qu'on me voie, alors je suis sortie après le coucher du soleil. Le cimetière était inquiétant, les inscriptions sur les pierres tombales étaient toutes en hébreu (une langue que je ne maîtrise pas) et un hibou a hululé dans un arbre à proximité. Je tenais le bracelet vert de Christoph à la main, quand une silhouette sombre est apparue, m'a poussée, et a saisi le bracelet et mon sac avec la chaussette de Peter glissée dedans. Bien sûr, il y avait aussi mon argent.

– Au voleur, j'ai crié, mais il n'y avait personne.

J'ai chuté sur le sol froid et humide, près de la tombe, et j'ai souhaité tomber dedans pour être avec mon médecin. À présent, il ne me reste rien de Christoph ni de Peter ; rien d'autre que mes souvenirs.

11

Les funérailles

« Les deux jours les plus importants de votre vie sont le jour où vous êtes né et le jour où vous découvrez pourquoi. »

Mark Twain (1835-1910)

– Je ferais exactement pareil, dit Jérôme tandis qu'il était allongé sur son lit, un bras autour de mon corps nu.

Je venais de lui terminer la lecture des dernières pages du journal.

– Je tuerais tout homme qui essaierait de m'enlever mon amour.

– Eh bien, les duels appartiennent au *passé**, dis-je en l'embrassant.

Je passai mes mains dans ses épaisses boucles blondes. J'aurais aimé figer cet instant. D'un autre côté, le contraste entre la désespérance de Marie Anne et ma félicité me faisait culpabiliser. Si seulement Margot pouvait réapparaître ! En dehors de cela, la roue de la Fortune avait tourné. Depuis que j'avais emménagé avec lui, Jérôme me choyait de mille façons. Hier à peine, il m'avait offert un bracelet orné d'une fleur blanche. En général, je ne portais pas de bijoux et je n'étais pas du genre matérialiste. Je n'avais jamais songé à attacher de l'importance à cela, mais je savais que ces pierres scintillantes et la préciosité de l'objet symbolisaient son amour éternel. Ce matin même, le sol du loft était entièrement recouvert de roses rouges et mon amoureux avait préparé un somptueux petit déjeuner. En fait, tous les matins, il me servait au lit des croissants frais achetés au *Spitalfields Market*.

En un rien de temps, il s'était infiltré dans tous les aspects de mon univers : il me donnait des conseils sur la structure de ma thèse, sur la manière de gérer le professeur Mhost (car il savait comment fonctionnaient les hommes), sur la façon de décrocher un nouveau boulot dans le meilleur magazine d'art de Londres (il en connaissait le rédacteur en chef). Jérôme paraissait aussi inquiet que moi pour Margot. Nous avions été au commissariat pour prendre des nouvelles de l'enquête et nous étions en contact quotidien avec le détective privé.

– Quoi qu'il arrive, je ne te mettrais jamais en situation de devoir tuer qui que ce soit, dis-je.

Je n'avais pas regardé les autres hommes depuis ma rencontre avec Jérôme.

– Je vois beaucoup d'hommes qui te regardent par contre, répliqua-t-il en me chatouillant. *Chérie, la plus belle femme du monde**.

Grâce à lui, j'améliorais aussi mon français. Il avait lancé l'idée de cuisiner en parlant français les soirs où nous restions à la maison.

– *Ce soir on va faire un soufflé au fromage et au brocoli** ! dit-il en prenant une grosse bouchée de son pain au chocolat.

J'attendais cela avec impatience. La cuisine avec lui ressemblait à une danse.

Mais pas une seconde ne s'écoulait sans que je pense à Margot. Le pilier de ma vie avait disparu plus longtemps que je ne pouvais le supporter. Le détective privé n'avait toujours aucune piste. Personne ne semblait savoir où elle se trouvait : elle s'était tout bonnement volatilisée. J'étais sujette à des crises de panique et je me mettais soudain à pleurer.

– C'est à cause de ta tante Margot ? me demanda Jérôme.

– Oui, sanglotai-je. Tu crois qu'on l'a kidnappée ?

– On va la retrouver, ne t'inquiète pas, me rassura-t-il. Et d'ici là, tu dois faire tes valises, *chérie**. Nous allons bientôt partir.

– Où allons-nous ? demandai-je.

Jérôme ne cessait de me surprendre.

Il sortit une enveloppe de son sac en cuir marron et me la tendit. Elle contenait deux billets de train pour Vienne.

– Nous y allons en train, en première classe ?

Il acquiesça.

– Le trajet durera un peu plus longtemps. Nous changeons à Paris. Mais comme ça, nous revivrons l'expérience de Marie Anne et arriverons pile pour les funérailles de ton père une semaine après sa mort.

J'étais ravie et contrariée à la fois. J'aimais qu'il prenne des décisions, mais j'aurais préféré qu'il en discute avec moi d'abord. Avec Jérôme, je n'avais souvent que le loisir d'accepter. Pourtant, à de nombreux égards, il m'avait sauvée.

– Merci, mais c'est gonflé de ta part, dis-je en sortant du lit. Qu'est-ce qui te fait penser que je vais y aller ?

– *Chérie**.

Comme je n'avais pas de devoirs à rendre, j'acceptai d'être mise devant le *fait accompli**.

Je dormis toute la journée que dura le trajet jusqu'à Paris. Lorsque nous changeâmes de train en gare du Nord, je fus prise d'un accès de tristesse.

Comme d'habitude, Jérôme lut dans mes pensées et me prit la main.

– Ne t'inquiète pas, Vivi. Nous découvrirons le Paris de Marie Anne très bientôt. Tu seras surprise de voir comme la ville est restée la même.

Au sortir de Paris, le paysage changea très vite. Lorsque nous passâmes devant Cologne, j'aperçus la cathédrale, une structure gothique gigantesque avec des tours qui s'élevaient, telles des repères dans la vallée du Rhin. Le train continua en direction de Nuremberg, à travers des forêts, des champs verdoyants et des villages charmants émaillés d'églises surmontées de coupoles, et de châteaux médiévaux. Notre entrée en Autriche à travers Linz fut embellie par l'élégant Danube. Les pics recouverts de neige des Alpes firent également leur apparition. De minuscules villages, flanqués de leurs tours d'églises qui se dressaient sur l'arrière-plan montagneux, se reflétaient dans les lacs aux eaux cristallines.

– Le panorama est strictement identique à celui que Marie Anne a vu pendant son périple entre Vienne et Paris, dis-je.

– Oui, plus ou moins, mais je pense que le trajet durait un peu plus longtemps et que le voyage était un peu moins confortable, déclara Jérôme tandis que le paysage filait à toute vitesse.

Nous arrivâmes à Vienne en début d'après-midi sous un ciel splendide. Après l'enregistrement à l'hôtel, nous marchâmes vers le *Café Landtmann*, où je racontais à mon amoureux le rendez-vous de Marie Anne avec Thomas dans ce même café. Je jetai un regard à la ronde et remarquai que rien n'avait changé : ni les boiseries sombres, ni les sièges bleus XIXe siècle, ni les hautes fenêtres. Jérôme commanda spontanément une « *Sachertorte bitte* ». Le serveur le comprit malgré son accent français.

– Tu parles allemand ? demandai-je.

– *Ein bisschen, mein Schatz*[1], répondit-il.

Je ris et l'embrassai. Il me surprendrait toujours.

– C'est exactement comme au temps de Marie Anne et Thomas, dis-je lorsque les cafés arrivèrent, posés sur un plateau en argent poli, accompagnés d'un carré de chocolat et d'un verre d'eau. Le serveur les déposa sur la nappe blanche impeccablement repassée. J'observai l'intérieur cossu et savourai le goût amer et doux du chocolat dans ma bouche. Je remarquai que l'endroit était envahi de personnes âgées, nombre d'entre elles nous dévisageaient avec tendresse.

Dix minutes plus tard, le serveur arriva avec deux gros morceaux de *Sachertorte*.

– Divin, lança Jérôme. N'y touche pas, je veux prendre une photo.

Juste après, il posa son appareil et prit une première bouchée.

– Encore meilleur que je ne le croyais, dit-il en le terminant à toute vitesse.

Je pris mon temps.

---

1. « Un petit peu, ma chérie. »

– *Tu le dégustes**, déclara-t-il.

Je hochai la tête, je voulais apprécier chaque bouchée.

– Tu as l'air… tellement heureuse, dit-il en prenant une photo de moi.

Je souris quand il me caressa les cheveux. Après avoir échangé un long baiser, nous décidâmes de partir en balade.

Je rongeai mon vernis violet en marchant jusqu'à la cathédrale Saint-Étienne. En approchant, je levai les yeux vers le toit bien connu avec ses milliers de tuiles vernissées aux couleurs variées. Nous arrivâmes par le côté sud, où les mosaïques représentaient l'aigle à deux têtes, symbole de l'empire d'Autriche-Hongrie sous le règne des Habsbourg. Je me demandai comment Sybille avait réussi à organiser des obsèques dans l'église la plus prestigieuse de Vienne.

Je tremblai en y entrant et Jérôme me prit la main.

– C'est magnifique, dit-il. Je ne savais pas qu'il y avait une cathédrale aussi sublime à Vienne.

J'acquiesçai. J'avais toujours été sensible à cet intérieur baroque. Mon regard fut attiré par l'autel situé en hauteur, encadré par les saints patrons et surmonté de la statue de la Vierge Marie. Je songeai aux funérailles de ma mère, dans une petite église en périphérie de Vienne.

– La vache, c'est maintenant que la fête commence, dis-je en conduisant Jérôme vers les premiers rangs, là où se tenait Sophie, à côté de Sybille et d'un inconnu, tous vêtus de costumes Dior.

Sybille, comme d'habitude, ruisselait de diamants. Sa robe noire était trop courte et trop sexy pour des obsèques.

Ses lèvres pleines, un peu trop injectées de collagène, semblaient bouger sans arrêt. En regardant la bouche repulpée de Sophie, je l'imaginais parfaitement subir le même sort.

Ma belle-mère et ma demi-sœur nous accueillirent amicalement, même si elles furent manifestement surprises quand je leur présentai mon petit copain. Sybille me présenta l'homme à ses côtés comme étant Félix Hinterlund, un « très cher ami à nous ». Mes mains tremblaient.

– Elle n'a pas traîné, chuchotai-je à Jérôme.

– Relax, dit-il, mais j'en étais incapable.

Je me sentais inadaptée dans ma tenue sombre. Ces gens devaient certainement me juger, pendant que je marchais jusqu'au cercueil ouvert, dans lequel gisait Markus parmi les lys et les roses. Avec son élégant costume foncé et ses yeux fermés, son image était exactement celle que je gardais dans mon souvenir : froid et intouchable. Il m'avait tout enlevé, même ma mère. J'essayai de ressentir de la pitié, mais même là, je le méprisais.

Une voix entonna l'*Ave Maria*. Les notes aiguës me transpercèrent. J'en eus la chair de poule, en m'asseyant aux côtés de Jérôme. Le prêtre commença son oraison et alluma les cierges près du cercueil. J'eus une pensée pour Margot, certainement morte elle aussi.

À présent, je n'ai plus aucune famille, il ne me reste que Jérôme, pensai-je en lui pressant la main et en scrutant son beau visage. Sophie fit un discours émouvant sur le bon cœur de Markus, sa générosité et son mécénat dans le monde des arts. Sybille, à peine audible entre deux sanglots théâtraux, parla de sa dévotion à sa famille. Elle relata une anecdote au sujet d'un chaton abandonné qu'il avait recueilli. Je me souvins de la seule fois où j'étais rentrée à la maison avec un chien errant ; il n'avait pas mis plus d'une minute à l'emmener à la fourrière.

– On a dû se tromper d'enterrement, murmurai-je à l'oreille de Jérôme, qui déposa un baiser sur ma joue.

Félix lut un passage du *Petit Prince*, un roman qu'à mon avis mon père n'avait jamais lu, puis il prit sa guitare et chanta *Born to Run* de Bruce Springsteen, une chanson tout aussi inadaptée.

Après les éloges funèbres, six hommes transportèrent le cercueil jusqu'au cimetière à proximité, escortés par le cortège endeuillé. Un amas de fleurs reposait à côté du trou creusé dans le sol. Je me contentai de fixer le vide. J'étais incapable de faire un vœu ou de dire une prière pour Markus.

– Marchons jusqu'au palais, j'ai besoin de prendre l'air après ce spectacle, dis-je.

Nous passâmes devant l'hôtel de ville et le théâtre. En chemin, je pointai du doigt tous les bâtiments importants du Ring. Jérôme prit des quantités de photos et émit des commentaires sur le charme de la ville. En arrivant au palais Weissenberg, nous trouvâmes la lourde porte en bois ouverte et je le conduisis dans le hall d'entrée.

– Alors ton père collectionnait les œuvres d'art ? s'enquit mon amoureux en remarquant les bustes et les toiles qui nous entouraient.

Dans la maison, nous croisâmes de nombreux inconnus.

Je secouai la tête : ma mère était passionnée d'art et mon père possédait une agence publicitaire prospère.

– Il a hérité de sa collection quand elle est décédée…

Je marquai une pause et me demandai si Margot était toujours vivante. C'était gênant d'être ici sans elle.

En approchant du salon, je fus interloquée d'entendre de la musique : une impro de jazz. On avait poussé les meubles contre les murs et un trio faisait un bœuf. Étant donné l'étrangeté de toute cette cérémonie, il n'y avait rien là d'inapproprié : mon père exécrait le jazz. Il adorait Mozart, qui, à aucun moment, n'avait résonné dans l'église.

Dans le salon, Félix présidait depuis le canapé. Il serrait un verre de whisky si fort dans sa main que je crus qu'il allait le briser.

Large d'épaules, les cheveux noirs, et un regard ténébreux, il observait tout autour de lui, avec un air de propriétaire. De temps à autre, il adressait des clins d'œil et envoyait des baisers à la jeune veuve.

– Où est Margot ? me demanda Sybille. Je pensai qu'elle viendrait avec toi.

– Elle a disparu, bégayai-je en ravalant mes larmes.

– Oh, chérie, poursuivit Sybille en prenant une gorgée de champagne. Où cela ?

– Je veux dire qu'elle a vraiment disparu, la police a entrepris des recherches.

Félix approcha et posa son bras autour de Sybille.

– Est-ce que je t'ai dit à quel point tu es sensationnelle aujourd'hui ?

– Félix n'est-il pas adorable ? déclara Sybille. Et quel physique. Enfin, que pourrait-on attendre d'autre d'un athlète ? Mais la disparition de Margot est une terrible nouvelle.

– Avez-vous mis la police et un détective privé sur l'affaire ? s'enquit Félix.

Je hochai la tête avant de m'excuser, puis je me rendis aux toilettes pour laisser libre cours à ma tristesse.

À mon retour, Jérôme discutait du sport pratiqué par Félix.

– Oh, il pratique à peu près tous les sports, répondit Sybille. Mais sa véritable passion, ce sont les courses automobiles, et la musique bien sûr.

Félix hocha la tête pour confirmer.

– Félix s'est occupé de la musique des obsèques et il a programmé ce trio aussi. Ne sont-ils pas fantastiques ? poursuivit Sybille. D'ailleurs, nous organisons un dîner pour la famille ce soir… les tourtereaux, vous êtes des nôtres. J'ai une grande nouvelle.

Alors que Sybille s'éloignait, Jérôme remarqua que son anglais était parfait.

– Forcément, elle est américaine, de Los Angeles. Elle a suivi mon père à Vienne…

Je conduisis mon homme à l'autre bout du salon, derrière des paravents japonais qui faisaient office de cloisons.

– Et ici…, commençai-je.

Je m'interrompis et contemplai le mur, atterrée. Il y avait un vide à la place du portrait de Marie Anne.

– Où est *La Rose blanche* ?

Jérôme saisit mon bras.

– Selon moi, il te faut un verre.

– Selon moi, il faut que je cogne quelqu'un ! m'exclamai-je, paralysée par l'horreur.

Le sang déserta mon visage alors que Sophie approchait.

– Que faites-vous tous les deux là, dans le fond ? demanda-t-elle. Venez nous rejoindre. Félix n'est-il pas génial ? Quelle bénédiction. Il a organisé toute la musique et…

– Sophie, où est *La Rose blanche ?* demandai-je d'une voix beaucoup trop forte.

Je lui saisis le bras, mais je me retrouvai le centre d'attention d'une centaine de regards. La curiosité piqua les invités, qui échangeaient des ragots. L'apparition de cette fille à une allure si commune avec son jeune artiste aussi blond que beau paraissait déplacée.

Un murmure parcourut l'assistance : « Je crois que c'est une fille de Markus, mais je ne l'avais jamais vue. »

– Tu n'as qu'à demander à Sybille. Elle s'est montrée si généreuse. Elle m'a promis le Degas, tu sais les deux danseuses. Je l'ai toujours adoré.

Les invités continuaient de me dévisager et de marmonner. Face à ces nombreux regards inquisiteurs, je me sentis faible et un peu perdue. *Que faire ?* me demandai-je. *Fuir ou persévérer ?* Mon amour pour *La Rose blanche* surpassait ma terreur. J'avançai vers Sybille, poings serrés, mais Jérôme me retint.

– Attendons et discutons avec eux ce soir, proposa-t-il en me ramenant vers nos manteaux.

Nous allâmes directement à l'hôtel. En entrant dans la chambre, j'éclatai en sanglots, mais mon amoureux me consola.

– Ne t'inquiète pas, *chérie**, j'ai un plan.

***

Nous arrivâmes au palais à vingt heures. Dans la salle à manger rouge, la grande table en acajou était dressée avec la plus belle vaisselle. Les cinq assiettes au liseré d'argent scintillaient et une multitude de fourchettes et de couteaux étaient posés à côté en prévision des nombreux plats. Il y avait aussi deux verres à vin, un pour le blanc, un pour le rouge, et une flûte à champagne.

– Jolies boucles d'oreilles, dit Sophie à Sybille.

Je remarquai les longs pendants en diamants qui se balançaient aux oreilles de ma belle-mère.

– Merci, chérie. C'est l'un des derniers présents de Markus.

Difficile d'imaginer que quelqu'un venait de décéder. Tout le monde paraissait d'humeur festive, comme si la mort de Markus était un motif de réjouissances. Sophie semblait parfaitement à l'aise avec Félix et Sybille, et tous trois bavardaient allègrement.

Sybille se tourna vers Félix.

– Raconte la course de cette année aux filles.

– Nous faisons une course de voitures anciennes en Allemagne, expliqua Félix en affichant un large sourire.

Jérôme et moi n'avions pas encore prononcé un seul mot. Ulcérée par l'intimité affichée par Sybille et Félix, je n'avais pas touché au velouté de potiron, mais j'avais déjà avalé plusieurs verres de vin rouge.

– Sybille, où est *La Rose blanche* ? demandai-je, encore une fois d'une voix beaucoup trop forte.

Personne ne répondit.

– Où est le portrait de Marie Anne ? l'interrogeai-je d'une voix stridente.

Le silence se fit, altéré uniquement par le raclement des cuillères au fond des assiettes.

– Alors ? insistai-je.

Sybille termina sa soupe et sonna une domestique.

– Ton père l'a vendu, dit-elle enfin.

– Quoi ? À qui ? Il n'avait aucun droit de…, balbutiai-je.

– Je ne sais pas trop, mais en tout cas, il en a tiré une fortune, déclara Sybille. Quelqu'un l'a approché, si je me souviens bien. Il n'avait pas idée que cette toile avait une telle valeur.

– Où est-elle maintenant ?

Le silence pour toute réponse.

Jérôme se leva et se plaça derrière moi.

– Vivian vient de vous demander où se trouve la peinture, déclara-t-il.

– Asseyez-vous, dit Sybille. Je vous ai dit que je ne le savais pas.

Elle but une gorgée de vin et examina sa bague ornée de diamants.

– Elle est à moi. Vous ne pouvez pas vendre ce qui ne vous appartient pas, dis-je en tapant du poing sur la table.

– Tu deviens hystérique, Vivian, déclara Sybille. La toile est déjà vendue.

Elle me dévisagea comme si j'étais folle.

– Tu devrais retourner à l'asile.

– Ne parlez pas à Vivian sur ce ton.

Jérôme me prit le bras.

– Partons, *chérie**. Désormais, ils discuteront avec nos avocats.

Quand nous arrivâmes à l'hôtel, il confirma mes doutes sur Félix et Sybille.

– Tu crois qu'ils sont déjà fiancés ? demandai-je.

– Vivi, il y a un moyen simple de contre-attaquer.

12

Vienne, 2 janvier 1890, vingt-trois heures

Ce fut le pire hiver de ma vie. Je ne me souviens pas avoir connu un froid aussi glacial. Nous avons rarement allumé la cheminée et les repas se résument à des soupe claires ; la viande se fait rare. Il a neigé pendant des jours. Aujourd'hui, au petit déjeuner, ma mère m'a de nouveau accusée d'être une traînée, parce que j'ai couché avec Christoph sans être mariée, et aussi d'être une meurtrière. Elle a ajouté que, à partir de maintenant, au lieu de manger à l'autre bout de la table, je prendrais mes repas toute seule dans ma chambre.

Pour Noël, ma mère m'a offert une vieille robe à elle, tachée de vin, à l'odeur abominable. Je regrette de lui avoir donné un bougeoir en étain.

Aujourd'hui, Helena m'a fait passer en secret le cadeau de Thomas. Elle n'avait pas eu l'occasion de me le transmettre plus tôt, l'ayant caché à ma mère. J'ai déballé un magnifique écrin et ai découvert un collier de perles royales, accompagné de boucles d'oreilles et d'un bracelet assorti. Dans une lettre, Thomas annonçait son intention de venir à Vienne en janvier.

Vienne, 10 janvier 1890

C'est avec un grand soulagement que j'écris aujourd'hui. Mes parents sont, enfin*, *partis et Thomas arrive demain. Je craignais qu'il ne revienne jamais après cet horrible duel. Je ne penserai plus jamais à Christoph. Je souhaite uniquement être auprès de Thomas. Ma culpabilité me conduira au tombeau.*

11 janvier 1890

Thomas est venu au palais Weissenberg aujourd'hui, mais je n'étais pas prête à le voir. Il a laissé un bouquet de fleurs accompagné d'une lettre qui me déclarait son amour éternel. Les fleurs sont magnifiques, mais je ne sais que faire.

12 janvier 1890

J'ai été incapable de trouver le sommeil, puis j'ai rêvé que j'avais du sang sur les mains, impossible à nettoyer malgré la force avec laquelle je frottais.

13 janvier 1890

Aujourd'hui, j'ai accepté de faire un tour de Vienne en calèche avec Thomas. Son visage était toujours méchamment entaillé et cette blessure profonde lui laissera une odieuse cicatrice. Il m'a rappelé qu'il n'avait jamais voulu se battre et que ce n'était pas lui l'agresseur. Il n'avait jamais tué personne auparavant et à présent, il se sent coupable chaque fois qu'il se regarde dans le miroir. Il m'a supplié de ne pas faire mention de cet accident, en particulier à ses amis à Paris ; il projette de justifier la présence de cette cicatrice par une attaque sur sa personne. Je comprends son point de vue, mais après avoir examiné ma conscience, je ne peux lui pardonner – tout comme je ne puis me pardonner à moi-même de ne pas avoir empêché ce duel. Il m'a à nouveau demandé quel rôle Christoph avait joué dans ma vie. J'ai soutenu qu'il s'était uniquement montré un bon médecin.

14 janvier 1890

Aujourd'hui Thomas est arrivé et m'a serrée dans ses bras ; il me tenait tout près de lui et m'a embrassée. Malgré sa cicatrice, j'ai fondu dans ses bras, vaincue par son élégance, son charme et sa douceur. Il m'a invitée à faire un tour de calèche avec lui. J'ai décidé que j'allais essayer de lui pardonner. À l'intérieur de la voiture, j'ai aperçu un panier de pique-nique.

– Allons-nous pique-niquer en janvier ? ai-je demandé avec innocence.

– Cela dépend entièrement de toi, mais tu dois répondre à une seule petite question. Pourquoi n'as-tu jamais répondu à mes lettres ?

– De quelles lettres veux-tu parler ?

– Je t'ai écrit tous les jours.

Je suis certaine que ma mère a jeté ses missives, mais je ne voulais pas l'avouer, craignant qu'il n'apprenne la véritable nature de ma mère. Ses défauts rejailliraient sur moi. Tout au long de notre balade, je n'arrêtais pas de songer au froid et au fait que ma superbe robe en soie rose ornée de dentelles raffinées allait s'abîmer si je pique-niquais dans la neige. Une vraie table me paraît toujours la meilleure des options. Quand nous sommes descendus de voiture, Thomas a laissé le panier derrière nous et nous avons marché jusqu'à la cathédrale Saint-Étienne.

– Je ne me lasse pas de ce chef-d'œuvre architectural, s'exclama-t-il, tandis que les treize cloches de la plus haute tour résonnaient.

Soudain, devant l'église, il s'est agenouillé. Des gens passaient devant nous en flânant, certains à pied, d'autres en calèche, et tous se retournaient pour nous observer, étonnés.

– Thomas, qu'est-ce que tu fabriques ? demandai-je.

Il m'a pris la main.

– Veux-tu me faire l'honneur de devenir ma femme ? demanda-t-il.

– Oui.

Le mot m'a échappé. Il s'est levé et a déposé un tendre baiser sur mes lèvres. Il a glissé un magnifique rubis ovale cerclé de petits diamants à mon doigt. J'exultai de joie autant à l'idée d'épouser Thomas que de quitter cette ville glaciale. Je lançai mes bras autour de son cou en pressentant que ce jour mettait ma vie sur de nouveaux rails.

Ensuite, nous avons fait notre pique-nique, si l'on puit l'appeler ainsi, car le festin eut lieu dans un cottage bien chauffé, dans les bois de Mayerling. Des compositions de tournesols incroyables remplissaient ce lieu douillet. Cinq serveurs s'occupaient de nous et nous ont servi le repas le plus exquis que j'aie jamais savouré. Notre excellent déjeuner ne se termina pas avant le coucher du soleil. À présent, allongée dans mon lit, j'ai l'impression que cette journée n'a été qu'un rêve, mais un coup d'œil à mon doigt me confirme que c'était la réalité. J'ai non seulement les souvenirs inoubliables de cette journée, mais aussi la plus belle des bagues. Il ne me reste qu'à sourire. Je me demande où nous devrions nous marier. La coutume veut que l'on choisisse le pays natal de la mariée, mais je ne suis pas certaine de le désirer. Je prie pour que Thomas se charge de tout.

20 janvier 1890

Mes parents paraissent soulagés de se débarrasser de moi.

– Tu devrais te marier avec la plus grande hâte, avant qu'il ne change d'avis, dit ma mère. C'est bien trop merveilleux. Champagne pour nous tous.

Après l'enthousiasme des débuts, ma mère m'a dit vouloir s'occuper de l'organisation. Tout sera « comme il faut », et, comme d'habitude, elle était peu disposée à écouter mes souhaits. Son humeur s'est assombrie lorsque j'ai suggéré que le mariage se déroule à Paris. C'est ce que Thomas et moi voulons. Ma mère est effondrée ; on dirait que le destin de l'Europe dépend de mon mariage à Vienne. Je la soupçonne de vouloir un mariage ici simplement pour exhiber mon futur époux et améliorer son prestige social.

– Que vont penser les gens ? ne cessait-elle de répéter en faisant la liste de ses amis.

Quand la marquise Zimmerli nous rendit visite, elle souleva immédiatement la question.

– Marquise, s'enquit-elle, son expression indiquant la réponse qu'elle attendait, que pensez-vous du fait que Marie Anne se marie à Paris ?

La marquise se garda judicieusement de répondre.

– Si elle se marie à Vienne, je pourrai organiser une fête somptueuse à l'opéra.

Elle chercha encore à me tenter, mais à chaque carotte agitée sous mon nez, ma décision s'affermissait.

Après le départ de la marquise Zimmerli, ma mère était furieuse.

– Si tu insistes pour que ton mariage se passe à Paris, siffla-t-elle, je ne ferai rien pour te venir en aide. Et sois assurée que ton père et moi n'y assisterons pas.

– Est-ce une menace ou une promesse ? répliquai-je en retournant dans ma chambre.

13

Ombre et lumière

> « Ce que j'aime dans les photographies, c'est qu'elles capturent un moment disparu pour toujours, impossible à reproduire. »
>
> Karl Lagerfeld (1933-2019)

J'étais toute chamboulée, déçue par mon idole : pourrie gâtée, elle ne paraissait se préoccuper que de fêtes et d'argent. Son mariage calculé avec Thomas la faisait passer pour une égoïste. *Je ne me marierais que par amour*, pensais-je, lorsque le téléphone sonna.

– Nous avons retrouvé votre tante, m'annonça le détective privé. Elle est à l'hôpital.

– Est-ce qu'elle va bien ? demandai-je, tremblant de joie.

– Après une chute dans la rue, elle est tombée dans le coma, poursuivit le détective. Une jeune femme l'a emmenée à l'hôpital, où on l'a enregistrée sous l'identité de Jane Doe.

Il me transmit l'adresse de l'hôpital et, en une heure, j'y étais.

– Que s'est-il passé ? demandai-je au médecin.

– Votre tante est restée plus d'une semaine dans le coma. Elle s'est réveillée seulement hier. Donc il est possible qu'elle ne vous reconnaisse pas, m'avertit le médecin.

– Puis-je la voir ?

Il me conduisit le long d'un couloir stérile, puis dans la chambre de ma tante. Margot, vêtue d'une blouse d'hôpital, avait le teint pâle. Un enchevêtrement de tubes sortait de ses bras, et elle était reliée à deux machines. Des larmes envahirent mes yeux, je n'avais pas été aussi effrayée depuis que l'on avait évacué ma mère de la maison. *S'il te plaît, ne meurs pas !* priai-je intérieurement.

– Vivian ! s'exclama Margot. Je suis si heureuse de te voir.

– Bonjour, Miss Aigner. Comment allez-vous aujourd'hui ? l'interrogea le médecin.

– Beaucoup mieux, répondit Margot.

Le médecin nous laissa seules, mais indiqua qu'il reviendrait sous peu.

– Comment te sens-tu ? demandai-je à Margot en la serrant dans mes bras.

Je dissimulai mon visage au creux de son épaule. Des larmes ruisselaient sur mes joues, mais je ne voulais pas l'inquiéter. Alors, je restais nichée contre son épaule jusqu'à ce que mes yeux s'assèchent lentement.

– Beaucoup mieux.

– Comment est-ce arrivé ?

– Chérie, impossible de te répondre, car je n'ai aucune idée de la manière dont je me suis retrouvée ici. Ils disent que ça fait une semaine… J'aurais tout aussi bien pu être en Enfer.

– Ne dis pas ça, Margot, tu es un ange et tu vas rester ici, sur terre !

Je prononçais cette phrase d'une voix beaucoup trop forte et une infirmière qui passait dans le couloir me demanda de bien vouloir parler plus bas.

Margot me paraissait toujours faible et désorientée.

– J'étais si inquiète, dis-je doucement.

– Mais comment vas-tu ? Tu as assisté aux obsèques ? Je regrette tellement de ne pas y être allée.

Margot baissa les yeux sur sa blouse.

– Je ne me souviens pas de ce qu'il s'est passé.

Elle me dévisagea à nouveau.

– Comment c'était, les funérailles ?

– Margot, c'était affreux.

Je lui décrivis la cérémonie et le dîner organisé par Sybille :

– Et le pire de tout, *La Rose blanche* a disparu. Markus l'a vendu.

– Quoi ? Mais à qui ?

Elle tenta de s'asseoir un peu plus droite, mais son visage se crispa. Elle avait l'air furieux.

– Je n'en ai aucune idée.

– Et le palais Weissenberg ?

Je lui expliquai que Sybille et Félix paraissaient vouloir s'y installer.

– Eh bien, ils ne perdent pas de temps ceux-là, déclara Margot en croisant les bras. Je n'arrive pas à croire qu'il ait vendu *La Rose blanche*, ce tableau ne lui a jamais appartenu. Il est à toi !

– Je sais, dis-je en prenant la main de ma tante pour y déposer un baiser. Tu m'as tellement manqué.

– Je vais t'aider à le retrouver, dès que je serai sortie de cet endroit, décida Margot.

Peu de temps après, un autre médecin fit son apparition. Un bel homme d'une quarantaine d'années, un stéthoscope autour du cou.

– Comment va notre spécialiste des arts ? demanda-t-il à Margot, en guise de salutation.

Manifestement, ils avaient discuté du sujet ces derniers jours et le médecin avait succombé au charme de Margot.

– Une sacrée dame, votre tante, s'exclama-t-il en se tournant vers moi. Lorsqu'elle a rouvert les yeux pour la première fois, au lieu de me demander comment elle était arrivée à l'hôpital, elle a fait des commentaires sur l'affiche de Renoir juste ici.

– J'essayais de gagner du temps, me confia Margot en me dévisageant.

Elle guettait mon approbation.

Je contemplai l'affiche de Renoir, *La Balançoire*, qui représentait une jolie brune, vêtue d'une longue robe blanche ornée de huit rubans bleus, debout sur une balançoire. Deux hommes et une petite fille la contemplaient avec admiration.

– Oui, Margot est au courant de tout ce qui a trait au milieu artistique, confirmai-je.

– Eh bien, j'ai été plutôt hors du coup ces derniers temps, dit-elle, et nous éclatâmes de rire.

Après une brève discussion, le médecin nous assura qu'elle serait prête à sortir d'ici une petite semaine.

***

Quand je revins au loft, Jérôme se trouvait devant sa chambre noire.

– J'ai retrouvé ma Margot ! annonçai-je.

– C'est merveilleux, s'exclama-t-il en me soulevant et en me faisant virevolter plusieurs fois.

Lorsqu'il me reposa, ma tête tournait pas mal et son long baiser profond me grisa encore davantage.

– Il faut fêter ça, déclara-t-il.

Il me prit la main et m'attira dans sa chambre noire.

– Tu vas apprendre un art en voie de disparition : l'art du développement, dit-il.

Je perçus aussitôt l'odeur des produits chimiques.

– Voyons ce que nous avons rapporté de Vienne.

Il ouvrit les boîtes de pellicules dans l'obscurité et l'habileté de ses gestes m'impressionna.

– D'abord, tu dois charger la pellicule sur les bobines en métal, uniquement par le toucher, ce qui est un peu délicat.

Il s'attendait visiblement à ce que je me mette au travail et je roulai donc les manches de ma chemise blanche. Une fois que j'eus enfilé le film, il guida ma main : il fallait plonger la pellicule dans une série de bains chimiques aux odeurs entêtantes. Il surveilla la température des liquides et le temps de traitement.

– D'abord le bain d'arrêt, poursuivit-il, puis le fixateur qui va stabiliser l'image et la rendre résistante à la lumière.

Mon amoureux suspendit les négatifs et nous sortîmes de la chambre noire.

– Il faut qu'ils sèchent un moment, dit-il en me tendant un gin tonic.

– On développait déjà les photos comme ça à l'époque de Marie Anne ? demandai-je en m'asseyant sur le canapé.

– C'était une période de transition. Le premier procédé photographique s'appelait le « daguerréotype ».

Il me raconta que Paris était alors un haut lieu de la photographie et des films. La plupart des inventions provenaient de là-bas.

– Mais pendant longtemps, on n'a pas considéré la photo comme un art, soupira-t-il.

Il s'installa dans le canapé pour m'en dire davantage. Les critiques d'art du XIXe siècle, Rimbaud y compris, méprisaient la photographie.

– Tu as entendu parler de Disdéri ?

– Non, avouai-je.

Jérôme m'apprit qu'il avait inventé la « photo carte de visite », la première carte avec une photo dessus : révolutionnaire au XIXe siècle.

– Seuls les membres de la famille royale et les personnes richissimes pouvaient se l'offrir. Disdéri fit fortune et il a lancé la production massive de photos. Nadar, qui a fait le portrait de Marie Anne et de Thomas, était le concurrent direct de Disdéri.

Je songeai à la photo collée dans le journal intime, qui montrait la mine sérieuse de Thomas et Marie Anne.

– Les négatifs étaient tirés dans une chambre noire et ils imposaient une image sur une surface en argent poli, m'expliqua Jérôme.

Nous retournâmes dans la chambre noire pour réaliser des planches-contacts et sélectionner les images les plus intéressantes. Quatre plateaux étaient disposés : le révélateur, le bain d'arrêt, le fixateur, et la solution de rinçage. Puis nous imprimâmes les négatifs sur papier et les photos prises par Jérôme apparurent.

La première montrait la cathédrale Saint-Étienne de Vienne. L'aigle noir et blanc qui ornait le toit était très contrasté. Je me souvins que Thomas avait demandé Marie Anne en mariage devant cette même église. Puis nous développâmes une photo de moi en train de manger une part de *Sachertorte*, ensuite plusieurs clichés pris aux funérailles.

– Regarde celle-là, dis-je alors que les photos s'animaient dans les plateaux. Mate le regard entre Félix et Sophie.

Jérôme fit un geste vers le cliché que je venais de glisser dans le bain d'arrêt.

– Et sur celle-ci, Vivi, ils se tiennent par la main.

Peut-être Sophie, en sortant avec Félix, espère-t-elle toucher de l'argent. C'est possible que cette garce convoite la moitié des bénéfices issus de la vente du palais ainsi qu'une part de l'héritage après le mariage. Je réfléchissais.

– D'après toi, Sophie sait où se trouve la peinture ? demandai-je, tout en m'interrogeant sur les motivations de ma demi-sœur.

– Pas sûr, répondit Jérôme. Le détective privé a fini par retrouver ta tante. Embauchons-le pour dégoter la toile. Je paierai.

***

La semaine suivante, j'allais chercher ma tante à sa sortie d'hôpital et discutai une dernière fois avec le médecin.

– Ma spécialiste en art est guérie, dit-il, en embrassant Margot sur les deux joues.

Puis, il me prit à part :

– Gardez un œil sur elle. Il est possible qu'elle ait des trous de mémoire.

Je raccompagnai Margot chez elle en taxi. Sur le trajet, j'appelai une dame de compagnie pour qu'elle reste avec Margot pendant un mois et qu'elle commence le lendemain. Puis, je sortis acheter du vin pour notre dîner de fête.

L'odeur du poulet rôti m'accueillit à mon retour. Je traversai le hall d'entrée, recouvert d'un papier peint au motif d'arbres. Je l'appréciai encore plus ce jour-là.

– Je voulais *te* préparer à dîner, dis-je en entrant dans la cuisine. Ce poulet est apparu par magie ?

– Non, par chance mon congélateur est plus grand que mon réfrigérateur. Tu devrais faire ça toi aussi. Je garde toujours un poulet, de la viande et des légumes au congel. On en a toujours besoin. Le poulet à la harissa sera prêt dans une demi-heure, déclara Margot après un coup d'œil au four.

– Je vais mettre la table alors, dis-je en souriant.

Margot est vraiment unique, que Dieu la protège, pensai-je en sortant les assiettes et en les disposant sur la table ronde de la cuisine.

– Comment tu te sens ?

– J'ai un peu mal à la tête, mais à part ça, ça va, répondit ma tante en s'asseyant. Raconte-moi les obsèques.

J'ouvris la bouteille d'eau pétillante, nous servis un verre, puis m'assis près d'elle.

– Margot, commençai-je en baissant les yeux sur mes ballerines noires. C'était horrible.

– Je suis tellement désolée, s'excusa Margot en buvant une gorgée d'eau.

– Je viens juste de développer les photos. Je pense que Sophie a une liaison avec le nouveau copain de Sybille. Il s'appelle Félix. Sur l'une des photos, ils se tiennent la main.

– Quoi !

Margot blêmit.

– Tu te sens bien ?

– Un léger vertige. Le médecin m'a conseillé de prendre ces comprimés.

Margot avala deux cachets. Au bout d'un instant, elle parut aller mieux.

– Je culpabilise vraiment que tu aies dû aller à Vienne toute seule.

– En fait, je n'étais pas seule, avouai-je. Jérôme m'a accompagnée.

– Ah bon ? s'étonna Margot en me lançant un regard inquiet.

– Margot, il est merveilleux. Il m'a aussi aidée à te retrouver, il a engagé un détective privé.

À ma grande surprise, Margot me jeta un nouveau regard de désapprobation.

– Et il va reprendre le même pour retrouver la toile, dis-je.

Margot ne réagit pas. Elle se contenta de nous servir du poulet, du riz et des haricots verts.

– Tu lis le journal de Marie Anne ? s'enquit-elle en se rasseyant. Tu le trouves intéressant ?

– C'est fascinant. J'apprends beaucoup sur elle.

Je regardai ma tante droit dans les yeux.

– À propos de Jérôme. Margot, je suis vraiment amoureuse. C'est lui que je vais épouser. Il faut que tu fasses sa connaissance.

Je racontai à Margot qu'il était photographe, qu'il avait du talent et que c'était l'homme le plus beau que j'aie jamais vu.

– Il semble trop beau pour être vrai. Mais tu ne devrais pas te concentrer sur tes études ?

– Ça, c'est une autre histoire, dis-je.

– Chérie, tu viens de le rencontrer et tu n'as que vingt-deux ans. Tu as toute la vie devant toi.

– Margot, je sais, mais c'est comme si je le connaissais depuis toujours. C'est mon âme sœur.

– Vivi, il faut que tu termines ta thèse. Ton savoir, personne ne pourra te l'enlever. Et puis, c'est toujours bon pour une femme d'être indépendante, alors tu ferais mieux te concentrer sur ta carrière et d'en faire une priorité.

– Je sais, dis-je tout en réfléchissant aux moyens de convaincre Margot.

Je lui expliquai qu'il avait grandi dans un orphelinat, mais que malgré son enfance à la dure, il avait le cœur sur la main :

– Il apporte de la nourriture aux SDF une fois par semaine et il aide tous ceux qui sont dans le besoin. Il est incroyable.

Margot parut tendue.

– Nous devons retrouver la peinture. Es-tu certaine que nous pouvons faire confiance à ton jeune homme ?

– Sans aucun doute, l'assurai-je. Il est la seule chose positive de ma vie en ce moment.

– Tu t'en sors au journal, n'est-ce pas ?

Je baissai les yeux sur mon assiette.

– Ils m'ont virée.

– Oh non ! Et tes cours, comment ça va ?

– Affreux, répondis-je. Le professeur Mhost est un véritable cauchemar. C'est lui qui m'a fait virer du journal. Il essaie de balayer toutes mes recherches, il méprise Danet, et il trouve que *La Rose blanche* n'a aucun intérêt.

Je lui racontai nos différends.

– Et maintenant que la toile a été vendue, je ne sais plus quoi faire. C'était le cœur de ma thèse, je me sens tellement vide.

– Ne te tracasse pas, chérie. Tu pourras toujours prendre rendez-vous avec le directeur de ton département pour qu'il dise à ce Mhost de mettre de l'eau dans son vin.

En débarrassant la table, elle ajouta :

– Nous retrouverons *La Rose blanche*, et cette fois elle sera à toi. Comme tu le sais déjà, la toile et le palais t'appartiennent de droit.

– Mais aujourd'hui, j'ai découvert que Sybille avait mis le palais en vente.

– Ah vraiment ?

Margot pinça les lèvres avant de disparaître dans une autre pièce. Elle revint une grande enveloppe à la main.

– Voilà qui va changer les règles du jeu, dit-elle en la déposant sur la table.

14

20 avril 1890

*Helena et moi sommes arrivées à Paris il y a une semaine, et Thomas nous a installées à l'*Hôtel Bristol *sur la place Vendôme. C'est un rêve merveilleux, d'autant que nous avons fixé la date du mariage : le 14 février 1891.*

2 mai 1890

Thomas m'a emmenée à l'ouverture du Salon de Paris, qui se déroulait au palais de l'Industrie. Il a mentionné que c'était l'exposition officielle de l'Académie des beaux-arts. Elle a dominé le monde artistique parisien pendant plus de cent ans. Récemment, on l'a séparée en deux sessions. Une autre exposition aura lieu le 15 mai sur le Champ-de-Mars.

– Si un artiste aspire au succès commercial, il se doit d'être exposé au Salon de Paris, déclara-t-il.

Des nuées de visiteurs jouaient des coudes pour entrer dans la structure de fer et de verre surmontée d'un dôme en verre. Les dames avaient revêtu leurs toilettes printanières. Dans les vastes salles aux plafonds voûtés, c'était la cohue. Des milliers de personnes tournaient autour des immenses sculptures et s'efforçaient de contempler les nombreuses peintures – des paysages, des portraits et des nus – accrochées sur le moindre centimètre libre, du sol au plafond.

– Ça c'est de l'art, m'annonça Thomas en me conduisant vers Chansons de Printemps de Bouguereau. Regarde le teint radieux de son jeune visage. Elle est presque aussi jolie que toi.

Je dévisageai la divine femme à la chevelure de jais, des fleurs sur ses genoux. Elle portait une robe blanche et violette de style romain. Elle était magnifique, le regard si intense. Deux anges voletaient à ses côtés et semblaient lui chuchoter un secret à l'oreille.

Juste au-dessus de cette toile était accrochée Fleur de Printemps d'Aviat et, encore au-dessus, Alerte d'Hermann, qui montrait une meute de chiens de chasse. Des collectionneurs américains étudiaient aussi les œuvres, car de nombreux artistes de leur pays étaient exposés : par exemple Guernsey Mitchell, dont les sculptures The Young Botanist (en bronze) et Spring (en marbre) sortaient du lot. L'un des travaux les plus encensés était une peinture de bovins réalisée par un artiste de l'Ohio, W. H. Howe, bien que The Bandit's Son, une toile représentant un garçon pensif assis sur un mur en pierres, m'ait davantage touchée. Le célèbre bostonien Henry Bacon en était l'auteur.

Tous les amis de Thomas firent une apparition. Il me présenta aussi à Ferdinand de Lesseps, un homme plus âgé, d'une grande élégance, pourvu d'une imposante moustache grise.

– Ferdinand a réalisé l'impossible en développant le grand canal de Suez, déclara-t-il en guise d'introduction. Il a révolutionné les transports maritimes en reliant la mer Méditerranée et *la mer Rouge. Il a raccourci le voyage de milliers de kilomètres. Malheureusement, son entreprise risquée du canal de Panama, visant à relier l'océan Atlantique au Pacifique, n'a pas connu le même succès…*

– Je vous rembourserai, bégaya Lesseps.

– J'espère bien, dit Thomas.

Ils engagèrent la conversation et je me détournai pour examiner une toile mélancolique réalisée par Alix Enault, intitulée Premier Deuil. *Elle représentait une femme dévastée, et je la contemplai certainement un bon moment, car lorsque je me retournai, Thomas et de Lesseps avaient disparu. Je fus paniquée et un peu perdue. Heureusement, un homme à la mine angélique approcha.*

– Puis-je vous aider, madame ? demanda-t-il en me baisant la main. Je m'appelle Maurice Danet. Une jeune dame ne devrait pas rester seule dans un endroit comme celui-ci, surtout une femme d'une telle beauté.

Je ressentis une familiarité immédiate, oserais-je dire une attraction ? Il est grand, solidement bâti, avec d'abondantes boucles blondes et des yeux bleus rieurs. Sa tenue plutôt commune le présentait d'emblée comme un artiste.

Nous parlâmes des nombreuses peintures impressionnistes qui n'étaient pas mises en avant. Nombre d'entre elles se retrouvaient sous le plafond, obligeant le spectateur à se tordre le cou pour les admirer. J'avouai que j'en étais plutôt fâchée car je les aime beaucoup, surtout Monet, Sisley et Pissarro, dont je ne parvenais pas à voir convenablement les œuvres. Nous continuâmes à nous balader ensemble à travers l'exposition. Il me questionna sur mon accent, et dès qu'il apprit que j'étais autrichienne, il s'adressa à moi dans un allemand parfait, et déclara que Vienne exerçait une forte fascination sur lui. Il y était allé à de nombreuses reprises et il admire grandement Klimt. Je lui répondis que je partageais son point de vue, et son intérêt pour moi s'en trouva accru. Je lui fis remarquer que j'avais perdu Thomas et il dit qu'il ne quitterait pas mon côté jusqu'à ce que j'aie retrouvé mon fiancé. Maurice et moi admirions la sculpture en marbre de Mitchell, Spring *– la silhouette gracieuse d'une jeune fille qui rejetait l'hiver –, lorsque Thomas apparut, le regard lançant des flammes.*

– Excusez-moi, dit-il.

– Ah, vous devez être le prince de Lacquise, déclara Maurice. J'ai escorté votre fiancée en lieu sûr, et maintenant je vous fais mes adieux.

Et avec un signe de tête et une inclinaison de chapeau, il s'évanouit dans la foule.

– Qui était ce voyou ? me questionna Thomas.

– Juste un peintre qui tire le diable par la queue, répondis-je en changeant de sujet.

Je mentionnai la comtesse Greffulhe, que j'aperçus de loin.

L'expérience fut certes grisante, mais elle me donna le tournis, et quand je repartis, je me sentais folle de joie, mais peut-être n'était-ce pas simplement à cause de l'art.

15 mai 1890

Aujourd'hui, nous assistâmes à l'autre Salon de Paris situé sur le Champ-de-Mars, qui fut moins fatigant que celui des Champs-Élysées. Il y avait moins de peintures exposées et elles étaient accrochées sur deux rangées seulement. On peut donc les embrasser en un seul regard. La toile qui impressionna le plus Thomas fut Napoléon à la bataille d'Iena *peinte par Meissonier. Assis sur son cheval blanc, l'empereur regarde la charge de la cavalerie tandis que de gros nuages gris s'amoncellent au-dessus du champ de bataille. Je ne décelai aucune passion dans ce tableau. Les peintures de paysages montraient davantage de singularité. Le portrait de Roll d'un vieux paysan de Picardie était superbe.*

Quand nous passâmes devant les toiles de Gauguin, je surpris un homme dans une tenue élégante se lamenter : « ... une telle abondance d'horreurs et ces mélanges de couleurs qui tapent sur les nerfs, je les croyais impossibles en dehors d'un asile d'aliénés. »

Il poursuivit en fulminant sur les arbres violets dans des champs bleus sous des cieux jaunes, des arbres noueux qui ressemblaient à des « serpents fous » et des femmes aux visages tachetés de points rouges comme si elles avaient contracté la rougeole.

« Je n'ai jamais rien vu d'aussi affreux même dans mes cauchemars », conclut-il.

On m'indiqua plus tard que cet homme était Harry Kessler, un comte célèbre. Il est choquant de voir à quel point le talent des impressionnistes est si peu apprécié.

Thomas me présenta à Rodin, qui préside cette exposition. Avec sa longue barbe au poil soyeux et son monocle, il ne ressemble pas à l'artiste classique. Mes yeux furent attirés par ses mains massives, qui ont sculpté une œuvre immense. J'avais toujours entendu dire qu'il était timide ; aujourd'hui, cependant, il était des plus divertissant. Il me raconta des anecdotes au sujet des mythes grecs de l'Antiquité qui l'ont inspiré et il se plaignit de sa relation difficile avec son secrétaire, Rainer Maria Rilke. Malheureusement, je n'ai pas revu Maurice Danet.

25 mai 1890

Thomas arriva à l'hôtel en portant un gigantesque paquet. Helena le déballa avec soin ; c'était la toile de Bouguereau, Chansons de Printemps. *Elle est réellement merveilleuse, la générosité de Thomas me touche et je voudrais que nous soyons ensemble sur-le-champ. Je suis impatiente d'emménager avec lui.*

Après le petit déjeuner, il m'invita à visiter la maison Worth, en disant qu'il souhaitait m'acheter une robe. Charles Worth n'est pas le plus jeune des couturiers, mais en tant qu'inventeur de la haute couture, il reste le meilleur.

Lorsque nous entrâmes dans l'atelier de la rue de la Paix, Thomas pointa l'endroit où le maître s'asseyait pour fumer. Les mannequins qui évoluaient dans la pièce portaient de merveilleuses robes. Je compris immédiatement pourquoi tous les membres de la famille royale se tournaient vers la maison Worth.

– Je fais confiance à ton goût irréprochable, déclara Thomas, me laissant là-bas avec Helena. Ne te fais pas de souci pour la dépense. Je viens juste de faire un investissement lucratif à Barcelone.

Ce fut une journée grandiose et je suis impatiente d'aller chercher ce chef-d'œuvre une fois terminé.

28 mai 1890

Aujourd'hui, Thomas m'emmena à l'angle des rues Boissy-d'Anglas et du Faubourg-Saint-Honoré.

– Mademoiselle Jeanne Lanvin vient juste d'ouvrir sa boutique et elle conçoit des chapeaux à la dernière mode, déclara-t-il.

En effet, partout où mon regard se posait, il tombait sur de sublimes créations. Je choisis un chapeau orné de plumes de faisan multicolores, que Thomas adore.

1er juin 1890

Quel chagrin*. *Thomas est obligé de partir à Barcelone pour affaires, cette aventure signe la fin de mon séjour. Il m'a offert des billets retour pour Vienne et m'a promis d'écrire tous les jours.*

Kitzbichl, 20 juin 1890

Ma vie est ennuyeuse et insignifiante sans mon amour. J'essaie d'éviter mes parents dans notre cottage, qui manque tellement de grandeur. Je ne fais rien d'autre que broder et dévorer un livre après l'autre, en songeant à Thomas. Au moins il fait beau temps ; les balades à cheval dans les montagnes sont mon unique source de plaisir.

20 juillet 1890

Le temps clément de ces derniers jours a cédé la place à la pluie et à la boue. Des images du Salon de Paris, de la mode et de la ville se bousculent dans ma tête et me mettent en ébullition.

Paris, 10 septembre 1890

*Enfin, j'ai retrouvé mon fiancé si raffiné. Helena et moi sommes à nouveau les invitées de l'*Hôtel Bristol, *qui semble encore plus parfait après mon été dans la campagne autrichienne. Je me suis rendue à un essayage chez Charles Worth et ma robe, que je porterai au château le mois prochain, est fantasque, mais je dois garder le secret vis-à-vis de Thomas jusqu'à cette nuit-là.*

Château de Deux Hiboux, 10 octobre 1890

Le château de Thomas se situe à quatre heures de Paris, et le voyage en voiture à travers la forêt et le long de la Loire fut inconfortable et éprouvant. Malgré tout, la vue est envoûtante. Niché à l'écart dans une vallée et entouré de vignobles, le château médiéval est plus majestueux que je ne m'y attendais. Lorsqu'il désigna les tours qui se détachaient sur l'horizon, j'en eus le souffle coupé. Les terres de Thomas sont bénies : elles résistèrent miraculeusement au phylloxera, le fléau qui détruisit à peu près tous les vignobles en France. Le coupable est un puceron qui mange les racines de la vigne ; les vignerons essaient tout pour se protéger, y compris ériger de grandes croix. Les moyens de subsistance de milliers de familles furent détruits.

Son « Prince de Lacquise », un chardonnay, devint le vin le plus prisé de la Loire et il n'est toujours pas détrôné. Ses vins rouges, obtenus à partir de cépages de cabernet franc, sont tout aussi réputés.

Tandis que nous approchions du château, j'aperçus avec délice les oliveraies argentées au milieu des pins et les vergers remplis de pommiers et de poiriers. L'image m'évoqua le jardin d'Éden. Tout est aménagé de façon spectaculaire. Le jardin coloré autour de l'étang abonde de tulipes, de soucis et de calendula. À notre descente de voiture, nous fûmes accueillis avec un tapis rouge, le long duquel quarante domestiques étaient alignés. Après avoir salué leur maître, ils s'occupèrent des nombreuses malles et je respirai l'air de la campagne, parfumé par les feux de bois.

Dans l'entrée recouverte d'un sombre parquet, je vis une grande peinture. La toile représente un hibou, qui paraît si réaliste que je craignis de le voir s'envoler. Dans chaque pièce, un feu flambait dans l'âtre et des paysages ornent les murs. Le contraste est net avec les portraits et les peintures décoratives exposées dans l'hôtel particulier à Paris. Avec son mobilier en bois sombre, le château est une demeure certes élégante, mais de style rustique.

Nous nous rafraîchîmes avec du vin pétillant de Thomas, exceptionnel lui aussi, et ensuite il insista pour que nous nous promenions sur ses terres. Tandis que nous flânions dans le jardin autour de son ravissant étang, je sursautai en entendant un énorme rugissement. Thomas rit et me conduisit derrière le château jusqu'à sa ménagerie, qui abrite de nombreux singes, deux tigres, un zèbre et un lion. Il est prévu qu'un éléphant arrive demain d'Afrique, juste à temps pour notre bal.

11 octobre 1890

Aujourd'hui, les invités arrivaient. Thomas donnait un merveilleux bal costumé avec pour thème « Le jardin d'Éden ». Plus de deux cents hôtes étaient attendus et je crains qu'il n'ait coûté une fortune. Tous les convives avaient été soigneusement sélectionnés et naturellement la plupart étaient de sang royal. Ils appartenaient tous sans exception aux illustres familles du Bottin mondain – High-Life, Tout-Paris et Gotha. Les costumes étaient somptueux, et l'imagination des invités sans limites.

La comtesse Greffulhe portait une robe inspirée du paon, accompagnée d'un masque violet assorti et de plumes de paon sur la tête. Son cousin, Robert de Montesquiou, était costumé en figuier, un perroquet perché sur l'épaule. La duchesse de Gramont était méconnaissable en chérubin, vêtue d'un long voile de tissu blanc et flanquée d'extravagantes ailes dorées.

En tant que maîtresse de maison, j'avais revêtu ma création originale signée Charles Worth : « Ève ». J'avais une pomme croquée sur la tête, des serpents verts et rouges sur ma robe, des bracelets et un éventail. Thomas portait sa tenue d'« Adam », avec un chapeau rouge en forme de pomme, une côte, et des feuilles de figuier, ainsi qu'une vigne enroulée autour du cou comme un foulard. À l'arrivée des invités, le majordome criait leurs noms. Après avoir été salués par Thomas et moi-même, ils avançaient jusqu'au salon. Là, Nadar, apparu dans sa montgolfière l'après-midi même, les photographiait. On indiquait ensuite aux participants l'emplacement de la salle de bal. La volée d'escaliers qui y conduisait était décorée de chaque côté par une composition de fleurs ornementales mêlant roses, tulipes, orchidées et camélias. Des milliers de bougies brillaient dans d'imposants lustres, nimbant le château d'une lumière dorée. Une jungle agrémentée de chutes d'eau décorait la salle de bal et un arbre géant – l'arbre de la connaissance du bien et du mal – s'élevait en son milieu. Des papillons et des oiseaux chanteurs voletaient dans les airs et des lézards filaient à toute vitesse sous les pieds : de fait, l'un d'eux grimpa en courant le long de la jambe de la duchesse du Gramont, qui géra avec succès cette situation plutôt embarrassante.

Après le dîner, Thomas organisa une spectaculaire représentation en plein air. De beaux chevaux arabes foncèrent à toute allure, décrivirent des cercles. Leurs cavaliers, torches à la main, dessinaient des traînées dans la nuit. Les invités furent époustouflés et le bal connut un éclatant succès. Même si Thomas était furieux que son éléphant ne soit pas arrivé à temps.

15 octobre 1890

L'éléphant arriva enfin, mais malade apparemment.

– Je vais renvoyer cette source de déconvenue tout droit au zoo de Paris, déclara Thomas avec colère.

Je contemplai la créature des heures durant, fascinée par ses belles défenses blanches et sa taille immense. Son barrissement est si fort que je peux l'entendre dans les coins les plus reculés du château. J'espère qu'il survivra au trajet jusqu'à Paris.

Paris, 10 novembre 1890

*Nous revînmes hier de la campagne. Après avoir déposé Helena à l'*Hôtel Bristol, *Thomas m'emmena directement chez lui.*

Dans l'antichambre, il me présenta à ceux qui seraient, selon ses dires, les personnes les plus importantes de mon existence, après lui-même bien entendu.

– Voici Pierre, notre majordome, que vous avez rencontré il y a longtemps à Vienne. Pierre connaît la situation de tout le monde dans cette ville.

Pierre, avec son allure austère, sa silhouette toute maigre, son visage blême et osseux, me toisait d'un air de défi. Il déclara à Thomas d'une voix profonde à l'accent aristocratique qu'il surveillerait chacun de mes pas. J'espère que Pierre ne sera pas trop indiscret ; il me fait peur. Je n'arrive pas à m'imaginer vivre à proximité de lui. Puis, Thomas me présenta à Brigitte, une petite femme costaude, et à Vincent, un flamboyant et séduisant jeune homme. J'ai l'impression que nous allons nous entendre à merveille. Je fus grandement attristée cependant, lorsque Thomas m'expliqua qu'il fallait que je me sépare d'Helena. Tous les souvenirs que nous partageons, toutes les fois où elle m'a aidée…

Je lui écrirai souvent. À partir de maintenant, c'est Brigitte qui m'habillera, et Vincent me coiffera à la dernière mode. Ainsi, je serai assurée de paraître sous mon meilleur jour.

Puis, nous nous retirâmes au salon vert, où Thomas me soumit une pile de magazines présentant des robes de mariées de tous les styles. Aucune, néanmoins, ne m'émut autant que la robe de mariée de l'impératrice Eugénie. Avec ses épaisseurs de soie blanche, de satin et de mousseline de soie, sa taille ajustée et son important décolleté, elle incarne la robe de mariée par excellence. Je demandai à ce que Charles Worth conçoive ma robe dans un style semblable.

10 décembre 1890

Helena est repartie pour Vienne aujourd'hui. Ce fut une séparation déchirante. Néanmoins, elle reçut une lettre de mes parents, elle continuera à travailler pour eux. Brigitte emménagea avec moi au Bristol. *La robe avance à merveille et Monsieur Worth se montra charmant durant l'essayage d'aujourd'hui. Il me complimenta sur mon apparence et ma silhouette tout en me disant quelle grande dame je suis sur le point de devenir. La robe de satin blanc est dotée de manches longues pour recouvrir la cicatrice épouvantable sur mon bras. La traîne n'est pas très longue. Le devant de la jupe brille par sa simplicité, avec juste un pan de dentelles anciennes de chaque côté. Je porterai un diadème de myrte et de fleurs d'oranger. Un voile recouvrira toute ma silhouette.*

10 janvier 1891

*Mes parents sont arrivés à Paris aujourd'hui et ils sont aussi descendus à l'*Hôtel Bristol. *Je ne suis pas certaine de* *supporter la présence de ma mère jusqu'à notre départ en lune de miel.*

Paris, 5 février 1891

La journée d'aujourd'hui était d'un froid glacial et ma mère me rendait nerveuse. Cette femme ne manque pas une occasion de me rappeler que je ne suis pas vierge. J'ai envie de rentrer sous terre quand je pense à ce que Thomas fera s'il le découvre.

Contrariété supplémentaire, Brigitte a refusé de m'aider à passer mon collier de perles royales. Elle est superstitieuse et, d'après elle, les perles portent malheur. Manifestement, plus je porterai de perles le jour de mon mariage, plus je verserai de larmes. Par conséquent, j'ai dû l'enfiler toute seule et cela m'a pris un long moment.

*La première étape, la cérémonie civile, s'est déroulée sans incident. Seules nos familles étaient présentes à la mairie. Par la suite, nous avons déjeuné dans le salon de l'*Hôtel Bristol *avec son lustre en cristal et ses cloisons de miroirs. Nous avons commencé par un apéritif, on nous a servi du caviar et du champagne. Tout était exquis. Pendant le déjeuner, Thomas m'a pris la main et m'a chuchoté des déclarations d'amour dans le creux de l'oreille.*

14 février 1891

Je me suis réveillée pétrie d'angoisse. Hier, Thomas m'a expliqué la coutume qui consiste à envoyer une chaussure sur le couple de mariés à la sortie de l'église. Brigitte m'a tranquillisée, mais pendant que je m'habillais, ma mère est entrée dans la pièce et m'a complètement bouleversée à nouveau. Je ne pus en croire mes yeux. Elle portait une robe « Pensée de France » dotée d'une immense traîne pratiquement aussi longue que celle de ma robe de mariée. Sa taille est très ajustée, ce qui la fait paraître très mince. Le petit béguin en velours couleur pensée qui accompagnait sa toilette arborait un bouquet de plumes mauves.

– Ta robe est un brin serrée et trop décolletée, déclara-t-elle en examinant ma taille de ses yeux de rapace. Et c'est courageux de ta part de porter un diadème de myrte et de fleurs d'oranger, symboles de virginité.

Par chance, mon père entra à cet instant et me prit la main pour m'emmener loin d'elle. Dans la voiture, il me rassura en me disant que j'avais l'air ravissante, le premier compliment qu'il m'ait jamais fait. Lorsque nous arrivâmes à l'église de la Madeleine, il était presque impossible d'en monter les marches, car des commis et des vendeuses bloquaient le passage. Ils espéraient apercevoir un bout de la cérémonie que l'on surnomma « le mariage de la saison ».

Un millier de personnes étaient assises et patientaient à l'intérieur de l'église. Les diplomates occupaient les sièges en face du chœur.

À la demande de Thomas, j'étais assistée par quatre jeunes filles : ma cousine Charlotte, la comtesse Greffulhe, la princesse Anne-Laure de Lacquise (la cousine de Thomas), et la comtesse Gramont, toutes vêtues de robes colorées accompagnées de somptueux chapeaux. Les filles de sa cousine étaient adorables dans leurs robes de satin rose brillant, toutes les petites filles portaient des paniers remplis de pétales de roses ; le long de l'allée, elles étaient escortées de petits garçons en vestons courts.

J'ai manqué défaillir en remontant l'allée et j'ai serré le bras de mon père.

La cérémonie était acceptable jusqu'à ce que Thomas essaie de glisser la bague à mon doigt. À cause de ma nervosité, mes mains avaient enflé. Il lui fallut une éternité pour pousser la bague au-dessus de mon articulation. Comme si cet incident n'était pas assez gênant, le prêtre fit une terrible gaffe. Au lieu de prononcer les mots : « L'amour ne se vante pas, ne se gonfle pas d'orgueil », le vénérable prélat nous recommanda de nous « vanter et d'être orgueilleux ». J'espère que son lapsus ne présage pas de notre futur. Lors de ce faux pas, j'entendis le rire familier de ma cousine Charlotte et je fus mortifiée. Elle était assise avec mon cousin Maximilian et je me retournai pour voir son visage souriant. Elle se figea lorsque nos regards se croisèrent. Je n'étais pas d'humeur à plaisanter.

Je vécus le reste du mariage dans une espèce de transe et à présent, je suis Marie Anne, princesse de Lacquise. Après la cérémonie, nous restâmes en rang dans la sacristie pour recevoir les félicitations des invités. J'en connaissais très peu.

Nous ne nous reposâmes que deux heures avant le dîner et le bal dans notre hôtel de la rue de Monceau. Notre demeure était décorée de tables blanches dressées avec la plus fine porcelaine et la plus belle argenterie : le résultat était divin avec les bougies, les rubans bleus, et les bouquets roses et blancs, partout où l'œil se posait. Les invités tous vêtus de tenues luxueuses débutèrent la soirée dans notre jardin éclairé de torches, debout autour de hautes tables décorées.

Les serveurs veillaient à ce que le champagne coule à flots et soulevaient bien haut les plateaux chargés de verres en cristal et de canapés. À vingt-deux heures, on servit le dîner. Thomas avait sélectionné les mets les plus raffinés ainsi que les vins. Le repas comptait dix-sept plats avec du caviar, du homard, du foie gras et du filet de bœuf. Le festin culmina avec le gâteau à six étages recouvert de macarons, un succès généreusement applaudi.

Tout au long de la nuit, Thomas se révéla fascinant, spirituel et beau, sans aucune imperfection, hormis la cicatrice sur son visage, rappel de cet affreux duel. Dans le salon rouge, Johann Strauss II dirigea l'orchestre et j'ouvris le bal, sur Le Beau Danuble bleu, *avec mon père. Je me sentais légère. Puis je dansai avec Thomas ; toute la soirée, il n'eut de cesse de me faire tournoyer dans mon adorable robe. À minuit, nous allâmes tous dans le jardin où Patrick fit un discours émouvant, dont l'apogée fut un stupéfiant feu d'artifice : on aurait dit des diamants dans le ciel.*

15

Un Parisien à Vienne

« Pour être irremplaçable, il faut être différente. »
Coco Chanel (1883-1971)

Les gouttes de pluie grosses et froides glissaient sur mon visage comme de l'huile. Je les essuyai, furieuse d'avoir encore oublié mon parapluie. Chaque fois que j'en emportais un, le soleil faisait son apparition peu de temps après, et je l'égarais systématiquement quelque part. C'était une de ces choses impossibles à garder, tout comme les paires de chaussettes. Par-dessus le marché, j'étais frigorifiée dans mon fin manteau noir. Je le serrai autour de moi, tout en avançant d'un bon pas. Mes baskets blanches devenaient de plus en plus sales à chaque pas. Je marchais dans de grosses flaques, y trempais mes pieds et m'éclaboussais, mais je poursuivis ma route malgré tout. Un éclair frappa les nuages, le tonnerre gronda, des voitures klaxonnèrent, mais j'étais presque arrivée à destination.

Sous ce ciel, le grand bâtiment néoclassique me parut sombre et sinistre. J'eus l'impression de n'y être jamais venue, alors que je le visitais tous les dimanches ainsi que chaque 22 mars. Lorsque je pénétrai dans la vaste nef de l'Oratoire de Londres, je plongeai mes doigts dans les fonts baptismaux et je fis machinalement le signe de la croix. Je contemplai le crucifix de Jésus accroché au-dessus et songeai à ma mère. J'allumai un cierge, récitai une prière, et marchai jusqu'à la première rangée de bancs, en me remémorant la manière dont maman me caressait les cheveux chaque fois que j'étais triste. J'étais certaine qu'elle aurait apprécié Jérôme, elle écoutait toujours son cœur.

Je jetai un regard autour de moi en me disant qu'un jour j'aimerais me marier ici : pas un mariage grandiose comme celui de Marie Anne, mais une petite cérémonie avec Margot et Chloé. *Cependant, il est peu probable que ce soit avec Jérôme*, pensai-je en souriant pour moi-même. Il n'était pas croyant et refusait même de m'accompagner à l'église.

– Je savais que tu viendrais, dit une voix derrière moi.

Je sursautai et me retournai aussitôt pour croiser le regard noisette de Margot. Nous nous prîmes les mains et sortîmes pour bavarder, soucieuses de respecter la sainteté du lieu. La pluie avait cessé et un arc-en-ciel apparut. Je fis un vœu : récupérer le palais et la toile de Marie Anne. Je contemplai l'église, le soleil baignait la roche calcaire d'une chaude lumière jaune.

– Je suis si heureuse que tu te sois rappelé l'anniversaire de la mort de maman, dis-je.

– Je n'oublierai jamais Greta, cette chère âme.

Margot passa son bras sous le mien.

– Elle te manque toujours autant ?

– Il ne se passe pas un jour sans que je pense à elle. Tu sais, je crois que papa l'a tuée.

– Qu'est-ce que tu racontes ?

Je lui racontai la scène qui se rejouait inlassablement dans ma tête et je mentionnai la poudre blanche.

– C'est horrible. Je n'arrive pas à croire que tu ne m'aies jamais raconté ça ! s'exclama Margot, en me serrant dans ses bras, alors que je sanglotais. Mais Vivian, dans la vie tout n'est pas blanc ou noir. Ta mère était très malade.

– Oui, quelque chose en rapport avec sa grossesse, m'a dit Markus.

– Pas exactement. Markus n'était qu'un être humain lui aussi. Viens, laisse-moi t'inviter à déjeuner, et nous en parlerons. On marche jusqu'à chez *Giuseppe* ?

Nous prîmes place dans notre coin habituel, et Margot sortit de son sac une feuille de journal pliée en deux.

– Avant de parler de Greta, j'ai pensé que ceci t'intéresserait, dit-elle en me tendant un article du *London Times*. Des peintures impressionnistes disparaissent à droite et à gauche.

Je parcourus l'article du regard : le mois précédent, quatre toiles impressionnistes célèbres avaient été volées à la Fondation E. G. Bührle en Suisse. J'écarquillai les yeux en découvrant leurs titres : *Champ de coquelicots près de Vétheuil* de Monet ; *Ludovic Lepic et ses filles* d'Edgar Degas ; *Branches de marronnier en fleur* de Van Gogh ; et *Garçon au gilet rouge* de Cézanne.

– Sacré cambriolage, déclara Margot. La valeur totale du butin est estimée à cent soixante millions de francs suisses.

– Il n'y avait pas de systèmes d'alarme ?

– Apparemment, le voleur était déguisé en officier de police – il a réussi à entrer sans se faire remarquer. Par chance, le Monet et le Van Gogh ont été retrouvés quelques jours plus tard dans un parking, mais les autres peintures sont toujours dans la nature.

– Incroyable.

Quand le serveur approcha, nous commandâmes des spaghettis carbonara et une bouteille de Sangiovese.

– Le marché de l'art est tellement corrompu. Et les gens recherchent des toiles impressionnistes. Même les sociétés de vente aux enchères, sans parler des galeries, vendent d'innombrables œuvres d'origine douteuse.

– Tu veux dire des œuvres volées ?

Margot acquiesça.

– Ou qui ont simplement disparu. En parlant de cela, Sybille vient à Londres cette semaine.

Ma tante observa le serveur verser le vin, puis déclara :

– Je la cuisinerai et j'essaierai de découvrir qui a acheté *La Rose blanche*. Mais je préférerais que tu gardes Jérôme en dehors du coup.

– Pourquoi ? demandai-je. Il faut que tu fasses sa connaissance. Tu verras qu'il est digne de confiance.

Margot entortilla des pâtes autour de sa fourchette.

Je regardai mon assiette pleine de carbonara fumante, en général mon plat préféré, mais je n'avais plus d'appétit. J'étais déçue que Margot considère Jérôme d'un mauvais œil sans même le connaître.

– Je suis certaine que c'est un homme bien, poursuivit-elle, mais l'important là tout de suite, c'est que tu termines ta thèse et que tu obtiennes ton diplôme.

Margot prit une gorgée de vin.

– Tu ne lui as rien dit au sujet du testament, n'est-ce pas ?

– Non, même si j'ai bien l'intention de le faire. Alors le palais Weissenberg et *La Rose blanche* sont vraiment à moi ?

– Oui, ta mère a précisé que le palais et tout ce qu'il contenait devaient te revenir après le décès de Markus. J'ai demandé à mon avocate d'examiner le testament. Elle dit qu'il devrait tenir le coup devant un tribunal – si on doit en arriver là…

– Alors Sybille ne peut pas vendre le palais ?

– Non. Et j'ai vérifié… il est encore en vente.

– Sybille sait qu'elle ne peut pas aller au bout ?

– Je le lui dirai quand je la verrai. Espérons que nous n'aurons pas à engager des avocats.

Plus tard, en quittant le restaurant, nous croisâmes le mendiant au chapeau rouge qui s'installe toujours à cet angle. D'habitude, je passais devant lui à toute vitesse, mais aujourd'hui, je lui donnai une livre tandis que Margot s'éloignait en taxi.

De retour au loft, je commençai à travailler sur un essai au sujet de Rodin, à rendre le lendemain. La question portait sur l'impact de Rodin sur le Salon de Paris. J'écrivis que Rodin avait pris la tête d'une rébellion contre le Salon et mit en œuvre un événement alternatif : la Société nationale des beaux-arts, qui proposait sa propre exposition annuelle. J'entendis alors les pas de Jérôme dans le couloir. Il entra, et la porte se referma avec un bruit sourd derrière lui.

– Une envie de gin tonic ? me proposa-t-il en allumant la musique.

– Je dois finir cet essai et ensuite je serai tout à toi.

– *Chérie**, tu travailles trop dur, ça doit être à cause de ton sang autrichien.

– Je ne travaille presque plus depuis que je t'ai rencontré.

Mon homme me tendit un verre et je pris une bonne gorgée. La fraîcheur de la boisson, qu'il préparait à la perfection, me redonna de l'énergie : beaucoup de gin – d'une marque assez chère –, du tonic, des tas de glaçons et une giclée de citron, servis dans un gigantesque verre en forme de bol. Il fallait que je bosse, mais son accent français était irrésistible, encore plus quand il s'efforçait de sonner britannique.

– Merci, dis-je.

– Tu danses ? suggéra Jérôme, tandis que *La Vie en rose* d'Édith Piaf débutait et il me prit dans ses bras.

Sophocle encourageait l'audace et disait qu'on ne se trompait jamais en disant la vérité.

Quel message énigmatique, pensai-je tandis que Jérôme me faisait tourner dans le loft. Je me demandai en quel honneur il était si bien habillé : costume bleu foncé, chemise blanche et pochette à rayures blanches et bleues. Je le trouvai encore plus beau aujourd'hui. C'était un danseur chevronné. J'adorais sentir son bras droit entourer fermement ma taille. Du gauche, il me guidait et je me croyais au paradis. Nos corps bougeaient de plus en plus près à chaque note. La musique ralentit et je fermai les yeux, posai ma tête sur son épaule. Quand je les rouvris, je me figeai et reculai.

– Tu aimes ? demanda Jérôme.

À cet instant, je remarquai que la photographie de Kate Moss avait été remplacée par un cliché de moi, assise comme Marie Anne dans *La Rose blanche*. Jérôme l'avait retouché sur Photoshop. Sur la photo, je portais une longue robe bleue, des roses blanches étaient posées sur la table, et une bague de fiançailles brillait à mon doigt.

– J'adore tout chez toi, déclara mon amoureux en s'agenouillant devant moi. Veux-tu m'épouser, Vivi ?

Il ouvrit un écrin et glissa un solitaire entouré de diamants plus petits à mon doigt.

Je frissonnai et une vague de chaleur grimpa en flèche jusqu'à ma tête.

– Jérôme, commençai-je avant d'être prise de vertige.

Je jetai un regard au loft et repérai la porte. Une envie soudaine de m'enfuir en courant me gagna, mais il tenait ma main bien serrée dans la sienne.

– *Chérie**, tout va bien ?

– Il faut que je m'asseye, tout cela va beaucoup trop vite.

– Je comprends, dit-il, l'air déconcerté.

Que devais-je faire ? Je ne m'étais pas attendue à ça. Je n'étais pas encore familière avec les lieux. Étais-je prête à vivre dans ce loft ?

Je m'assis, m'efforçant de gagner du temps, et de rassembler mes esprits. Peut-être était-ce l'occasion pour moi. Jérôme, l'homme qui venait de me demander en mariage, se tenait devant moi : grand, beau, et fier. Il semblait fou d'accepter sa demande, je le connaissais à peine. Pourtant, je l'aimais. Margot serait certainement contre : « Concentre-toi sur ton diplôme, dirait-elle, tu es si jeune. » Elle citerait sa phrase préférée de Basil de Césarée : « *L'Éducation est la seule possession inaliénable, qui demeure tout au long de la vie et au-delà.* » Mais maman m'aurait encouragée à écouter mon cœur ; elle aurait apprécié Jérôme.

Les nombreuses photos que ma mère avait prises de moi enfant et la chambre noire installée dans notre cave me revinrent à l'esprit. Ma mère avait du talent comme photographe. Jérôme et maman auraient eu de nombreux sujets de conversation, ils auraient discuté de l'exposition des négatifs et de photographes réputés comme Henri Cartier-Bresson. En quelques secondes, mon sentiment changea et je me vis dans une église, vêtue d'une élégante robe crème. L'orgue jouait *La Marche nuptiale* de Wagner. J'avais réfléchi au mariage depuis que Chloé m'avait exhibé sa bague de fiançailles. Contre toute raison et malgré les doutes que j'avais parfois sur lui, j'aimais Jérôme de tout mon cœur et je tenais à lui plus qu'à n'importe qui.

– Vivi ? intervint-il toujours à genoux, gagné par l'inquiétude.

– Bien sûr que je veux t'épouser ! m'exclamai-je.

Lorsque mon homme m'enveloppa de ses bras solides, je fus certaine d'avoir pris la bonne décision. Il rit de joie, quitta la pièce, sortit une bouteille de champagne du réfrigérateur et en remplit deux verres.

– Alors nous nous marierons au printemps ? demanda-t-il en m'embrassant à nouveau.

– Quand ? Mais pourquoi ne pas savourer nos fiançailles ? J'aimerais me débarrasser de mes examens d'abord.

Je trouvai bizarre d'expédier une journée aussi importante. Il y avait l'indéniable paperasse à faire. Était-ce possible en deux mois ? Je voulais aussi m'assurer que je maîtriserais mes études, et que je respecterais mes échéances. Et puis, étant profondément croyante, j'avais toujours imaginé me marier à l'église. Il y aurait Margot, mes amies les plus proches, et le père Constantin, que j'avais commencé à apprécier à l'Oratoire de Londres. Et mon rêve d'une robe de mariée sur mesure en satin ? Mais je ne voulais pas décevoir Jérôme, craignant qu'il ne le prenne mal et change d'avis. Peut-être était-ce ma seule chance ?

– Mais… hum… que… que vais-je porter ? bégayai-je.

– Ceci, dit-il en me tendant une boîte.

À l'intérieur se trouvaient une robe courte en dentelle blanche avec une paire d'escarpins blancs à bouts ouverts. Touchée par la générosité de son geste, j'essayai l'ensemble avec excitation. Il m'allait à la perfection.

Pendant que nous étions assis sur le canapé à siroter nos verres, Jérôme réfléchit à nos premières vacances ensemble.

– Nous avons un autre motif de célébration, dis-je.

Je courus jusqu'à la chambre et revins en agitant le document donné par Margot. Maintenant qu'il était mon fiancé, j'étais incapable d'avoir des secrets pour lui.

– C'est un testament ? s'enquit-il en y jetant un œil. Le palais et tout ce qu'il contient sont à toi ?

Jérôme leva son verre.

– Bien joué.

Nous trinquâmes.

– Margot prévoit d'interroger Sybille sur *La Rose blanche* la semaine prochaine. Mais penses-tu que je doive appeler Sophie ? Je crois qu'elle me cache quelque chose.

– Pas le temps d'appeler qui que ce soit, dit Jérôme.

Il me sourit et me tendit des billets pour Paris.

– Nous partons demain.

Je le dévisageai. Pouvais-je décider d'une seule chose dans cette relation ? J'étais impatiente et déçue.

– Je dois terminer mon essai et seulement après nous pourrons y aller. Ce diplôme est vital pour moi.

– Je pensais que tu pourrais le faire dans le train et l'envoyer par la poste à notre arrivée.

Mon amoureux s'exprima avec son séduisant accent français.

– *So chic*, un paquet en provenance de Paris pour ton professeur Mhost.

Je me libérai de son étreinte, fourrai mon papier sur Rodin dans mon sac à dos, et me dirigeai vers la porte. *Je n'irais nulle part tant que ce papier n'est pas terminé*, pensai-je en marchant à grands pas vers la station de métro Liverpool Street.

Dans la bibliothèque, je me sentis en sécurité, l'odeur des livres flottait autour de moi. Jusqu'à présent, j'avais rendu tous mes devoirs à temps : le plan de ma thèse, mes dissertations, et cela ne changerait pas parce que j'étais fiancée. Je regardai ma magnifique bague et y déposai un petit baiser.

16

16 février 1891

*Brigitte s'est révélée indispensable dans la gestion du trousseau. Elle a préparé les douze malles Louis Vuitton pour notre lune de miel. Nous sommes arrivés hier à Venise en prenant une gondole depuis la gare. Les eaux scintillantes m'ont immédiatement remonté le moral et ont rendu le trajet jusqu'à l'*Hôtel Danieli *inoubliable. L'hôtel est si exquis que même la reine d'Angleterre y séjourne quand elle est en ville. Tandis que nous approchions du bâtiment rose foncé qui s'élève au-dessus du Grand Canal, Thomas me fit remarquer que l'hôtel fut construit au* XIVe *siècle et que le premier opéra de Venise s'y déroula :* L'Enlèvement de Proserpine *de Monteverdi.*

Le hall d'entrée est éblouissant ; j'eus le souffle coupé quand je posai les yeux sur les nombreuses voûtes et colonnes en marbre. Le sol, en marbre scintillant lui aussi, est contrebalancé par des tapisseries délicates, de lourds rideaux de soie et des bouteilles colorées en verre de Murano soufflé à la main. Le plafond est enrichi d'or et l'escalier ressemble au chemin du paradis, avec des angelots de chaque côté. Notre suite somptueuse – meubles cirés, tapis orientaux et rideaux en damas – offre une vue panoramique sur la lagune, le Grand Canal, et la Riva degli Schiavoni.

Je regardai par la fenêtre tout en laissant la brise fraîche caresser mon visage. Venise est pareille à un rêve tout droit sorti d'une autre époque. Les imposantes maisons avec leurs fenêtres ornées de voûtes, les échos du chant des gondoliers qui se frayent un chemin à travers les canaux, et enfin le dédale des rues, tout cela ajoute une note surréaliste au décor.

17 février 1891

Aujourd'hui, Thomas avait hâte d'aller examiner la restauration du palais des Doges. Pendant que nous approchions du bâtiment gothique clair et aérien, il me montra qu'Adam et Ève avec le serpent étaient représentés dans la pierre à l'angle de la piazzetta, ce qui me rappela notre bal au château. Il me prit la main lorsque nous entrâmes par la Porta della Carta. Le portail voûté conduisait à l'Arco Foscari et à une cour intérieure remplie de fleurs et d'oliviers. Nous gravîmes le gigantesque escalier dominé par des statues en marbre, puis nous déambulâmes à travers les loggias, le long des superbes colonnades supérieures. Nous passâmes devant des murs parés des armoiries ducales.

– Sais-tu pourquoi on l'appelle le pont des Soupirs ? me demanda Thomas pendant que nous traversions le petit pont couvert qui enjambait l'étroit Rio di Palazzo. En fait, ce paysage était la dernière vision qu'avaient les criminels condamnés par le Doge. Après l'interrogatoire, les coupables étaient menés par ce pont directement jusqu'à une prison sombre, froide et humide.

Je frissonnai en remarquant les fenêtres à barreaux le long de la passerelle couverte et Thomas m'enveloppa de ses bras solides.

Mon cœur s'emplit de joie, notre lune de miel se déroulait si bien. Le temps et son humeur n'auraient pu être meilleurs. Tandis que nous nous tenions sur le balcon du palais des Doges et que nous contemplions la place Saint-Marc jusqu'à San Giorgio, Thomas m'embrassa. Cette ville le rend encore plus romantique.

Les couleurs cramoisies qui enveloppent la lagune nous apaisaient et une brise douce et iodée soufflait depuis le Lido jusqu'à l'Adriatique. Nous déjeunâmes sur une terrasse qui surplombait le Grand Canal. Je n'ai jamais savouré de Linguine ai Gamberi *dans un décor aussi magique. Nous repérâmes même Proust à une table voisine, qui prenait des notes, pour un prochain article sans aucun doute.*

18 février 1891

Hier soir, nous célébrâmes le carnaval dans la maison d'amis de Thomas, originaires de Milan. Ils possèdent une maison ici et, chaque année, ils organisent un somptueux bal costumé. En 1797, sous le règne du roi d'Autriche, le carnaval fut jugé illégal, et les masques furent strictement interdits pendant de nombreuses années.

– Le festival ne refait son apparition que progressivement, mais il est toujours célébré en secret lors de fêtes privées, me raconta Thomas en enfilant une cape rouge et une bauta *dorée, le masque traditionnel avec un nez en forme de bec.*

Je portais une robe recherchée, blanche et dorée, ainsi qu'un loup richement décoré d'or, d'argent, de cristaux et de plumes.

Quand nous quittâmes l'hôtel, la place illuminée devant nous semblait tout droit sortie d'un conte de fées. Des noceurs étaient assis à des tables éclairées de bougies, des orchestres jouaient et des couples dansaient. Nous posâmes un pied dans une gondole décorée de lions d'or, et une lanterne nous guidait en se balançant. Le gondolier plaisantait sur le fait qu'il était né avec des pieds palmés et pouvait marcher sur l'eau. Tandis que la barque glissait à travers les étroits canaux, il nous chanta la sérénade.

Nous débarquâmes près du pont du Rialto, puis nous traversâmes une place et trouvâmes la demeure bordant le Grand Canal. En pénétrant dans la gigantesque salle de bal, je constatais, éberluée, qu'elle occupait toute la surface du bâtiment. Décorée de lustres dorés, de mobilier sculpté par Andrea Brustolon, et un plafond orné de peintures en trompe l'œil*, *elle paraissait provenir d'une époque différente, une époque plus raffinée que la nôtre. L'histoire de Venise, la ville de Marco Polo, semblait être contenue dans cette demeure en ruine. Des centaines d'invités arrivèrent, tous portaient des masques somptueux et étaient enveloppés de capes colorées. La fête rappelait la période décadente de Casanova, chacun étant méconnaissable et inaccessible. Je dansai avec Thomas toute la soirée. Il était si étrange que la seule personne que je connaisse intimement parmi tous ces inconnus fut lui.*

19 février 1891

Ce matin, nous entamâmes enfin des relations amoureuses. Je crois pouvoir dire que Thomas n'a pas de soupçons quant à ma virginité : quel soulagement. Il n'évoqua pas ma cicatrice non plus ; peut-être ne l'a-t-il pas encore remarquée.

Nous verrons si cette aventure porte ses fruits dans un futur proche. Je désire ardemment un autre fils, même si je n'ose songer à mon premier.

6 mars 1891

Aujourd'hui, nous nous promenâmes devant la Ca' Vendramin Calergi, une construction datant de la Renaissance, où Wagner mourut d'une crise cardiaque en 1883.

– Son épouse précipita sa mort, m'expliqua Thomas. Ils s'étaient disputés cet après-midi-là.

– C'est tellement triste, répondis-je. Elle a dû se sentir misérable jusqu'à sa mort.

La Gallerie dell'Accademia, qui réunit la plus importante collection de peintures vénitiennes, fut notre prochaine destination. Nous montâmes un somptueux escalier et flânâmes à travers les salles en admirant les toiles. Le Cycle de Sainte Ursule *peint par Carpaccio resplendissait et me remplit de délectation. Néanmoins, ma peinture préférée fut* La Présentation de Marie au Temple *de Titien ; la magnifique jeune fille qui gravit l'escalier de marbre rappelle un ange, dont il émanerait une énergie céleste.*

7 mars 1891

J'adore cette ville ; les eaux, les panoramas, les trésors artistiques, les mets, la musique de la langue, et par-dessus tout, les gens. Quelle différence entre l'affabilité de ces Vénitiens, si prompts à rire ou à entonner une chanson, et les Parisiens, si pompeux. Il y a des enfants dans tous les restaurants et toutes les générations sont attablées ensemble.

29 mars 1891

Aujourd'hui, c'est Pâques et nous l'avons célébré dans la demeure de la famille Cernuccio, tout près du pont du Rialto. Les superbes pièces donnent sur le Grand Canal et sont décorées d'un mobilier du XVIIIe siècle, de toiles Renaissance et de fenêtres aux vitraux colorés. Nous assistâmes à la messe à la basilique Santa Maria Gloriosa dei Frari, construite dans un style gothique italien. L'intérieur frappe par les chefs-d'œuvre qu'il contient : des œuvres de Titien, une statue de Donatello, et une toile de Giovanni Bellini représentant la Madone et l'Enfant, mais je n'ai quasiment rien entendu au sermon, qui fut dit en latin.

Puis nous festoyâmes dans le patio en commençant par des œufs colorés et beaucoup trop de chocolat. Les parents de Patrick étaient charmants et Thomas paraissait fier de moi. Cependant, Patrick escortait une amie que je ne connaissais pas. Elle ne fit pas montre des meilleures manières et me parut même vulgaire, pour être directe. Elle buvait aussi beaucoup trop de champagne et ensuite elle se rafraîchit les pieds dans l'eau, tombant dans le Grand Canal au passage ! Je ne pus m'empêcher de rire. Dès notre retour à l'hôtel, Thomas me fit la surprise d'un petit œuf de Fabergé recouvert de minuscules masques, lapins et diamants.

– L'œuf de Pâques de Venise, dit-il en me passant le collier.

C'est le cadeau le plus original que j'aie jamais reçu.

Paris, 10 avril 1891

Notre splendide lune de miel a pris fin : nous sommes de retour à Paris et je suis très occupée à déballer tous nos merveilleux présents de mariage. Les cadeaux sont nombreux et coûteux. Entre autres, j'ai ouvert cette dernière heure seulement : des fourrures de renard de Sibérie ; neuf cadres en argent richement ouvragés ; plusieurs pochettes de bijoux ; de magnifiques peintures, dont un Rubens et une autre de Canaletto qui représente une vue de la place Saint-Marc ; des vases élégants provenant d'Extrême-Orient ; et de délicates pièces en porcelaine. Je suis transportée de joie d'être devenue la princesse de Lacquise, un titre si agréable à prononcer. Les gens me traitent différemment : avec dévotion, un respect nouveau, et moi, je relève la tête. Je regarde les autres avec fierté et je vis tout de manière inédite.

12 avril 1891

La brise estivale est fraîche à Paris et les trottoirs sont envahis de promeneurs, qui semblent marcher sans but précis. Ici, les piétons flânent dans les rues pour s'imprégner des lieux plutôt que pour se rendre quelque part en particulier.

Ces promeneurs s'appellent eux-mêmes des « flâneurs* ». *Aujourd'hui, il faisait beau temps, alors j'ai essayé cette promenade moi aussi, en commençant par les Grands Boulevards avec un café. Puis, j'ai laissé la journée se dérouler devant moi. Je me suis contentée de marcher d'un pas tranquille jusqu'au bois de Boulogne, et je suis rentrée à la maison juste à temps pour me rafraîchir et changer de toilette avant le dîner avec Thomas. Il espérait m'emmener souper à la* Maison dorée *très bientôt.*

14 avril 1891

Je viens de revenir de chez la comtesse Greffulhe où j'ai pris le thé ; la voir est toujours un plaisir. Elle m'a complimentée sur ma beauté et ma maîtrise du français, et elle m'a proposé de l'aider au Bazar de la Charité le mois prochain.

Auguste Rodin se trouvait parmi les artistes présents. La comtesse est son mécène. Elle lui a assuré d'importantes commandes. Récemment, il a achevé une nouvelle statue de Victor Hugo. Je l'ai questionné sur sa technique.

– Je choisis un bloc de marbre, m'a répondu Rodin, et je coupe ce dont je n'ai pas besoin.

La duchesse d'Uzès a beaucoup parlé de ses quatre enfants et m'a demandé quand j'avais l'intention d'en avoir. Je n'appréciais guère le tour de la conversation, si bien que je me suis excusée. Je ne voulais pas prendre la voiture, car j'avais grand besoin de respirer l'air frais. En descendant le boulevard Haussmann, j'ai senti que quelqu'un me suivait. En me retournant, j'ai vu Pierre ; il m'effraie. Qui est cet homme : un espion ?

16 avril 1891

Hier soir, Thomas et moi avons dîné à la Maison dorée *; ma première fois. Pour l'occasion, je portais un ensemble de chez* Worth. *J'étais enchantée par le style outrancier du restaurant : des peintures, des miroirs, et des dorures sur les balcons et les balustrades. La première fois que Thomas et moi dînions seuls depuis notre retour.*

– Nous devons passer par l'entrée spéciale, m'expliqua Thomas à notre arrivée.

Il me conduisit à l'accès par la rue Laffitte.

Le maître d'hôtel nous accueillit chaleureusement et nous accompagna jusqu'à une salle privée, le Cabinet six. Thomas se montra charmant, il commanda du caviar et du champagne et me déclara à quel point il était heureux de m'avoir épousée.

Il me fit remarquer que la comtesse Castiglione et le prince de Galles avaient soupé dans ce même cabinet.

– Il y a plusieurs années, ajouta-t-il, ce fut également le lieu d'une exposition de peintres impressionnistes qui a attiré les foules, mais je ne les apprécie pas tellement. Qu'en penses-tu ma petite princesse ?

Je me contentai de sourire, ne voulant pas gâcher le dîner.

Il commanda le tournedos Rossini et s'excusa d'avoir été terriblement pris. Il m'indiqua que la comtesse Greffulhe faisait mon éloge, à l'instar de tous ses amis. Ce fut une soirée extraordinairement agréable.

25 avril 1891

Nous nous sommes rendus à des bals un soir sur deux cette semaine, et je sens que Thomas m'exhibe en société.

17 mai 1891

Le Bazar de la Charité se passe bien. J'ai mal aux pieds et aux jambes, car je suis restée debout la journée entière, mais au moins, Élisabeth est contente de l'argent que nous récoltons pour les associations catholiques.

– Vous devez nous faire l'honneur de votre compagnie chaque année, déclara Henry Blount, le fondateur.

Je suis rentrée à pied à la maison, en ayant l'impression que quelqu'un me prenait en filature.

3 juin 1891

Thomas et moi passâmes la journée à Longchamp au bois de Boulogne. Les habits élégants des dames, qui toutes portaient de grands chapeaux, et la rapidité des chevaux enivraient

Thomas. J'admirai les minuscules jockeys dénués de peur, serrant les impeccables selles Hermès entre les genoux, tandis qu'ils accéléraient à toute vitesse autour de l'hippodrome.

Nous nous assîmes à la tribune du Jockey Club avec Monsieur de Lesseps, Patrick Cernuccio, Lord Edmond Fitzmaurice, et plusieurs gentlemen anglais que je n'avais jamais rencontrés auparavant. Thomas ne cessait de parler des chevaux Enterprise, Lapin, et Fra Diavolo, et il misa une somme considérable sur eux.

Quatre des six courses furent gagnées d'un cheveu, mais Thomas perdit tout. Il se mit à boire excessivement avec Patrick. Afin de ne pas m'exposer à sa mauvaise humeur, je m'assis en compagnie de la comtesse Élisabeth, éclatante dans son ensemble violet, qui rehaussait son regard. Je me sens bien plus à l'aise à Paris maintenant que je fréquente Élisabeth avec assiduité. Enfin, j'ai une véritable amie dans cette ville et elle m'emmène partout.

Après la victoire de Toylsome dans la cinquième course, j'aperçus un beau gentleman qui avançait dans notre direction. Élisabeth me présenta Hugo Fittinger de New York.

– Vous pariez ? me demanda Hugo, dont il émanait bien plus que de la simple séduction – il y avait du désir pur et simple dans son regard. D'où vient ce charmant accent ? me questionna-t-il en lissant sa moustache gominée.

– De Vienne, mais je vis ici, à Paris*, *répondis-je.*

– Ah, j'adore*. *Je viens à Paris deux fois par an, même si je devrais le faire plus souvent. Les impressionnistes sont une mine d'or ! dit-il en guise d'au revoir.*

Thomas ne parut pas remarquer notre conversation.

Après le départ d'Hugo, Élisabeth m'expliqua qu'il dirigeait une galerie prospère à New York appelée Le Papillon bleu, *s'occupant essentiellement d'artistes américains. Il songeait à en ouvrir une aussi à Paris.*

Je n'arrive pas à cesser de penser au projet d'Hugo – tenir une galerie avec des impressionnistes serait une occupation merveilleuse.

5 juin 1891

Hier, le Grand Prix de Longchamp fut gâché par des averses, mais aucun membre de l'élite française ne manquait l'événement ; la haute société britannique était également présente. Élisabeth y assistait aussi, mais je ne fus pas capable d'apprécier sa compagnie, car je m'inquiétais de plus en plus pour Thomas. Il est sorti avec Patrick hier encore et il est rentré tard. Il a perdu de l'argent, car il parie d'énormes sommes à chaque course. Depuis notre retour d'Italie, il mise des sommes folles, et il ne m'a pas touchée une seule fois : il est glacial.

17

Paris

> « Les chaînes du mariage sont si lourdes qu'il faut être deux pour les porter. Parfois trois. »
>
> Alexandre Dumas Fils (1824-1895)

Fascinée par les magnifiques clichés collés dans le journal de Marie Anne – cartes postales de Venise, carnaval et courses de chevaux –, c'est à peine si je remarquai notre arrivée en gare du Nord, un bâtiment en acier qui avait autrefois inauguré une nouvelle ère architecturale. Toutes les choses que j'avais envie de faire se bousculèrent dans ma tête. Enfin, j'allais marcher sur les traces de Marie Anne… à Paris.

– J'ai choisi cet hôtel pour sa vue, m'expliqua Jérôme, alors que notre taxi filait à toute allure en direction du 8e arrondissement.

– Il donne sur la tour Eiffel ?

– Tu verras.

Bientôt, le taxi s'arrêta devant un petit hôtel luxueux à deux étages et j'examinai la plaque de la rue.

– C'est la rue de Monceau. Nous sommes à côté de chez Marie Anne.

– *Chérie**, c'est le trottoir d'en face, pour être précis.

Jérôme désigna une maison avec une façade lumineuse en pierre calcaire, agrémentée de colonnes romaines, de hautes fenêtres surmontées de stuc et de balcons d'ornement en fer foisonnant de rhododendrons roses.

– C'est ici que commence notre voyage. Posons nos bagages, ensuite nous irons explorer la ville.

– Jérôme ! m'écriai-je en lui prenant la main. Comment as-tu su ?

Grisée, je l'embrassai. *Alors c'est l'endroit où vivait Marie Anne.* Je m'imprégnai de la maison parfaitement restaurée et mon cœur se mit à battre la chamade. J'aurais adoré me précipiter à l'intérieur et découvrir chaque recoin de son ancienne demeure, mais la raison et la peur m'en empêchèrent. Je n'avais aucune idée de qui habitait là aujourd'hui.

Il m'embrassa et me prit la main tout en me conduisant à l'intérieur de l'hôtel. En entrant dans le hall – regorgeant de meubles en bois ciré, d'antiquités et de lustres –, nous nous enregistrâmes avant de nous serrer dans le minuscule ascenseur. Quand Jérôme ouvrit la porte de la chambre 313, je courus jusqu'à la fenêtre. Elle donnait directement sur la maison d'en face.

– J'ai l'impression de voyager dans le temps, dis-je en collant mon visage sur la vitre.

Je fus prise de vertige en apercevant le cabinet de curiosités, les antiquités, et j'examinai la toile d'Antoine Watteau, *La Danse*.

– Nous espionnons ? dis-je en gloussant.

Jérôme lâcha un petit rire.

– Exactement. Allez. Maintenant nous allons l'explorer de plus près.

– Qu'est-ce que tu racontes ? demandai-je en l'observant pendant qu'il balançait la sacoche de son appareil photo sur son épaule.

Il me saisit la main et m'attira hors de l'hôtel.

– Contente-toi de jouer le jeu, dit-il, alors que nous traversions la rue.

En passant les portails en fer forgé, je repérai les emblèmes dorés et ouvragés, et commençai à me sentir mal à l'aise. L'odeur des rhododendrons flottait dans le jardin. Nous allâmes jusqu'à la sonnette : une petite plaque avec le nom de « Maverin ». Jérôme appuya et, immédiatement, le majordome, un homme à lunettes d'un certain âge, ouvrit la porte.

– Monsieur Maverin nous attend, déclara Jérôme en tendant une carte de visite au domestique.

Je jetai un œil à la carte et remarquai qu'il était écrit : Matt Kerry, rédacteur en chef de *Paris Mansions*.

Mon cœur martelait dans ma poitrine. Le majordome nous conduisait dans le salon vert, où le portrait de Marie-Antoinette par Winterhalter était accroché à l'endroit exact, décrit dans son journal. Quelques instants plus tard, un gentleman américain vêtu de manière exquise fit son apparition.

Il nous serra la main et se présenta comme étant Martin Maverin.

– Que puis-je vous offrir ? demanda-t-il. Champagne ? Whisky ?

– Un café, s'il vous plaît.

Jérôme et moi répondîmes en chœur.

– James, trois cafés.

Il se tourna vers Jérôme.

– Pour qui travaillez-vous déjà, monsieur Kerry ?

– Nous collaborons à la série d'ouvrages sur le luxe *Paris Mansions*, répondit Jérôme. Mon assistante et moi-même écrivons sur les plus belles demeures parisiennes. Jusqu'à aujourd'hui, nous avons couvert surtout des ambassades, mais nous aimerions beaucoup intégrer votre domicile si cela vous semble possible. Nous serions honorés si vous acceptiez.

– C'est plutôt un palais, n'est-ce pas ? dit-il en ajoutant qu'il avait récemment fait réparer la façade et rénover l'intérieur. Je l'ai acheté il y a dix ans et j'ai dépensé une fortune en réparations depuis, dit-il en nous guidant jusqu'au salon rouge.

Mes yeux furent aimantés par le cabinet en laque noire rempli de *netsukes*. L'homme raconta des anecdotes à propos des anciens propriétaires en mentionnant Thomas, mais en omettant Marie Anne.

– Et Marie Anne, princesse de Lacquise ? demandai-je.

Jérôme me lança un regard perçant.

– Marie Anne ? s'enquit l'homme. Vous voulez parler de l'épouse de Thomas ?

– Oui, la princesse de Lacquise... Avez-vous entendu parler d'elle ?

L'homme éclata de rire.

– Oui, en effet. Quelle femme frivole. Autrichienne, c'est cela ?

– Que savez-vous à son propos ? demandai-je avec hésitation, tentant de dissimuler mon irritation.

Je mourais d'envie de lui balancer un coup de poing en plein visage. *Quel nouveau riche plein d'arrogance**, songeai-je.

– Elle a couché à droite et à gauche, elle a fini dans les bras d'un artiste de Montmartre, et elle est morte plutôt jeune… dans un incendie si je me souviens bien…

Je me rappelais vaguement cette histoire. Ma mère m'avait raconté que Marie Anne avait aidé à la vente annuelle de charité, le Bazar de la Charité, et qu'un accident mortel était survenu pendant la projection d'un film. Un incendie auquel Marie Anne n'avait pas réchappé.

– Savez-vous autre chose à son sujet ? l'interrogeai-je, bouleversée par l'idée que Marie Anne soit morte brûlée.

– Non. Thomas est manifestement le membre le plus intéressant de la famille. Un prince, et son titre remonte à la période prénapoléonienne, du sang bleu… La véritable aristocratie.

– À quand précisément ? demandai-je.

J'espérais qu'il ne remarquerait pas la colère dans ma voix. Mais tant que les mots restaient courtois, l'homme ne parut pas relever mon animosité. Jérôme m'avait enseigné cette astuce. En français, l'essentiel résidait dans l'affabilité. Un tas de « s'il vous plaît » et de « merci » apprivoisaient n'importe quel interlocuteur.

– Je pense que la famille Lacquise a obtenu le titre de « prince » au XVe siècle, mais vous pouvez vous instruire à leur sujet dans *Gotha*.

– Et ils possédaient un château dans la vallée de la Loire, n'est-ce pas ? demandai-je.

– Oui, mais la famille l'a perdu. L'argent de Thomas allait et venait. Ce n'était pas un saint non plus, il avait une faiblesse pour le beau sexe. Il jouait aussi de l'argent et il a perdu sa fortune à Panama, ensuite il l'a regagnée à Barcelone. Il mourut en ne laissant aucun héritier.

J'enregistrai la conversation, tandis que Jérôme prenait des photos de chaque pièce et de chaque peinture.

À notre départ, j'étais encore sous le choc.

– Que ferons-nous quand il découvrira que c'était une arnaque ?

– Ne t'inquiète pas, *chérie**, me répondit Jérôme en me prenant la main.

– Et qu'est-ce que c'est que ces cartes de visite ?

Pour toute réponse, Jérôme m'embrassa.

Quel genre d'homme est-il ? pensai-je, tandis que nous passions devant la place de la Concorde flanquée de son gigantesque obélisque. Nous tournâmes à la rue Royale en passant devant *Maxim's*.

– C'est ici que tout se passait, déclara Jérôme en désignant le bâtiment de la Belle Époque et en me racontant des anecdotes à propos du passé haut en couleur de *Maxim's*. Aujourd'hui, c'est un peu kitsch mais ils montent encore des spectacles qui se passent au XIXe siècle. On entre prendre un café ?

Je déclinai. J'avais envie d'aller à l'église où Marie Anne s'était mariée. L'extérieur de l'église de la Madeleine évoquait un temple romain de l'Antiquité entouré de colonnes corinthiennes. À l'intérieur, l'église baroque catholique était pratiquement vide. En descendant l'allée, j'imaginai le mariage de Marie Anne, lorsque l'église était remplie de milliers de personnes, dont Charlotte et Maximilian aux premiers rangs… exactement ici.

J'étudiai l'énorme statue derrière l'autel qui représentait l'ascension de Marie Madeleine, soulevée par des anges. Je fus submergée en pensant que Marie Anne la contemplait quand elle échangea ses vœux. Les yeux levés, je fixai la demi-coupole en admirant les fresques de Jules-Claude Ziegler figurant *L'Histoire du christianisme.* Je priai silencieusement pour que ma relation avec Jérôme ne ressemble en rien au mariage de Marie Anne et Thomas.

En sortant de l'église, Jérôme me prit le bras.

– Et maintenant, nous allons déjeuner à l'une des tables préférées de Thomas.

– La *Maison dorée ?* demandai-je.

Je mourais d'envie de découvrir l'endroit.

– Hélas, elle a disparu depuis longtemps. Nous irons à l'*Hôtel Scribe :* l'ancien site du Jockey Club.

Lorsque nous entrâmes dans le vaste hôtel, un bâtiment de style haussmannien, couleur crème, entre l'opéra Garnier et la place Vendôme, je m'efforçai de dissimuler ma déception. Mais en l'espace de quelques minutes, j'en vins à adorer l'endroit. Il était tout bonnement magnifique. Nous traversâmes le hall, inondé de lustres en cristal, et nous entrâmes dans le restaurant *Le Lumière* surmonté d'un toit en verre, doté de sièges beiges, décoré de trois énormes gerbes de fleurs et avec d'anciennes photographies en noir et blanc accrochées aux murs.

Tandis que nous nous glissâmes dans un box, je chuchotai :

– Tu n'es pas obligé de choisir des endroits aussi luxueux, Jérôme.

– *Chérie**, tu mérites le meilleur et ce n'est que le début. Tu n'as encore rien vu. Ce restaurant est dédié à Louis et Auguste Lumière, ajouta-t-il en pointant la photo des deux frères derrière nous.

– Pourquoi ? demandai-je.

– Là se tenait le *Grand Café*, déclara Jérôme en faisant un geste vers le bar en façade. Et dans un salon à l'arrière, le cinéma est né.

Jérôme m'expliqua que les frères Lumière présentèrent leur nouvelle invention, le cinématographe, en 1895 dans le salon indien du *Grand Café*. Ils montrèrent une série de dix films, de cinquante secondes chacun.

– Cela fit fureur, déclara Jérôme en ajoutant que, quand la nouvelle se propagea, des milliers de personnes firent la queue chaque jour et inventèrent ainsi le tout premier cinéma. La tradition s'est perpétuée et le prix Scribe pour le cinéma est décerné ici tous les ans.

Je terminai mon entrée de saumon grillé et risotto aux artichauts, puis je contemplai Jérôme.

– Qu'est-ce que c'était que le Jockey Club ? demandai-je en jouant la désinvolture. Thomas avait l'habitude d'y passer des heures, ce qui exaspérait grandement Marie Anne…

– Au XIXe siècle, ce fut le club le plus prestigieux de France. On y comptait des princes, des ducs et des personnes richissimes.

Jérôme m'expliqua que les membres du Jockey Club chapeautaient le bâtiment de l'hippodrome parisien, Longchamp, et que le club – complété par son propre restaurant, son bar et son casino privé – occupait tout l'étage, où les gentlemen passaient leurs journées et leurs nuits à boire, manger, parier et à s'ébattre en compagnie de courtisanes.

– Il était tellement fermé, Vivi, que les hommes qui s'étaient vu refuser la qualité de membres intentaient une action en justice – en vain – pour essayer d'y entrer.

Quel cauchemar, pauvre Marie Anne fut la seule pensée qui me traversa l'esprit. En sortant, Jérôme me mena jusqu'aux Champs-Élysées.

– Tu m'as dit que Marie Anne donnait un coup de main au Bazar de la Charité, dit-il.

J'acquiesçai en me remémorant des anecdotes que maman m'avait racontées.

– Viens, j'ai quelque chose à te montrer. Aujourd'hui, le 4 mai, c'est un jour tragique.

Jérôme ne cessait de me surprendre. Touchée par sa capacité d'écoute, je glissai mon bras sous le sien et nous marchâmes vers une église majestueuse.

– Ils ont bâti une église pour commémorer le souvenir des victimes du Bazar de la Charité et on donne encore une messe chaque année, déclara Jérôme, une fois que nous avions mis un pied dans l'église.

Quelques fidèles plutôt âgés étaient assis sur les bancs, pendant qu'un prêtre lisait la Bible. Après la messe, tout le monde se réunit dans le sanctuaire regorgeant d'urnes en marbre, de bustes, de plaques, et de souvenirs roussis – un billet de tombola, une poupée de chiffon, l'armature métallique d'un sac à main –, tous vestiges de cette terrible journée. Je parcourus des yeux la liste des victimes, surprise de n'y trouver aucune mention de Marie Anne.

– Tu es certaine qu'elle est morte dans l'incendie ? me questionna Jérôme.

– Non, plus maintenant, répondis-je, un peu perplexe.

Nous nous dirigeâmes vers le magasin le plus remarquable de Paris, le *Bon Marché.* De l'extérieur, l'immense bâtiment du XIXe siècle qui couvrait tout un pâté de maisons paraissait inchangé, malgré la modernité des vitrines, les nouveaux créateurs et les douzaines de boutiques à l'intérieur. C'était tout simplement fantastique ! Pendant que Jérôme fouillait les collections de sacs à main, je me souvins de la mère de Marie Anne. Elle était venue ici avec Thomas pour acheter la robe que sa fille allait porter à son premier bal parisien.

– Que dis-tu de ce rouge, là ? demanda Jérôme en brandissant un sac à main.

Il l'acheta sans attendre ma réponse.

– Jérôme, tu n'aurais pas dû, dis-je d'un ton ferme. Je ne peux pas accepter.

– Laisse-moi te gâter, mon amour. Et ne t'inquiète pas, j'ai un tas de projets lucratifs dans les tuyaux, me conforta-t-il en m'embrassant.

Je rayonnais. J'avais l'impression d'être une princesse.

De retour à l'hôtel, je me glissai dans ma robe rouge et je me regardai dans le miroir en tenant ma nouvelle pochette assortie. C'était mon ensemble le plus sexy.

Ce soir-là, tandis que nous approchions de l'opéra Garnier, je me sentis gênée, mais mon attention fut vite captivée par le bâtiment richement décoré. Tout était flamboyant, depuis le dôme vert et les énormes sculptures dorées de chaque côté, en passant par les colonnes massives et les décorations stylisées de Charles Garnier. Dans le programme, je lus qu'il fut choisi comme architecte en 1862, quand Napoléon III régnait sur la France. Plusieurs années plus tard, la France déclara la guerre à la Prusse, entraînant l'effondrement de l'empire de Napoléon III.

– Ce fut une terrible guerre, déclara Jérôme en jetant un œil au programme par-dessus mon épaule.

Il m'expliqua que l'opéra fut finalement terminé après la chute de l'empereur et qu'il fut inauguré en 1875 en présence du maréchal Mac-Mahon, le lord-maire de Londres et le roi Alphonse XII d'Espagne.

Pendant que nous gravissions l'imposant escalier de marbre, en passant devant les lustres en cristal et les sculptures spectaculaires, j'imaginais Marie Anne montant ces mêmes marches, vêtue de ses robes du soir de la maison *Worth*. Jérôme commanda des bulles au foyer, où j'examinai attentivement le plafond peint qui représentait les périodes de l'histoire de la musique, jusqu'à ce que la sonnerie nous informe du début de la représentation.

En entrant dans la salle de concert, Jérôme riva immédiatement son regard au plafond.

– Lève les yeux, Vivi, chuchota-t-il en montrant la coupole couverte de couleurs vives, et de scènes extraites de ballets et d'opéras célèbres. C'est Chagall qui a peint ça.

Après avoir pris place dans les fauteuils de velours rouge qui offrait une vue parfaite sur la scène, je lus le programme avec attention.

– *Le Vaisseau fantôme*, de Richard Wagner.

Je me souvins que Marie Anne avait rencontré Thomas lors d'une représentation de ce même opéra, et je fus à nouveau impressionnée par la prévenance de Jérôme. L'interprétation du marin maudit qui trouve le salut grâce à l'amour pur de Senta était émouvante – jusqu'à ce que la chanteuse qui jouait le rôle de Senta manque quelques notes. Certains membres du public se mirent à crier : « Ouh ! », je n'avais jamais vu ça à l'opéra auparavant.

– Le public parisien a un niveau d'exigence élevé, déclara Jérôme avec un clin d'œil.

Le reste de la représentation se déroula sans heurt, et je fus ébahie par les décors inventifs – entre autres un véritable navire. Ensuite, Jérôme m'emmena au restaurant *La Closerie des lilas*, la célèbre brasserie où l'on peut déguster des fruits de mer. Tandis que nous nous frayions un chemin à travers le bar bondé, le pianiste commença à chanter *La Vie en rose* d'Édith Piaf. Jérôme me raconta que Rimbaud, Picasso, Modigliani, mais aussi Fitzgerald, Sartre et Cézanne fréquentaient ce restaurant.

Après s'être installés à une table d'angle, il me demanda :

– Alors tu aimes Paris, mon amour ?

– Aimer ? Je l'adore, répondis-je en remarquant que deux verres de vin blanc étaient apparus par magie sur la table en même temps qu'une douzaine d'huîtres.

– Qu'est-ce qui t'a le plus plu jusqu'ici ? m'encouragea-t-il.

– L'opéra était magnifique, mais me retrouver dans l'ancienne demeure de Marie Anne, c'était merveilleux, même si un brin sournois.

Je lui lançai un regard inquiet.

– C'était la première fois que tu faisais ça ? Faire semblant d'être quelqu'un d'autre ?

– En fait, oui, mais ça a bien marché, pas vrai ? Ça donne une montée d'adrénaline, tu ne trouves pas ?

Il but une gorgée de vin.

– Qu'est-ce que le maître a prévu pour demain ? demandai-je.

– Vivi, à propos de demain. J'ai une séance photo à l'extérieur de Paris. Mais je serai de retour à temps pour t'emmener dîner.

– Oh, lâchai-je en m'efforçant de dissimuler ma déception. Ne t'inquiète pas pour moi, je voulais visiter le Louvre, que, je suis certaine, tu connais déjà par cœur.

Quelques minutes plus tard, le beau serveur (*Mon Dieu, que ces Français sont beaux*) nous servit deux éclairs au chocolat avec du porto et nous nous laissâmes gagner par l'ambiance festive.

Le lendemain matin, après le départ de mon homme, je restai au lit, ne souhaitant qu'une seule chose : me plonger dans l'univers de Marie Anne.

18

1er juillet 1891

Le temps est délicieux. C'est là que Thomas est en meilleure forme. Ce matin, il y avait un magnifique bouquet de roses rouges posé sur la table d'appoint de notre salle à manger avec une grande enveloppe qui m'était adressée.

Pour la plus belle femme du monde. Je t'aime et je suis fier de toi !*

Il m'a couverte de cadeaux et m'a notamment offert un ravissant ras-de-cou. La pièce maîtresse se compose de diamants en taille vieille mine et taillés en rose. Il est assorti aux boucles d'oreilles qu'il m'a offertes la semaine dernière.

– Tu n'aurais pas dû, dis-je quand il me tendit l'écrin en velours rouge foncé.

– Je sais que je devrais faire plus. Malheureusement, il faut que j'aille travailler maintenant, mais je compte les jours en attendant de partir avec toi à Château Hibou. Les étés passés

dans la campagne française sont les meilleurs, tu apprécieras les déjeuners pris à l'ombre des arbres.

La dernière fois que j'y suis allée, nous n'étions pas encore mariés et je dois admettre que je suis sur un petit nuage à l'idée de retourner au château avec le titre de princesse de Lacquise.

10 juillet 1891

Nous sommes arrivés il y a trois jours, mais je trouve à peine le temps d'écrire ! Thomas se comporte comme un petit garçon. Il est ravi d'avoir tous ses domestiques autour de lui. À la campagne, nous avons davantage de personnel qu'à Paris pour en profiter pleinement et divertir tous nos invités. Nous prenons le petit déjeuner dans nos chambres respectives, sur des plateaux en argent, et Thomas sonne sans arrêt les cloches. Elles sont tellement amusantes ! Une fois qu'il a appuyé, une belle domestique apparaît comme par miracle. Il y a une cloche près de son lit (et du mien aussi). Une autre dans la salle à manger.

Pendant la journée, nous sommes avec les animaux, en balade à cheval ou à pied. L'éléphant est resté et je l'ai appelé « Benjamin ».

La nuit, Thomas vient dans ma chambre et nous faisons l'amour comme jamais auparavant. Il touche mes seins, joue avec mes mamelons, essaie de parler allemand, et m'embrasse entre les jambes. Nos corps sont unis et proches la majeure partie de la journée. Il adore embrasser mes mains aussi et passe des heures à caresser mes cheveux.

12 juillet 1891

Aujourd'hui, nous avons marché parmi ses vignobles. D'abord, nous avons traversé les terres couvertes de vignes avant d'entrer dans la cave, où nous avons goûté les différentes bouteilles de sa princesse de Lacquise. C'est le chardonnay le plus délicieux que j'aie jamais savouré. La douceur de sa texture est unique. Rien de surprenant à ce qu'il soit devenu le vin le plus convoité de la Loire.

– Emportons-en quelques cartons à Paris, proposai-je.

– Avant de te rencontrer, j'avais l'habitude de ne boire mon chardonnay qu'ici, mais tu as raison, pourquoi pas ?

– Oui, en hiver, ça nous rappellera l'été.

Il a éclaté de rire, il est de bonne humeur. Je suis bénie d'avoir ce bel époux.

15 juillet 1891

Les châteaux des environs sont à couper le souffle, surtout Chenonceau. Il me rappelle pourquoi j'admire la France et à quel point je suis ravie de vivre ici. Enjambant le Cher, il est féminin et d'une harmonie parfaite. Thomas et moi nous sommes perdus dans l'adorable labyrinthe juste avant le déjeuner, nous avons failli le manquer…

19

L'art

> « Les surprises sont des choses futiles. Le plaisir n'en est qu'amoindri ; et il en résulte souvent des inconvénients considérables. »
>
> Jane Austen (1775-1817)

Salade ou sandwich ? pensai-je alors que Marie Anne mentionnait son déjeuner. J'avais tellement faim, mais je n'étais jamais allée seule au restaurant. Je ne voulus pas emporter le journal de Marie Anne, mais je pris mon roman *Bel-Ami* de Guy de Maupassant en guise de cuirasse. En lisant le conte sulfureux de cet arriviste tout en savourant un repas ici, je ne ressentirais pas la même chose qu'en lisant Sylvia Plath lors d'un repas solitaire à Londres. Je n'oserais jamais me l'autoriser, mais à Paris tout était différent et lire Maupassant faisait partie de ma recherche pour revivre la Belle Époque. J'enfilai ma veste en cuir et partis flâner en direction de Saint-Germain-des-Prés, tout en examinant les boutiques. Une envie inhabituelle de faire les magasins me submergea, une sensation inédite pour moi. *Qu'est-ce qui cloche chez moi ? Ce doit être la faim qui s'exprime sous des formes inconnues ?*

Le *Café de Flore* débordait d'activités et il y avait deux ou trois tables vides. Une table dans un coin me fit de l'œil. Je m'assis et commandai un jus d'oranges pressées avec un sandwich jambon-fromage. Des frites à la place de la salade cette fois : il était temps de changer mes habitudes. Le pain était savoureux, les sucres lents pénétrèrent mon corps, et à chaque bouchée je me sentis plus forte. Tout en mangeant et en lisant, je contemplai les gens autour de moi. Il y avait des copines réunies à une table, des gens qui rédigeaient des journaux intimes, un homme qui lisait Marcel Proust et l'ambiance générale était bien plus vivante qu'à Londres. Je ne parvenais pas à m'empêcher de comparer les deux métropoles et l'une d'elles n'était jamais à la hauteur de l'autre. Londres était une ville très britannique et en cela courtoise, mais à mon avis, superficielle. Les Anglais appelaient les Français « les grenouilles » pour se moquer de leurs goûts culinaires, mais *J'adore Paris*, songeai-je, et j'essayai de m'imaginer vivre ici, tout en glissant *Bel-Ami* dans mon sac.

– Et ensuite ? dis-je à voix haute.

J'attrapai mon guide de voyage. Le destin déciderait de ma destination : je fermai les yeux et ouvris le livre à une page au hasard.

– *Ça va** ? me demanda le beau serveur.

– *Oui** ! répondis-je en rougissant.

Il parut embarrassé face à ma joie et me dévisagea, légèrement atterré. Puis il me demanda :

– *Qu'est-ce que vous faites de beau aujourd'hui** ?

Du shopping, pensai-je, mais je me contentai de lui répondre avec un sourire impertinent et je baissai les yeux. Le pouvoir de la suggestion est plus fort à Paris que n'importe où ailleurs. Cette ville a un tel parfum d'érotisme.

Une heure plus tard, j'avais résisté à la plupart des boutiques et je me tenais devant *La Joconde*. J'étais transportée de me trouver aussi près du tableau le plus célèbre au monde. J'admirai son sourire énigmatique, en m'émerveillant de ce qu'il disait sur la féminité, et je m'interrogeai sur l'absence de sourcils sur le visage de Mona Lisa. Je me souvins du voleur de cette fabuleuse toile en 1911 ; Guillaume Apollinaire et Picasso furent suspectés. Le véritable coupable se révéla être un criminel de second ordre, Vincenzo Peruggia.

Le gros diamant, nommé « le Régent », me fit penser à Margot et je ressentis le besoin urgent de lui parler et de retourner à l'hôtel. Je passai encore un peu de temps à admirer Aphrodite, la *Vénus de Milo*. Avec ses bras sectionnés, elle avait l'air vulnérable, exposant ainsi sa poitrine parfaite aux yeux du spectateur. Je fus vite attirée par une autre pièce marquante, *La Liberté guidant le peuple* d'Eugène Delacroix. Le chef-d'œuvre haut en couleur faisait référence au soulèvement du peuple parisien le 28 juillet 1830, connu sous le nom de « Révolution des Trois Glorieuses », bien longtemps avant la Belle Époque. Le Louvre est si vaste, les distances tellement grandes, que je commençai à avoir mal aux pieds. J'eus envie de me reposer et de faire les boutiques. Je décidai de laisser le sort me guider à nouveau. Mon compte en banque, sans être impressionnant, n'était pas complètement vide non plus, car Margot m'avait gentiment dépannée chaque mois depuis j'avais perdu mon emploi au journal. Alors pourquoi ne pas me permettre un petit plaisir ? J'eus l'envie soudaine d'explorer des petites rues, qui me conduiraient peut-être jusqu'à la perle rare.

Je tombai sur la boutique *Fleur Bleue*, qui me parut différente. Les robes n'étaient pas très chères, courtes et élégantes. Je décidai d'entrer. La vendeuse était une Asiatique teinte en blond qui affichait un sourire très aimable, inhabituellement chaleureux. Elle me montra chaque modèle assorti à mes cheveux marron, mes yeux et mon style mais j'avais déjà repéré les trois robes que je voulais. La noire, assez courte, mais large et bien plus classique que ce que je portais en général. Je l'essayai et me sentis à l'aise grâce à sa coupe ample, ses grandes manches et ses boutons argentés : un modèle très joli. Ensuite une robe mignonne, plutôt sexy, avec un imprimé léopard, et enfin la robe boutonnée à col roulé, très Chanel dans son inspiration. De ma vie, je n'avais acheté trois robes en une seule journée, mais il y avait quelque chose de spécial dans le fait de me retrouver à Paris, de dépenser de l'argent dans une autre ville. Je ne pus résister à l'envie de chercher une autre boutique qui me plaise, mais par chance, je n'en trouvai aucune, donc je retournai à l'hôtel.

Impatiente d'entendre une voix familière, j'appelai Margot tout en me détendant.

– Comment vas-tu ma chérie ? demanda-t-elle.

– Vraiment bien. Je suis à Paris.

– C'est pour ça alors. J'ai essayé de te joindre à la résidence. J'étais inquiète. Je voulais te parler. Je sais qui a acheté *La Rose blanche* !

20

10 août 1891

Nous devions rentrer à Paris à cause du travail de Thomas. C'est très étrange de retrouver les intenses vibrations de la ville après cette longue coupure.

12 août 1891

J'ai à peine vu Thomas ces derniers jours, mais ce matin, il était de bonne humeur. J'espère que ses affaires se portent bien.

1er septembre 1891

– Je nous ai réservé une surprise, a annoncé Thomas, ce matin au petit déjeuner. Je prends ma journée de congé et je t'emmène en promenade.

J'étais ravie que l'on passe enfin un peu de temps ensemble, mais quand j'ai vu la montgolfière bleu et blanc près de la tour Eiffel, mes paumes sont devenues moites. Mes jambes lourdes et c'est à peine si j'étais capable d'avancer. Mes yeux se sont embués de larmes et je maudissais les temps modernes. Il y avait trop d'inventions. Pourquoi les gens ne se contentaient-ils pas de voyager en calèche ou en train ? Qui avait besoin de ces feux d'artifice outranciers ? Bientôt, les gens n'auront même plus envie d'écrire de lettres, avec ces discussions sur le téléphone.

– Cela doit être affreusement cher, ai-je tenté. Je n'ai pas besoin de…

Thomas planta un baiser sur ma joue et me prit la main.

– Pas besoin de faire la queue, mon amour.

– Des billets, monsieur ? Avec ou sans panier de pique-nique ?

Un pique-nique ? Combien de temps étions-nous censés rester là-haut ? *pensai-je.*

– C'est la première fois ? demanda le vendeur de billets en me regardant. Vous allez bien, madame* ?

– Oui, allons-y, lança Thomas avec colère.

Il repoussa le vendeur de billets.

Tandis que nous montions dans la nacelle, des badauds s'arrêtèrent.

– C'est sûr qu'il va faire sa demande en mariage là-haut, déclara une voix dans la foule.

Après quelques mouvements énergiques, nous commençâmes tous deux à flotter.

Mon estomac se retourna et j'avais envie de hurler.

– N'est-ce pas incroyable ? Regarde comme ta future ville est belle ! s'écria Thomas.

Les arbres du bois de Boulogne se mirent à rétrécir, les boulevards se remplirent de fourmis à la place des gens, nous transperçâmes les nuages.

Au moins, je mourrai dans des bras aimants, *pensai-je en serrant la main de Thomas, mais une partie de moi avait envie de sauter et de disparaître de ce monde.*

– Bon tout le monde plaisante au sujet de la tour Eiffel et la traite de girafe moche. Qu'en penses-tu ? me demanda Thomas.

– D'ici elle semble minuscule, dis-je, le vent soufflant dans mes cheveux.

L'air frais avait initié un changement. Soudain, je me sentis délivrée, libre comme un oiseau, je profitai du bruit du vent, de la chaleur du soleil, de la beauté de cette nouvelle invention.

– Quels étaient les noms des inventeurs déjà ?

– La montgolfière est la première technologie de vol capable de transporter des personnes, déclara Thomas d'un air sérieux. Et le premier vol en montgolfière avec des hommes à bord et sans attaches fut réalisé par Jean-François Pilâtre de Rozier et François Laurent d'Arlandes le 21 novembre 1783, à Paris, dans un ballon confectionné par les frères Montgolfier !

– C'est magnifique, Thomas, merci !

Je glissai mon bras sous le sien et profitai du paysage.

5 septembre 1891

J'ai à peine revu Thomas depuis notre escapade. Je me sens si seule.

10 septembre 1891

J'ai enfoui ma tête dans les oreillers pendant des jours. Notre séjour à la campagne paraît remonter à une éternité. Nous sommes revenus à Paris le 1er septembre et je ne parviens pas à imaginer ce qui a causé ce changement dans son comportement. Thomas ne communique plus avec moi ! Il travaille sans cesse et passe du temps au Jockey Club, il ne rentre à la maison qu'à des heures indues. Je crois qu'il fréquente aussi le casino, mais quand je le questionne, il devient agressif. Hier, au petit déjeuner, je lui ai demandé de mon ton le plus doux :

– Où étais-tu hier soir ?

– Au Jockey Club, fut sa réponse laconique sans lever les yeux de son journal.

– Qui as-tu vu là-bas ? insistai-je.

– Est-ce le retour de l'Inquisition ? J'essaie de travailler, pendant que tu t'amuses, libre de faire ce qui te chante toute la journée. Où est ta nouvelle robe ?

– Élisabeth a mentionné t'avoir vu avec une prostituée.

Je regrettai d'avoir prononcé ces mots dès qu'ils eurent franchi mes lèvres.

Il me toisa avec froideur et me demanda :

– Marie Anne, qu'est-ce qui ne va pas depuis notre retour de Château Hibou ?

– Thomas, c'est dur.

– Quoi donc ?

– Le pain, le boulanger.

– Que faisais-tu à la boulangerie ?

– J'achetai du pain.

– Tu achetais du pain ?

– J'essayais.

– Marie Anne, pourquoi pleures-tu maintenant ?

– Je me sens si seule.

– Marie Anne, je ne pense pas que tu aies conscience de ta chance. Le nombre de personnes qui se lèvent tôt le matin et qui rêveraient d'être à ta place. Une ingrate, voilà ce que tu es ! dit-il et il quitta la maison en trombe, en claquant la porte derrière lui.

Je devrais être reconnaissante de mon sort, car ma chambre à coucher est bien plus grande que celle que j'avais à Vienne ; ici, il y a toujours du feu dans la cheminée, des mets sur la table, et des vins délicats à boire. Qui plus est, il y a l'électricité – et les lumières brillent. En contemplant le cabinet de curiosités – avec ses plumes, ses coquillages, et ses papillons –, j'ai l'impression de voyager dans le monde entier sans bouger de la pièce. Au-dessus de mon lit est accrochée une peinture de Bouguereau intitulée Les Cueilleurs de noix, *qui représente deux jeunes filles, une brune et une blonde, ramassant des noix, assises dans l'herbe. L'une des deux ressemble à moi jeune. C'est une toile tellement classique, plutôt ravissante, mais je préférerais de beaucoup avoir une peinture impressionniste par Monet ou Degas dans ma chambre, mais Thomas ne les aime pas…*

11 septembre 1891

Thomas voulait m'inviter à dîner dehors ce soir, au Café Anglais, *et j'étais aux anges – et plus encore quand il me promit de commander le célèbre menu à seize plats du « Dîner des trois empereurs », exactement le même festin que celui savouré par le Prussien Guillaume Ier, le tsar russe Alexandre II, et le prince Otto von Bismarck en 1867. Hélas, rien de tout cela n'eut lieu. Je suis toujours dans mon grand lit à baldaquin, alors qu'il est dehors à boire avec Patrick, encore une fois.*

L'Éducation sentimentale *de Flaubert est sur ma table de chevet.*

Cette histoire me déprime plus encore. Supporter les intenses plaisirs de Thomas ne sera, avec de la chance, pas mon destin. Le mariage glacial entre Madame Arnoux et son époux ressemble au mien ces derniers temps. Je ne partage même pas de chambre avec mon mari. Je n'ai même jamais vu sa chambre, n'ayant pas le droit d'aller à l'étage au-dessus. Il le ferme à clé.

Même s'il ne le verrouillait pas, avec la surveillance de Pierre, il me serait impossible d'entrer sans me faire remarquer. Peut-être devrais-je appeler Brigitte pour qu'elle me prépare un dîner tardif – mon ventre me fait mal à cause de la faim –, je devrais manger et aller au lit au lieu d'écrire, en pleurs. Depuis que nous sommes revenus de notre lune de miel, Thomas a changé. Au début, nous prenions nos repas ensemble, mais depuis notre retour, j'ai mangé toute seule chaque soir.

« Je ne voulais pas te déranger », voilà la phrase préférée de Thomas dernièrement. Il va cavaler avec Patrick presque tous les jours. Patrick est un dandy vaniteux, qui fréquente des femmes de petite vertu. C'est un intime de Robert de Montesquiou, la plus affreuse commère qui soit. Comme je me suis méprise à son sujet !

Sur la comtesse Greffulhe, son propre cousin, Robert, rapporte que son époux entretient des liaisons avec de jeunes actrices et qu'il va bientôt la quitter. Il prétend que la magnifique Élisabeth de Gramont est coincée, ce qui ne peut être la vérité car elle est fiancée au duc de Clermont-Tonnerre.

Quand j'ai défié Robert la semaine dernière, il m'a traitée de « naïve ». Je vais essayer de réduire mes contacts avec cette langue de vipère au strict minimum.

À l'instant, j'ai entendu la voiture s'arrêter. La porte grincer en s'ouvrant et j'ai perçu les pas de Thomas dans l'escalier. Je me suis approchée de lui et, bien sûr, Pierre était dans le hall d'entrée lui aussi.

– Chérie, je suis épuisé, commença-t-il.

– Je t'ai attendu pendant des heures.

– Ma bien-aimée, je travaillais.

– Au Jockey Club ? Je ne peux plus vivre avec tes mensonges.

– Chérie, de quoi parles-tu ? Quels mensonges ? osa-t-il répondre en me racontant qu'il avait été obligé de discuter affaires avec Patrick.

Apparemment son investissement au Panama s'est révélé désastreux et il n'est pas certain que l'industrie textile va continuer à prospérer.

– L'argent ne pousse pas sur les arbres. Le Café Anglais *et Charles Worth appartiennent au passé, dit-il avant d'aller dans sa chambre. Et arrête de te montrer en manque d'affection, tu devrais songer à notre vie sociale. S'il te plaît, ne me déçois pas.*

À Vienne, tout le monde savait qui j'étais et je n'avais jamais à me préoccuper de dîners, car les meilleures invitations finissaient toujours sur mon bureau. C'était le cadet de mes soucis, mais Paris est différent, il y a tellement de codes…

13 septembre 1891

Thomas parle un peu plus de l'industrie textile espagnole, et il a de sombres prémonitions ; il a investi presque tout le capital qui lui restait dans ce projet à Barcelone. J'ai essayé de le réconforter en lui disant que je préférais dîner à la maison et que je ne souhaitais pas aller au restaurant. Je lui ai assuré que, maintenant, j'avais plus qu'assez de robes de soirée.

15 septembre 1891

Je suis inquiète. Thomas et moi n'avons pas eu de relations conjugales depuis l'été passé au château. Je crains d'avoir pris du poids ; toutes les jolies pâtisseries que le chef préparait au château s'amassent sur mes hanches.

20 septembre 1891

Aujourd'hui, je suis allée au Louvre pour admirer les récentes acquisitions en provenance d'Asie : des bas-reliefs de hiéroglyphes sur des monuments égyptiens. On pense qu'ils ont été sculptés par une nation méconnue de la IXe dynastie égyptienne. Le premier roi s'appelait Khéti. J'examinai l'image d'un chef qui chassait des gazelles dans son char, mais cela m'ennuya assez vite. Je préfère de beaucoup les toiles contemporaines. En sortant, je marchai jusqu'au Café de la Paix, *impatiente d'écrire au milieu d'un décor animé avec des gens tout autour et en savourant un café fumant. Peu de temps après, Pierre pénétra dans le café. Il me dévisagea sévèrement et déclara :*

– Les Parisiennes s'asseyent rarement seules dans les cafés.

Je dois parler à Thomas de cet incident inacceptable, mais il semble de tellement mauvaise humeur ces derniers temps que je suis effrayée à l'idée de le déranger.

1er octobre 1891

Thomas est encore parti pour l'Espagne, et je ne supporte pas d'être à Paris avec Pierre qui me suit sans relâche. Je vais prendre la voiture pour aller jusqu'à Honfleur afin de passer deux ou trois jours toute seule. Nombreux sont ceux à m'avoir dit que le village était charmant.

10 octobre 1891

Honfleur est une ville pittoresque, surtout en automne. De hautes maisons mitoyennes aux toits d'ardoises se pressaient sur le port, certaines d'à peine deux mètres de large. Je séjournai dans un hôtel dans le vieux Bassin et observai les bateaux rentrer et sortir. L'après-midi, je partis me promener dans le ravissant village, où l'architecture va des simples habitations de pêcheurs tout en bois jusqu'aux élégants manoirs en pierre. Malheureusement, je dois partir aujourd'hui avant que quelqu'un ne se montre soupçonneux, mais je reviendrai bientôt.

1er décembre 1891

Hier, Thomas et moi avons assisté à un bal organisé par l'ambassadeur d'Espagne. Thomas avait fait sa connaissance à Barcelone. La robe en soie rouge de l'épouse de l'ambassadeur fut la plus admirée de toutes. Le vêtement a été créé par un couturier espagnol, il comprenait une longue jupe ornée d'un volant et d'une tunique composée de plusieurs parties unies par des bandes de dentelle. L'ambassadrice était enjouée et m'incitait à danser avec ses amis espagnols, qui sont des danseurs de talent. Robert et Patrick m'ont également invitée à danser, mais je refusai.

Ce fut là que j'aperçus Maurice Danet, le bel artiste que j'ai rencontré au Salon de Paris. Il portait un costume démodé et se tenait debout à l'écart des autres gentlemen ; il me fit penser à un chérubin. Je fus surprise de le retrouver à l'ambassade, mais on m'expliqua que l'ambassadeur aimait bien mêler les artistes aux membres de l'aristocratie.

– Me feriez-vous l'honneur ? demanda Danet.

Nous évoluâmes sans effort sur le parquet. Hélas, après notre troisième danse, Thomas fit son apparition. Il insista pour que nous partions sur-le-champ. Maurice chuchota à mon oreille qu'il me montrerait bientôt une autre facette de Paris.

Mon époux me déposa à la maison, puis il poursuivit sa nuit sans moi en disparaissant au Jockey Club, où il allait jouer au whist ou au baccara, et s'ébattre avec ses courtisanes toute la nuit.

5 décembre 1891

Je suis allée seule au dîner de Madame de Caillavet hier, tandis que Thomas avait un rendez-vous d'affaires. Parmi les invités, il y avait les Rothschild, qui sont dans la banque ; le génial couple de chimistes Marie et Pierre Curie ; Sarah Bernhardt, qui m'a raconté qu'elle avait un tigre comme animal de compagnie et qu'elle dormait avec un cercueil au pied de son lit ; et Béatrice, une dame autrichienne très gentille qui vient juste d'emménager à Paris. C'est une charmante rousse aux yeux verts pleins de malice, et nous avons papoté allègrement pendant l'apéritif en évoquant des scandales viennois du passé.

Je fus enchantée de me retrouver assise à côté de Maurice Danet, et nous bavardâmes longuement de Verdi, qu'il adore, et de Montmartre, où il vit. Il m'a raconté Le Chat noir *et* Le Moulin rouge, *des établissements qui le divertissent vraiment.*

– Vous devez voir danser le French cancan au moins une fois dans votre vie, dit-il. Je vous emmènerai !

J'ose dire que je suis tentée.

L'hôtel de Madame Arman de Caillavet sur l'avenue Hoche est presque aussi beau qu'elle. J'admire intensément cette dame cultivée à la chevelure d'un noir de jais, aux yeux bleu vif, et aux lèvres charnues. Elle est d'une intelligence saisissante et sa connaissance de l'histoire autrichienne est sans faille. Elle me parle même en allemand, ce qui me touche profondément. Il ressort que je la fascine, justement parce que je suis étrangère. Les Françaises l'ennuient. Je dois l'intéresser encore. C'est tellement stimulant de fréquenter la crème*, *et je veux continuer à en faire partie. La seule chose qui ne me concerne pas* *chez Madame de Cavaillet, c'est son papotage incessant sur les enfants.*

À nouveau, elle m'a demandé :

– Depuis combien de temps êtes-vous mariés ? Pas encore d'enfants ?

Et elle parle sans cesse de son fils, Gaston, qui est aujourd'hui dramaturge, et adulte.

– C'est merveilleux d'avoir des enfants, me dit-elle, surtout un garçon.

22 décembre 1891

Thomas voyage depuis des semaines à présent et je suis seule à la maison. Maurice m'envoie des fleurs et il m'a écrit trois lettres pour me demander s'il pouvait m'emmener dehors. J'ai décliné poliment. Cela ne me semble pas correct. J'espère que Thomas viendra pour Noël.

25 décembre 1891

Nous avons fêté Noël au château avec les parents de Thomas. Ils sont d'une grande rigidité. Tout au long de leur visite, mon époux m'a à peine regardée, et il m'a offert juste un châle bleu et un collier de tourmaline noire. À la manière dont sa mère a regardé les pierres, j'ai pris conscience que le collier lui avait appartenu.

L'après-midi, pendant que nous jouions au bridge près du grand arbre de Noël, j'ai eu très chaud à cause des bougies et mes joues ont rougi.

– Sont-ce des bouffées de grossesse ? s'enquit la mère de Thomas.

J'aurais aimé lui dire que le problème ne venait pas de moi, mais de son fils qui me néglige. Malgré tout, une nouvelle fois, je réussis à me mordre la langue. C'est cela le mariage ?

25 janvier 1892

Maurice m'a encore courtisée et j'ai accepté avec hésitation. Hier soir, il m'a emmenée au Chat noir *à Montmartre, la colline qui domine la ville. Je ne m'étais pas autant amusée depuis longtemps. Maurice est plein de joie de vivre. Il se révèle très divertissant, il semble avoir une petite anecdote pour chaque situation.*

Il me dit que Rodolphe Salis a ouvert le cabaret en 1884 en posant une question mémorable :

– Qu'est-ce que Montmartre ?

– Rien ! Que devrait-il être ? Tout.

J'appréhendais un peu et j'étais un brin gênée par le décalage qu'il existe entre cette forme d'amusement et les pièces et les opéras que je vois d'habitude, mais j'ai essayé de ne pas avoir l'air impressionnée.

Maurice m'a prévenue que Salis pouvait se montrer assez impoli. Faisant office d'imprésario, il présente tous les numéros et fait souvent de l'humour noir aux dépens des clients. Quand je lui ai demandé comment il avait choisi le nom de son cabaret, Maurice m'a raconté que Salis avait baptisé son lieu après avoir trébuché sur un chat noir, quand il avait visité l'endroit pour la première fois.

Nous avons assisté au spectacle en compagnie de l'ami de Maurice, Aristide, qui possède aussi un club, et il se vantait que son cabaret était mieux. Maurice m'a présentée à l'artiste Henri de Toulouse-Lautrec, un étrange petit homme qui s'est assis à notre table et n'a pas cessé de dessiner tout en avalant un cognac après l'autre. La beauté de ses dessins est fantastique et contraste avec sa silhouette minuscule.

Les sièges étaient inconfortables et le vin mauvais, mais je fus très impressionnée par le théâtre d'ombres créé par Henri Rivière. Il avait plusieurs assistants et utilisait une vaste scène rétroéclairée au gaz. Le mouvement, la couleur et les voix animaient le théâtre, et nombre d'images m'ont paru influencées par l'art japonais.

Un peu plus tard, une rangée de jolies filles est apparue sur la scène. Elles ont lancé leurs jambes en l'air, pour danser le French cancan. Elles furent suivies par les danseuses Cléo de Mérode et La Belle Otero, qui prirent possession de la scène avec leurs mouvements à la fois exotiques et érotiques. Je fus effrayée et intriguée.

Maurice ne cesse de me surprendre. Pendant la représentation, il m'a commandé une absinthe – une substance verte obtenue à partir d'armoise. Le procédé pour boire cet alcool est des plus singulier. D'abord, Maurice en a versé un peu dans mon verre, puis il a posé une cuillère plate et percée de trous sur le rebord du verre, et a déposé un seul morceau de sucre dessus. Il a versé de l'eau glacée contenue dans un petit pichet sur le sucre, et le liquide a goutté dans le verre, troublant l'absinthe. Il a remué la boisson et me l'a tendue en disant :

– Vous pouvez ajouter quelques glaçons, mais faites en sorte que notre ami ne le voie pas, car les puristes de l'absinthe ne feraient jamais une chose pareille.

Je bus le verre sans les glaçons et la boisson au goût d'anis me plut énormément.

– Commandons une autre tournée, dis-je en faisant claquer mon verre vide sur la table.

Maurice rayonna et planta un baiser sur mes lèvres. Nous sommes restés au Chat noir *jusqu'au petit matin. Je me suis sentie coupable, mais folle de joie.*

1er février 1892

Béatrice, l'Autrichienne que j'ai rencontrée pour la première fois au dîner de Madame de Caillavet, est en passe de devenir une très bonne amie et grâce à elle, mes journées à Paris raccourcissent. Je suis invitée chez elle à quatre heures de l'après-midi presque tous les jours, maintenant, et de nombreuses dames charmantes sont présentes. Après le thé, Béatrice congédie les domestiques de la pièce et elle met une chaîne à la porte, puis elle sort une petite seringue hypodermique avec laquelle elle nous fait une injection à chacune. Dernièrement, j'ai découvert qu'une seule injection de laudanum ou de morphine ne me suffisait pas et j'en ai demandé plus. Elle n'est jamais avare de « l'absinthe des femmes », comme elle appelle notre antidouleur. Je deviens de plus en plus folle d'elle et souvent je ne rentre pas à la maison avant tard dans la soirée.

10 février 1892

– Peut-être devriez-vous rendre Thomas jaloux, me dit Béatrice aujourd'hui alors que nous étions assises au Café Very, *après une visite au Louvre.*

– Mais que devrais-je faire ? lui demandai-je. Je ne lui avais pas encore parlé de mon affection pour Maurice.

– Je suggère que vous voyiez Monsieur Darcy.

J'avais déjà entendu parler des visites de Monsieur Darcy à Paris par une nouvelle connaissance britannique, Lady Jane, à l'un des thés laudanum chez Béatrice. Apparemment,

Lady Jane avait fait l'expérience de ses charmes à plusieurs occasions, toujours dans la suite 11 de l'hôtel Meurice, *où il séduisait des douzaines de femmes. J'avais pris trop de laudanum et j'avais dû me plaindre bêtement à propos de Thomas.*

– Vous êtes tout simplement superbe et une rencontre avec Monsieur Darcy fera le plus grand bien à votre relation avec Thomas, fit remarquer Lady Jane le mardi après-midi. Non pas que je vous estime triste, poursuivit Béatrice, bien que vous insistiez sur le fait que vous l'êtes, mais je vous le dis, Henri et moi n'avons pas été ainsi depuis notre lune de miel. Vous serez rayonnante après un après-midi en compagnie de Monsieur Darcy.

Elle m'expliqua qu'il suffisait de lui envoyer un télégramme au Meurice *et qu'il était très discret.*

– Mais comment cela se passe-t-il exactement ? demandai-je.

– Vous entrez, vous ôtez votre manteau, et il vous présentera à ses musiciens de chambre. Ensuite, il vous servira un verre de champagne et un peu de caviar, puis eh bien… il est si compréhensif, lent et doux… Oooohh, je ne veux pas vous gâter la surprise : vous verrez par vous-même. Vous ne devez pas oublier toutefois de tendre une enveloppe à son majordome en partant.

12 février 1892

Aujourd'hui, Béatrice m'a invitée à son hôtel pour le déjeuner. Je pensais que nous serions toutes les deux, mais à ma grande surprise, Monsieur Darcy était là. Il est très grand, mince, les cheveux noirs, avec une barbe bien taillée et des yeux hypnotiques.

Pendant qu'on nous servait des huîtres sur des plateaux en argent et du champagne dans des flûtes délicates, il me demanda pourquoi j'étais si pensive.

– Tout ceci est tellement nouveau pour moi, répondis-je en ajoutant qu'il fallait que je parte très vite ayant un rendez-vous, ce qui était faux.

Quand j'arrivai à la maison, j'étais perplexe face au succès que Monsieur Darcy connaissait auprès des Parisiennes.

13 février 1892

Aujourd'hui, j'ai pris un café avec Hugo Fittinger, le galeriste de New York. Il a acheté un espace d'exposition rue de Seine et il m'a demandé si je recherchais une occupation.

Monsieur Fittinger m'a raconté que le moment était parfait pour s'ouvrir au marché européen et faire affaire avec les impressionnistes. Je déclarai que j'adorais les toiles impressionnistes. Selon lui, à nous deux, nous pourrions gagner gloire et prospérité.

– Au revoir, ma belle*, *et n'oublie pas : tu dois voir l'exposition Courbet.*

Son offre me paraissait tentante, je l'avoue.

15 février 1892

Aujourd'hui, j'ai assisté à l'exposition Gustave Courbet. Le goût artistique d'Hugo est très révélateur. L'Origine du monde, *par exemple, représente une femme nue et montre ses parties les plus intimes.* Le Figaro, La Revue blanche *: tous les journaux ont critiqué l'exposition. Elle a suscité de vives réactions. J'étais plus qu'intriguée.*

21

Honfleur

« La couleur est mon obsession quotidienne, ma joie et mon tourment. »

Claude Monet (1840-1926)

– Elle l'a trouvé, dis-je en refermant le journal de mon arrière-grand-mère et en le posant sur la table de nuit.

– Bonjour *chérie** d'abord. Comment s'est passée ta journée ?

– Tu m'as manqué, avouai-je.

– À moi aussi, mais je dois bosser un peu. Alors raconte-moi, qu'est-ce que Marie Anne a trouvé ? me demanda Jérôme en se baissant pour m'embrasser.

– Pas Marie Anne.

Je sautai du lit et le serrai dans mes bras.

– Margot… Elle m'a dit où est *La Rose blanche*.

– C'est fabuleux, dit-il en se servant un whisky dans le minibar et en l'avalant cul sec. Où est-il ?

– À Honfleur. Une femme du nom de Madame Pascaud l'a acheté. Elle habite dans l'ancien cottage de Marie Anne. Partons immédiatement. Je commençai à ranger mes affaires. J'ai vérifié, c'est seulement à deux heures en train, pile à l'estuaire de la Seine débouchant dans la Manche.

– Attends, je suis épuisé, objecta Jérôme en bâillant. En plus, nous sommes à Paris et il reste encore une partie de la ville à découvrir.

– Jérôme.

– *Chérie**, dit-il d'une voix irrésistible.

– Très bien, où allons-nous ? demandai-je.

– Tu verras, dit-il en descendant un autre verre de whisky.

Lorsque nous quittâmes l'hôtel, les derniers rayons de soleil effleuraient les toits de Paris, les cieux rougeoyants illuminaient la tour Eiffel. Tandis que je contemplais cette vue magnifique, je ne cessai de me demander pourquoi Jérôme ne partageait pas ma joie quant à la découverte de la peinture.

– Dépêchons-nous, dit-il. Les marches du Sacré-Cœur, voilà le plus bel endroit pour contempler le soleil couchant. La basilique est le point culminant de Paris.

Nous prîmes un taxi jusqu'au pied de la butte Montmartre et nous la grimpâmes, installés dans le funiculaire.

– Ce funiculaire sur la paroi existait déjà à l'époque de Marie Anne, m'indiqua Jérôme, tandis que la boîte en métal débutait son ascension. Avant son existence, les habitants devaient gravir cette butte.

Quelques minutes plus tard, nous sortions à côté du dôme d'un blanc étincelant du Sacré-Cœur, drapé d'un halo orangé. Je fus parcourue de frissons ; en cet instant, heureuse que Jérôme ait insisté pour que nous restions un jour de plus.

– Cette vue est pratiquement identique à celle peinte par Danet, dis-je en regardant en bas de la balustrade qui dominait l'horizon parisien, avec la tour Eiffel en arrière-plan. Il devait vivre pas très loin d'ici.

Je m'approchai de la longue-vue.

Jérôme sourit et me fit remarquer que la rue Lepic se trouvait juste de l'autre côté de la butte. Mais ici on comprenait bien pourquoi Danet était fasciné par la lumière. Mon homme prit une photo de moi.

– Tu es divine, dit-il, et il m'embrassa. Viens, *chérie**, laisse-moi te montrer le quartier.

Nous passâmes devant la place du Tertre si animée, remplie d'artistes en train de dessiner, et bondée de touristes, puis nous remontâmes par la rue Cortot.

– Ceci, Vivi, est le plus ancien bâtiment de Montmartre, m'annonça Jérôme.

Sur l'arche à l'entrée, il était écrit « Musée de Montmartre » en grosses lettres majuscules. Le premier panneau du bâtiment expliquait que Renoir n'était pas l'unique artiste à avoir travaillé ici. Il y avait aussi Suzanne Valadon, Maurice Utrillo, André Utter et bien d'autres encore. Le musée était consacré à la Belle Époque. Nous traversâmes un jardin regorgeant de fleurs, avec des oliviers et une minuscule parcelle. La vigne, à présent entourée de rues et de maisons, dans le cœur de la ville, existait depuis le Moyen Âge et d'après Jérôme, elle produisait le mauvais vin le plus cher de la capitale.

À la minute où je franchis les portes en cuivre du musée, j'eus l'impression de me retrouver à l'époque de Marie Anne. N'importe quel objet sur lequel se posait mon regard, Marie Anne l'avait décrit : le portrait d'Aristide Bruant par Sacha Guitry, avec son écharpe rouge ; la toile de Renoir qui représentait un bal au *Moulin de la Galette* ; le théâtre d'ombres du *Chat noir* réalisé par Henri Rivière.

– Alors c'est ainsi qu'ils créaient les ombres, dis-je en observant les silhouettes découpées dans du zinc représentant des navires, des animaux, et des fermiers.

La pièce suivante était remplie d'affiches de Toulouse-Lautrec montrant des danseuses, La Goulue et Jane Avril. Dans un coin, on montrait le film de Jean Renoir sur les danseuses du *Moulin rouge*.

– La salle tout entière est consacrée au French cancan, dis-je.

J'en avais la chair de poule… Le journal de Marie Anne prenait vie.

– Nous irons voir les spectacles plus tard, ce soir, déclara Jérôme en me conduisant jusqu'à la salle suivante, qui recréait un atelier d'artiste.

Je me délectai du spectacle offert par l'atelier : un plafond haut, des fenêtres allongées avec vue sur le jardin. Mes yeux tombèrent sur la peinture à moitié terminée installée sur le chevalet et je touchai la peinture sèche sur une palette posée à côté d'une vieille bougie.

– Je sens presque les muses de Maurice ici, dis-je. Je pourrai rester dans ce lieu toute la nuit.

– La soirée ne fait que commencer, m'annonça Jérôme en sortant du musée.

Le temps était agréable et nous descendîmes la rue Lepic, une longue rue pentue et sinueuse. Mon homme m'expliqua avec force détails que c'était auparavant le chemin emprunté par les charrettes qui transportaient jusqu'en bas le gypse, le matériau de base pour le plâtre, depuis les carrières de Montmartre. Il m'apprit que Montmartre comptait encore un dédale de tunnels souterrains.

Lorsque nous passâmes devant une maison en briques rouges avec une porte en fer forgé et une entrée toute blanche, je déclarai :

– C'est le 71 rue Lepic.

Je levai les yeux vers la terrasse.

– C'est l'atelier où Maurice et Marie Anne habitaient, là où Danet l'a peinte sur la terrasse.

– On essaie d'entrer ? me demanda Jérôme, avec une lueur dans les yeux.

– Je ne veux pas prendre part à une autre arnaque, dis-je. C'est bon. Allons ailleurs. Qu'est-ce que tu proposes ?

– *Le Moulin de la Galette*. Nous y sommes presque.

– C'est un dancing, dis-je en me souvenant du journal.

– Non, plus maintenant. C'est un restaurant aujourd'hui.

Nous marchâmes sous une arche blanche très éclairée en direction du grand moulin en bois, et nous nous assîmes dehors, à une table sous un olivier. Jérôme m'expliqua qu'au XIXe siècle, quatorze moulins fonctionnaient à Montmartre pour moudre du blé pour la farine, pour presser des raisins en période de récolte, et même pour écraser des olives pour fabriquer de l'huile. Aujourd'hui, il n'en restait plus que deux.

Après avoir commandé le menu du jour – escargots à l'ail, steak tartare et crumble aux fraises – je dis à Jérôme que j'avais très envie d'aller à Honfleur le lendemain matin.

– Pas de problème, dit-il lorsque le vin arriva à table. Honfleur n'est qu'à deux heures de train. Et c'est encore les vacances de Pâques, alors nous pourrons rester là-bas quelques jours et rallonger nos vacances.

Sensationnel, pensai-je. J'allais enfin revoir le portrait de Marie Anne. Je savais que le testament de ma mère ne suffirait pas et que, pour qu'on me restitue la toile, il faudrait que je paie le prix fort ou que j'enclenche une bataille juridique.

– Mais d'abord savourons *le* spectacle de cette ville ! s'exclama-t-il en me guidant vers le célèbre *Moulin rouge*.

Tandis que nous approchions du *Moulin rouge*, j'entendais déjà un air bien connu.

À notre arrivée, le French cancan avait déjà commencé. Je pris un siège, déconcertée par les habits aux plumes chatoyantes, ornés de strass et de sequins. Les danseuses projetaient leurs jambes en l'air avec une énergie incroyable – comme si elles étaient en caoutchouc – et elles sautaient en grand écart. J'en avais le souffle coupé.

– Tu viens souvent ici ? demandai-je à Jérôme.

– Non pas vraiment, répondit-il, sa voix s'efforçant de couvrir la musique bruyante. Mais c'est *génial**, pas vrai ?

– C'est sûr, l'assurai-je en commandant un autre gin tonic.

Nous restâmes jusqu'au petit matin et revînmes à l'hôtel assez éméchés. Je dormis très profondément cette nuit-là.

Malgré tout, le matin, nous arrivâmes tôt à la *Ferme Saint Siméon*, située juste à l'extérieur de Honfleur sur la côte normande. L'air était empli d'une senteur iodée, l'océan était calme, et j'avais le moral. Tandis que nous marchions vers l'hôtel, j'imaginai des chevalets tous alignés le long de la promenade et Boudin, Monet, Pissarro, Sisley et Danet en train de peindre l'estuaire.

– C'était l'auberge d'Eugène Boudin, là où Marie Anne séjournait, déclarai-je.

D'un pas tranquille, je traversai le hall de ce qui était à présent un hôtel cinq étoiles, complété d'un restaurant à une étoile au Michelin et d'une piscine intérieure. Je remarquai que Jérôme paraissait être sur des charbons ardents et qu'il prononça à peine un mot.

– J'ai eu l'impression d'être transportée dans le passé, dis-je, tandis que nous descendions la route venteuse en direction du restaurant près du port.

– Oui, pratiquement rien n'a changé, approuva Jérôme en désignant *La Lieutenance*, le restaurant récompensé par *Le Guide Michelin*. Nous entrâmes dans l'élégant *établissement** au bout du Vieux Bassin et prîmes place près de la fenêtre. Les chaises et les bancs étaient en bois, les nappes blanc et bleu, et une forte odeur de poisson flottait dans l'air.

– C'est le musée de la Marine, m'expliqua Jérôme en pointant le bâtiment d'en face. On pourrait y faire un tour après le déjeuner.

– Je veux récupérer *La Rose blanche*, dis-je.

– Et tu vas le récupérer ! s'écria-t-il en prenant mes mains dans les siennes.

Jérôme commanda des huîtres, du flétan et une bouteille de Chablis.

– Remontre-moi l'adresse. Ah… dit-il. À deux pas d'ici… Près de notre hôtel. J'appellerai ta *madame** plus tard pour lui annoncer notre venue.

– Tu ne vas pas refaire une blague, pas vrai ? m'enquis-je.

– C'est la deuxième fois que tu me dis ça. Je l'ai fait pour toi, ajouta-t-il en fronçant les sourcils.

Il m'adressa un regard froid.

– Tu crois qu'on aurait pu arriver et juste lui raconter ton histoire sur Marie Anne ?

– Oui, et pourquoi pas ? répondis-je en rougissant.

– Très bien, ne t'inquiète pas, je dirai la vérité, conclut-il et il m'embrassa sur la bouche.

Après le déjeuner, il appela Madame Pascaud et prit rendez-vous à onze heures le lendemain matin.

Cette nuit-là, je me tournai et retournai, et me levai plusieurs fois. Puis, lorsque les premiers rayons du soleil percèrent par la fenêtre de la chambre, je me faufilai hors du lit et m'habillai. Par chance, le fleuriste venait d'ouvrir et je jetai un œil aux dauphinelles violettes, aux lilas, aux iris, aux pois de senteur roses, et aux œillets rouge et blanc. Je me décidai finalement pour des tulipes orange à l'intention de Madame Pascaud. Ma mère aimait les tulipes ; je me souvenais de bouquets posés dans le hall d'entrée et le salon quand j'étais petite.

Les nuages s'amoncelaient dans le ciel à présent, l'horizon s'assombrissait – un orage se préparait. Les vagues s'écrasaient avec violence le long de la côte. Je retournai à l'hôtel pour aller chercher Jérôme.

Nous arrivâmes au cottage en pierre de Marie Anne, entièrement rénové, à onze heures précises. Les seuls vestiges du passé demeuraient des volets d'un rose poudreux et un vaste jardin. Jérôme appuya sur la sonnette.

– Cette maison paraît flambant neuve, dis-je en remarquant le design moderne à l'extérieur de la maison.

– Manifestement, elle n'est pas à plaindre cette Madame Pascaud, remarqua Jérôme.

Madame Pascaud ouvrit la porte. Elle se cramponnait à une canne raffinée, portait de grosses lunettes de soleil et une robe en cachemire marron de coupe élégante. Ses chaussures noires dissimulaient de grands pieds, et ses mains, bien que celles d'une dame âgée, étaient fines et ses ongles vernis de rouge. Le collier en or autour de son cou ainsi qu'une montre coûteuse à son poignet révélaient qu'il s'agissait d'une femme coquette.

– Bonjour, madame Pascaud, dis-je en lui tendant les fleurs. Je m'appelle Vivian et voici mon fiancé, Jérôme. Nous vous avons appelée hier.

– Oui, je vous attendais.

– Je suis l'arrière-petite-fille de Marie Anne Lacquise, qui possédait autrefois ce cottage, ajoutai-je. Pouvons-nous discuter quelques minutes ?

– Oui, mais pas longtemps.

Nous suivîmes la femme dans la cuisine, où elle déposa les tulipes dans un vase et le plaça sur une table haute de cuisine marron foncé.

– Alors, qu'y a-t-il ? demanda Madame Pascaud.

– Je suis intéressée par un portrait de Marie Anne réalisé par Maurice Danet, poursuivis-je. Il s'intitule *La Rose blanche*.

– Apparemment vous n'êtes pas la seule, dit-elle. La toile a été volée !

– Quoi ? m'écriai-je, sous le choc.

Madame Pascaud nous conduisit dans sa chambre et désigna d'un geste un emplacement vide au-dessus de son lit, où le tableau avait été accroché.

– Volée ? répétai-je.

Je reculai, incrédule. Qui savait ?

– Qu'en est-il de votre système d'alarme ?

Je ressentais la même chose que devant le mur vide à Vienne. L'histoire se répétait, je ne devais jamais retrouver *La Rose blanche*. J'avais l'impression d'être dépouillée, en colère, et j'avais un besoin irrépressible de balancer un coup de poing à quelqu'un ! J'étais si proche du but, que pouvais-je faire maintenant ?

– Oui, volé, confirma mon hôte. L'auteur du vol n'a touché à rien d'autre. C'est la première fois que cela se produit, il n'y a pratiquement aucun délit à Honfleur. En temps normal, je ne ferme même pas ma porte à clé. Mon fils est plus vigilant et, par le passé, il s'est inquiété. Il a même installé un émetteur radio derrière la toile. Je ne sais comment le voleur a désactivé tous les systèmes d'alarme et maintenant le tableau a disparu.

– Disparu, répétai-je.

Il fallait que je m'asseye, j'avais les jambes en coton.

– Oui, confirma la vieille dame.

Les mains tremblantes, je pris un mouchoir – un carré délicatement ourlé – de ma manche et je traversai la chambre.

– Avez-vous signalé le vol ? demanda Jérôme. Nous pourrions vous aider, ajouta-t-il.

– C'est très gentil, mais mon fils s'en est chargé. Il s'occupe de tout. Je suis affreusement désolée, mais je dois vous demander de partir maintenant.

– Voici mon numéro à Londres, dis-je en lui tendant un morceau de papier. S'il vous plaît, tenez-moi au courant si vous avez des nouvelles.

Lorsque nous sortîmes de la maison, il pleuvait et le vent soufflait fort. Le tonnerre et les éclairs se pourchassaient et l'orage devenait plus explosif à chaque minute. J'étais désespérée, je pouvais à peine marcher. Je n'arrivais pas m'éclaircir les idées.

– *C'est incroyable**, déclara Jérôme avec colère.

Je le regardai avec suspicion. Le ton de sa voix avait changé.

22

20 février 1892

Quel triste mois de février à Paris. Thomas a été absent le mois entier car il travaillait en Espagne où les anarchistes font sauter les bâtiments et assassinent des chefs politiques. La semaine dernière, je lui ai envoyé un télégramme pour l'exhorter à rentrer, mais il m'a répondu qu'il devait rester à Barcelone plus longtemps car ses affaires dans le textile se portaient bien, mais qu'il fallait s'en occuper. Je ne devrais pas m'attendre à un retour imminent, peut-être pas avant le mois de mars. Je me demande s'il a une maîtresse là-bas.

Heureusement, mon cher Maurice n'a pas cessé de me divertir en l'absence de Thomas. Je le retrouve bientôt pour une promenade à travers le jardin du Luxembourg. Sa présence est vraiment séduisante, d'autant plus qu'il m'apporte des cadeaux touchants, parfois des bouquets de pensées, parfois des poèmes. Il me supplie de visiter son atelier qu'il décrit comme ayant de gigantesques fenêtres, et une vue unique depuis sa terrasse sur le toit.

25 février 1892

Aujourd'hui, Maurice et moi, nous avons pris le funiculaire pour monter au sommet de Montmartre.

Quand le machin métallique a démarré, j'ai eu une trouille bleue et ce jusque tout en haut de la colline, car les chaînes grinçaient à chaque centimètre. Heureusement, le trajet était court pour parvenir au point culminant de la butte, qui fut vite dominée par le dôme du Sacré-Cœur, actuellement en construction. Maurice a dit que la basilique est construite dans une pierre particulière qui la rend plus réfléchissante ; aujourd'hui, elle brillait. Je suis restée debout près de la balustrade pour regarder en bas les toits et les larges boulevards parisiens tout en éprouvant un ravissement muet.

– Maintenant, tu commences à voir mon monde à moi, a dit Maurice en me prenant par la main pour me mener devant une vigne, qui selon lui donne le vin le plus nauséabond de Paris.

Nous redescendîmes d'un pas tranquille en sinuant dans la rue Lepic, et en passant devant le Moulin de la Galette, *devant les bars à absinthe où ses amis artistes buvaient déjà. Il s'arrêta devant un grand bâtiment en briques flanqué de volets verts et d'une porte blanche, il m'embrassa la main et me souhaita la bienvenue chez lui. Nous avons pénétré dans l'entrée, puis monté un escalier étroit en bois, jusqu'à sa mansarde. En mettant un pied dans son humble espace avec son coin couchage, son minuscule salon, sa cuisine et sa salle de bains, j'ai marché sur des toiles en train de sécher au sol, et je me suis serrée pour passer à côté de chevalets. Les peintures de Maurice étaient partout : accrochées aux murs, empilées jusqu'au plafond, roulées dans des coins, je ne savais pas qu'il était aussi prolifique.*

Il me conduisit jusqu'à une échelle en bois menant au toit, qui offrait une vue spectaculaire sur la ville. Je fus impressionnée par l'intensité de la lumière. Les vieux immeubles de Montmartre, les moulins rustiques, et les rues étroites et pentues paraissaient baignés de miel, lorsque les rayons du soleil les effleuraient. Maurice me confia qu'il trouvait ici sa source d'inspiration la plus grande. « L'art consiste à saisir la lumière et cet ingrédient essentiel n'est nulle part plus puissant et provocateur qu'à Montmartre. »

1er mars 1892

Paris est en panique : une vaste conspiration anarchiste couve. Ravachol et ses complices terrifient la ville.

Hier, au Café de la Paix, *tandis que je prenais un thé avec Élisabeth, nous rencontrâmes l'épouse de l'ambassadeur d'Espagne. Elle avait le teint blême et elle tremblait en nous disant que les anarchistes venaient d'essayer de faire exploser l'ambassade pour venger l'exécution récente de trois de leurs collègues à Xérès. Cependant, les imbéciles avaient fait sauter le mauvais bâtiment. Par erreur, ils avaient attaqué la résidence de la princesse de Sagan, à deux immeubles de là. Des fenêtres ont explosé, le bois a volé en éclats et la gardienne de la princesse fut grièvement blessée. Il y avait peu de chances qu'elle survive. On avait déjà procédé à une arrestation, mais les preuves étaient faibles. On devait faire quelque chose. Je ne pense pas que la police se montre assez scrupuleuse. Nombre de mes amis quittent la capitale. Je devrais m'enfuir à Honfleur.*

2 mars 1892

Aujourd'hui, les anarchistes qui avaient été inculpés pour la tentative de destruction de l'ambassade d'Espagne ont été reconnus coupables et condamnés à mort. J'ai peur pour Thomas ; les journaux rapportent que le problème anarchiste est encore plus terrible en Espagne.

5 mars 1892

Je suis allée faire des courses au Bon Marché *aujourd'hui et j'ai failli m'évanouir : j'ai vu Thomas faire les boutiques avec une femme blonde. Je ne savais même pas qu'il était de retour à Paris ; il n'habite pas à la maison. Je les ai suivis ; il lui a acheté plusieurs robes. Je n'ai pas osé l'affronter, mais j'ai attendu qu'il revienne à la maison.*

– Quand es-tu arrivé à Paris ? lui ai-je demandé d'une voix douce, lorsqu'il est rentré chez nous, ce soir.

– À l'instant, a-t-il menti.

De toute évidence, il a une liaison – et sans aucune discrétion – en Espagne, mais aussi ici même à Paris. Tout le monde dans cette ville en a. Comme j'ai pu me montrer naïve. Il en a probablement eu depuis nos fiançailles et j'étais aveuglée par l'amour. Mais où suis-je censée aller ? Je dois laisser faire, jusqu'à ce que je trouve une solution. Il faut que je m'occupe pour ne pas craquer. Par chance, le Bazar de la Charité approche et j'y consacrerai toute mon énergie.

30 mars 1892

Thomas et moi vivons sous le même toit en parfaits étrangers ; nous nous adressons à peine la parole et quand c'est le cas, son ton devient rapidement agressif et il se met à me hurler dessus en me traitant d'ingrate. « Ta mère avait raison, tu es insupportable », a-t-il dit. Il m'accuse de dépenser trop d'argent, de n'avoir d'intérêt que pour les robes coûteuses et les promenades oisives en ville. « Tu es vide et vaniteuse ! » sont ses nouveaux termes préférés. Apparemment, Pierre lui a fait un rapport sur le moindre de mes mouvements. Je regrette de n'avoir pas pu faire suivre Thomas de la même manière, car je suis certaine qu'il continue à voir sa traînée. Je le déteste. Sa froideur est intolérable et, à chacune de nos conversations, une dispute éclate. Le ton de sa voix trahit tellement de haine et de distance que je me demande pourquoi il m'a épousée et s'il ne m'a jamais aimée. Je ne l'ai dit à personne. Écrire dans ce journal est mon unique réconfort. Cela me fait du bien de libérer enfin ma colère. Avec un peu de chance, ces pages, mes mémoires, seront publiées – et alors la postérité saura quel monstre cruel était Thomas !

1er avril 1892

Ravachol a finalement été arrêté – j'espère qu'il souffrira pour les actes affreux qu'il a commis.

26 avril 1892

Malgré l'emprisonnement de Ravachol, la terreur continue. Hier, le restaurant de Monsieur Véry a été détruit par une bombe. On l'a retrouvé parmi les débris avec une jambe cassée – on a dû l'amputer. Sa petite fille a été blessée et sa femme délire. Deux dames furent également grièvement touchées.

5 mai 1892

Cette année, le Bazar de la Charité fut une agréable distraction. Des enfants adorables couraient partout dans tous les coins. Nous avons recueilli plus d'argent que prévu.

12 juillet 1892

Hier, Ravachol a été guillotiné en public. J'étais tentée d'assister à son exécution. J'ai lu que l'anarchiste poseur de bombes, meurtrier et voleur était déçu parce qu'on ne l'avait pas autorisé à s'adresser aux milliers de spectateurs qui se tenaient derrière un cordon de soldats. Bien qu'il se moque de la religion, un prêtre l'a suivi jusqu'au pied de l'échafaud en brandissant un crucifix. Les bourreaux ont travaillé rapidement, en lui posant la tête sur le billot et en lui mettant le cou dans la lunette avant qu'il n'ait le temps de prononcer un mot. À l'instant où la lame tomba, il hurla : « Vive la République* ! »

Sa mort est un soulagement. Avec un peu de chance, son exécution dissuadera ces monstres d'anarchistes de commettre d'autres actes dans le futur.

3 septembre 1892

Je ne pense à rien d'autre qu'à mon bébé mort, Peter, aujourd'hui. Je me demande à quoi il ressemblerait s'il était toujours vivant.

4 septembre 1892

Thomas et moi partons pour Deauville afin de rendre visite à Béatrice, qui fête son anniversaire là-bas. Je ne me sens pas d'humeur festive, mais j'ai promis à ma chère amie que j'y assisterais.

5 septembre 1892, onze heures du matin

Thomas est insupportable.

– Je me fiche de Béatrice, a-t-il annoncé hier.

Il a quitté la maison à la hâte et est parti avec son attelage. Il est allé retrouver sa traînée, je présume.

6 septembre 1892

Ce matin, au petit déjeuner, je lui ai demandé comment se portaient ses affaires.

– C'est confidentiel, m'a-t-il dit derrière son Figaro. *Et puis, tu n'y comprendrais rien.*

Je suis au courant du fait que la faillite de la Compagnie du canal de Panama a été dévastatrice pour lui et qu'il a perdu tout son argent dans des actions du canal, des obligations et des parts de fondateur. Il y a eu des délits de corruption ; il en ressort que Lesseps et son fils vont peut-être finir en prison. J'espérais que l'industrie textile en Espagne était un bon investissement, mais Thomas vient de m'apprendre qu'il doit y partir en urgence : ce n'est jamais bon signe. Il a filé dans la précipitation en demandant à Pierre de lui faire suivre ses malles ; j'ai entendu les chevaux s'éloigner au trot.

Je voyagerai jusqu'à Honfleur, pendant son absence. La présence de mes amis me fera du bien.

8 septembre 1892

Parfois, je souhaite tuer mon mari qui fait de moi la risée de Paris. Aujourd'hui, je marchai jusqu'aux Galeries Lafayette, *et je suis passée devant le* Café de la Paix, *je jetai un œil par la vitre. Là, exposé à la vue de tous, mon époux était assis aux côtés de la même traînée peinturlurée avec laquelle je l'avais vu au* Bon Marché. *Il me raconte qu'il travaille en Espagne alors qu'en réalité il tient la main d'une autre femme, plonge son regard dans le sien et fait rire cette gourgandine. À ce spectacle, mon cœur se brisa.*

Suis-je censée ravaler ma fierté et accepter ceci ?

Il y a deux semaines, j'ai découvert un paquet de notes de restaurants, ainsi que des notes d'hôtels parisiens datant de jours où il m'avait dit voyager en Espagne, puis d'impressionnantes factures émises par des joailliers. Chaque fois qu'il rentre à la maison, il embaume le parfum d'une autre.

Lorsque je l'ai aperçu aujourd'hui par la vitre du café, ma colère est remontée d'un coup et j'ai perdu mon sang-froid. Je suis entrée.

– Bonjour, Thomas, ai-je dit avant de me tourner vers elle : Excusez-moi, je suis la princesse de Lacquise.

Thomas, livide, a lâché sa main.

– Que fais-tu ici ? C'est un rendez-vous d'affaires très important.

Il s'est levé et m'a raccompagnée prestement vers la porte puis dans la rue.

– Que penseront les gens quand ils te verront dans cet état d'agitation, Marie Anne ? Pense à ta réputation.

– Je te croyais en Espagne.

– Pourquoi te mets-tu toujours dans des situations embarrassantes ? Mon voyage a été différé, j'ai tellement de travail que je me concentrerai mieux à l'hôtel. Je ne voulais pas te déranger. Tu as l'air affreusement souffrante, chérie, je te ramène à la maison.

Lorsque je risquai un œil en direction de la femme, elle avait disparu. L'avais-je imaginée ? Thomas appela sa voiture. Il se conduisait comme si j'étais anormale, malade même, et attribua mes actes à de l'hystérie.

10 septembre 1892

Mes relations avec Thomas se sont détériorées. Ce matin, Pierre m'a tendu un billet de la part de mon époux m'apprenant qu'il partait pour l'Espagne. Il a quitté la maison sans me dire au revoir. Je ne sais pas si c'est ma haine de lui qui me pousse vers Maurice.

13 septembre 1892

J'ai organisé un thé aujourd'hui. Tout le monde m'a complimentée sur ma demeure, les fleurs et les pâtisseries. J'en suis ravie car Thomas ne me fournit que l'absolu minimum, et je n'ai pu obtenir autant de pâtisseries et de fleurs que je l'aurais souhaité. Ma robe en satin rose et beige ornée de dentelles blanches raffinées a également suscité l'approbation.

De nombreux artistes étaient présents – même le peintre américain d'un certain âge, James Whistler, qui n'était rentré de Londres que le mois dernier. À peine a-t-il mis un pied chez moi qu'il s'est montré délicieux. Il m'a offert un présent.

– Quel accent charmant que le vôtre, a-t-il déclaré en entrant.

Il a pris mes mains dans les siennes.

– Et vos doigts sont si élégants. Vous jouez du piano ?

Il m'a présenté à son épouse et m'a tendu une petite boîte enveloppée de papier.

– C'est pour vous : une attention pour vous souvenir de moi.

À l'intérieur se trouvait un magnifique dessin représentant un papillon stylisé, une image élaborée à partir de ses initiales. Avec sa queue pointue, ses antennes recourbées, et ses ailes pareilles à une cape, c'était d'une rare beauté.

Son atelier se trouve dans la rue Notre-Dame-des-Champs, et il m'a invitée à le visiter.

– Je vous peindrai vêtue de cette adorable robe, m'a-t-il dit avec vivacité.

Les Autrichiens ne sont pas aussi directs. Je pensais que les Américains ne l'étaient pas non plus, celui-ci est manifestement différent. Peut-être parce qu'il a passé la majeure partie de sa vie à l'étranger.

Maurice est arrivé quelques instants plus tard. Avec ses cheveux blonds, ses yeux bleus et ses fossettes, je n'ai pu le quitter des yeux de tout l'après-midi. Nous avons discuté de son dernier poème, qui a été publié dans La Revue blanche *et il a terminé un collage dernièrement. James et lui ont longuement parlé photographie. Maurice juge le médium superficiel et il soutient que seul un portrait peint saisit l'essence d'un être humain.*

– Je pense que la peinture peut parler, dit-il.

Je suis attirée par Maurice comme un papillon de nuit par une bougie, et quand il m'a demandé si nous pouvions aller nous promener demain, j'ai accepté. C'est l'homme que j'aurais dû épouser : charmant, intelligent, doux, sensible, et pas obsédé par l'argent.

Auguste Rodin participait aussi à ce thé et il m'a fait cadeau d'un dessin exécuté de sa main puissante. Avec son visage long et rectangulaire, ainsi que sa barbe fournie en bataille, il ressemble à une sculpture. Il nous a dit que son travail s'inspirait de la mythologie et qu'il modelait le corps humain avec tout le réalisme dont il était capable. Il montra les veines de sa main.

Monsieur Pierre de Montalembert se révéla l'invité le plus flamboyant. Quand je lui ai demandé où il souhaitait s'asseoir, il a répondu que cela n'avait pas d'importance, car la place d'honneur serait celle où il se trouverait. Tout le monde a ri et sa jovialité a rendu l'ambiance encore plus plaisante. Il est mince et gracieux, beau contre toute attente, avec sa chevelure foncée et ondulée, ses moustaches soyeuses sous un nez aquilin plein de fierté. Il m'a décrit son appartement, et je dois avouer que je suis curieuse de le voir. Il possède la balle qui a tué Pouchkine, une cigarette fumée partiellement par Madame George Sand, et les pantoufles de la marquise Guiccioli – le dernier amour de Lord Byron.

16 septembre 1892

Mon journal, gardien de mes trésors. J'ai vu Maurice ces trois derniers après-midis et il me manque à la minute même où nous nous séparons. Il me lit ses poèmes, et j'aime en particulier celui de La Rose blanche, *écrit après notre première rencontre.*

« La richesse et la pauvreté ne se trouvent pas dans les demeures, mais dans les âmes.

La tienne est pareille à une rose éclose,

Les limites impossibles à distinguer, avec chaque pétale fort, luttant pour son indépendance. »

17 septembre 1892

Maurice et moi, nous nous sommes retrouvés au bois de Boulogne pour une promenade autour du lac. C'était une belle journée, chaude et sans nuages. Il portait un panier de pique-nique. Pour la première fois, je me sens complètement à l'aise avec un homme. Il discute en détail de sa famille et comment, étant le plus jeune de quatre garçons, il a réussi à fuir le destin de ses frères devenus banquiers. Il a passé son enfance entre la campagne et la ville ; en Normandie, il s'est mis à créer ses peintures et des poèmes sur l'océan. Il est enjoué et équilibré, et ses sourires évoquent des explosions de lumière.

22 septembre 1892

Un changement spectaculaire s'est produit chez Thomas. Je n'ai aucune idée de ce qui l'a déclenché. La semaine dernière, une longue lettre emplie d'affection est arrivée de Barcelone pour m'informer que ses investissements dans l'industrie textile se portaient bien.

Puis, aujourd'hui, un télégramme m'annonçait son retour à Paris demain et qu'il aimerait dîner avec moi. J'espère qu'il ne suspecte rien à propos de Maurice ; peut-être quelqu'un nous aura-t-il vus. Je dois garder mon journal sous clé.

1er octobre 1892

Quel soulagement. Il ne se doute de rien. Au dîner, Thomas s'est montré curieux et charmant, et il a demandé à passer plus de temps avec moi. Il s'est enquis de l'organisation de mes thés et a proposé que je lui donne la liste des participants, car il voudrait organiser un dîner à la maison.

5 octobre 1892

Thomas a préparé un magnifique dîner comme par le passé. Devant tous nos invités, il m'a offert un collier éblouissant en provenance d'Espagne : en pierres précieuses, avec un gros pendentif en or, serti d'émeraudes rectangulaires. Je l'ai flatté, mais je ne sais pas combien de temps je vais être capable de continuer cette comédie. Je suspecte certaines invitées d'avoir été ses maîtresses, bien que je ne m'en soucie guère. L'indifférence a remplacé l'humiliation.

7 octobre 1892

Mon Maurice. Nous nous sommes retrouvés de nouveau au bois de Boulogne au beau milieu des fleurs. Il m'a apporté un autre poème, qui vaut tellement plus que le plus coûteux des colliers. Ses mots parlent à mon cœur ; il évoque ma détermination et mon courage. J'ai passé la majeure partie de la soirée avec lui. Il m'a proposé de m'emmener au théâtre bientôt.

8 octobre 1892

La terreur inspirée par les anarchistes n'aura jamais de fin. Ce matin, une explosion a ôté la vie à deux policiers et trois civils, et des douzaines de personnes furent blessées. Cette fois, les anarchistes cherchaient à se venger de la compagnie minière de Carmaux. C'est comme si Ravachol et ses complices, exécutés il y a des mois, étaient toujours parmi nous.

13 novembre 1892

Les branches grattent la fenêtre et je n'ai pas pu dormir. Thomas est reparti pour l'Espagne et d'autres mauvaises nouvelles remplissent les pages des journaux. Hier, on a retrouvé une bombe dans une maison rue des Halles, près du marché central. Maurice a essayé de me réconforter en me disant qu'il m'accompagnerait partout, ce qui, bien entendu, est impossible. Les bâtiments publics, les marchés – aucun lieu n'est sûr désormais.

19 novembre 1892

J'aurais dû décrire chaque journée de novembre, pratiquement toutes passées en compagnie de Maurice. C'est la personne la plus charmante et la plus divertissante que j'aie jamais rencontrée, et nous avons assisté à plusieurs pièces. Il est si instruit en matière de théâtre et il se passionne pour Henrik Ibsen, le scandaleux dramaturge danois.

20 novembre 1892

Une autre soirée qui réchauffe le cœur en compagnie de Maurice. Je portais un chapeau rond, une voilette et des vêtements tout simples, car je ne souhaitais pas attirer l'attention. Nous avons tranquillement descendu le boulevard Montmartre jusqu'au Théâtre des variétés pour voir la pièce d'Ibsen : Une maison de poupée. *C'est l'histoire d'une femme solitaire piégée dans un mariage malheureux, mais elle trouve le courage de quitter son mari et ses enfants. Maurice m'a assuré que ce n'était pas du tout ce qu'il voulait de moi.*

Ensuite, nous nous sommes installés dans notre restaurant préféré, La Closerie des lilas. *Dans la brasserie animée, il a commandé du Chablis, des huîtres, du* filet de bœuf*, *et des* crêpes Suzette*. *Il était d'une humeur exaltée car ses peintures se vendent bien. Il est à la recherche d'un nouveau modèle.*

– Pourrais-je te peindre ? m'a-t-il demandé.

Il dit que je suis l'unique femme qu'il veut dans sa vie et il brûle d'envie de vivre avec moi. Oh, si seulement je n'étais pas mariée à Thomas.

23 novembre 1892

Hier, j'ai assisté au dîner de Madame Arman Caillavet seule encore une fois.

Monsieur Pierre de Montalembert était là, et il l'a définie avec beaucoup d'à-propos en chuchotant qu'elle préférait comprendre plutôt que plaire. Le chroniqueur Marcel Proust était assis à ma gauche et il m'a parlé du Banquet, *une nouvelle revue littéraire que ses amis et lui ont lancée.*

J'ai également rencontré une femme audacieuse, Marguerite Durand, qui était habillée d'une robe blanche avec des fleurs à la ceinture. Elle veut créer un journal quotidien, intitulé La Fronde, *qui sera écrit et édité exclusivement par des femmes pour protéger les veuves et les femmes divorcées. Elle m'a demandé de travailler pour elle, j'adorerais, mais je n'ose parler de cette proposition à Thomas.*

30 novembre 1892

Ce soir, Maurice et moi avons été au théâtre pour voir Le Système Ribadier *de George Feydeau, une représentation divertissante bien qu'inquiétante. La pièce était censée être comique, mais elle m'a rappelé mon séjour à l'hôpital. L'hypnose et la jalousie sont des thèmes récurrents…*

Paris, 1er décembre 1892, neuf heures du matin

Peter est vivant ! J'en tremble encore et de relire la lettre que j'ai reçue aujourd'hui. Elle vient d'une femme qui s'appelle Gabrielle. Elle écrit que Peter lui a été confié de façon anonyme après sa naissance, et depuis lors elle a pris soin de lui comme s'il était son fils. Le mari de Gabrielle est décédé l'année dernière, et il l'a laissée sans argent. Les médecins disent qu'elle a la tuberculose et qu'il ne lui reste pas longtemps à vivre. Elle s'inquiète pour Peter, car la tuberculose est si contagieuse et elle a embauché une aide pour le garder loin d'elle. Par pur hasard, mon ancienne femme de chambre, Helena, l'aide et lui a révélé que Peter était mon bébé. Helena lui a communiqué mon adresse et lui a dit que je serais à même de lui venir en aide.

Bien entendu, je veux être auprès de mon Peter, mais comment ? Mon mariage est déjà un désastre ; comment Thomas me traitera-t-il en découvrant que j'ai un enfant ? Je suis certaine qu'il n'adoptera pas Peter ni ne subviendra à ses besoins, et j'ai peu de moyens moi-même. Mon pauvre bébé, j'aimerais le tenir dans mes bras et le couvrir de baisers. Je suis inquiète pour lui. Je dois partir immédiatement pour Vienne et le sauver avant qu'il ne tombe malade.

Gabrielle a envoyé une photographie de mon chéri, tout sourire. Il a l'air d'un joli petit garçon, pas d'un bébé, avec sa chevelure foncée, son regard intelligent, et ses joues pleines. C'est le garçon le plus mignon que j'aie jamais vu. Gabrielle écrit que Peter parle français et allemand, qu'elle l'adore et qu'elle est fière de lui. Je veux me rendre tout de suite à Vienne, mais je n'ai pas l'argent du voyage et Thomas ne me le donnera pas. Il ne m'a pas autorisée à dépenser un franc ces derniers temps.

3 décembre 1892

Mes mains en tremblent encore et mon corps souffre. Thomas m'a lancé les lettres de Maurice à la figure et a dit que Pierre lui avait raconté que j'avais une liaison. J'ai répondu qu'il me trompait depuis notre lune de miel, ce qui a encore accru sa colère. Selon lui, il aurait dû écouter ses amis et ne pas épouser une femme d'une classe sociale inférieure à la sienne.

– Et dire que j'ai tué un homme pour toi, a-t-il ajouté.

Sa voix ressemblait au tonnerre et il a craché sur le sol en marbre blanc. Il m'a traitée de traîtresse pour avoir caché un amant tout ce temps. J'ai nié et je lui ai remémoré ses diverses liaisons depuis notre mariage. Il m'a menacée de me faire interner dans un asile. Des visions apocalyptiques ont ressurgi et m'ont fait enrager. Je lui ai dit que ma vie à Paris n'avait été qu'un cauchemar interminable. Sa haine envers moi n'a fait que croître à chaque mot que nous hurlions. Je me tenais courageusement devant lui pour lui montrer à quel point il était injuste. Selon lui, je ne m'occupe que de choses insignifiantes et je suis incapable de réaliser ma chance.

– Tu seras désolée une fois que tu découvriras la vie sans le confort que je te procure. Je ne pensais pas que tu serais assez stupide pour risquer ta fortune, dit-il, les yeux lançant des flammes.

Puis, Pierre s'est glissé entre nous avec la lettre de Gabrielle et la photographie de Peter dans la main. La couleur a déserté le visage de Thomas et il a déchiré la photo en morceaux. Lorsque je me suis mise à pleurer, il m'a donné un coup de poing au visage. Le coup m'a fait tomber. Je me suis relevée au prix d'un gros effort, ma tête bourdonnait et mon nez saignait, et j'ai couru au-dehors.

– Ne reviens pas. Tu n'auras rien de moi et je ne divorcerai jamais, hurla-t-il en claquant la porte derrière moi.

Je ne parvenais pas à m'arrêter de pleurer ; j'avais mal à la tête et rien ne soulageait la douleur. Je dois partir à Vienne pour voir mon bébé, Peter. Ma vie à Paris est terminée.

23

Mariage

« Le meilleur bien d'un homme, c'est une femme compatissante. »

Euripide (v. 485-v. 406 av. J.-C.)

Le grand jour était arrivé : le dernier vendredi du mois de mai 1980. Le soleil brillait et il n'y avait pas un seul nuage dans le ciel, une brise froide soufflait. Tous les documents étaient réunis, grâce à Jérôme, qui avait passé des heures à la mairie. Même Margot et Chloé paraissaient excitées par notre union. Jérôme avait réservé une salle à la mairie et il avait effectué les arrangements nécessaires pour la cérémonie à l'église le lendemain. D'ici dimanche, nous serions officiellement unis.

Jérôme m'attira vers lui.

– Dépêche-toi, *chérie**, il ne faut pas être en retard.

Nous sortîmes du taxi noir, moi dans l'élégante robe blanche en coton, Jérôme en costume blanc et cravate bleue. Margot et Chloé étaient déjà là. C'était une cérémonie intime : juste nous quatre. J'étais légèrement déçue que le secrétaire municipal expédie toutes les formalités en quatrième vitesse et surprise que, en moins de quinze minutes chrono, nous soyons déclarés mari et femme.

Jérôme m'embrassa avec passion. J'essayai de cacher mes sentiments. J'avais hâte d'être au lendemain pour la cérémonie à l'église et étais tellement contente que Jérôme ait changé d'avis.

Dans la soirée, j'eus l'impression d'être un peu différente, surtout parce que Jérôme n'arrêtait pas de m'appeler Madame Moiras. Soudain, je me sentis plus âgée.

– Pour notre premier dîner, je pensais cuisiner, dit-il en arrivant au loft.

– Super, j'aime le français moderne.

Nous avons festoyé autour d'un *filet de bœuf** sauce au poivre et de frites, arrosés d'un bordeaux haut de gamme.

– Je l'avais gardé pour une occasion spéciale, déclara Jérôme en avalant une gorgée.

– C'est délicieux, avouai-je.

Il était moelleux et doux, un mélange de miel et de chocolat.

Le lendemain, j'ai enfilé la tenue de mariée de ma mère : une robe élégante blanc crème avec une voilette brodée. Il me paraissait naturel de procéder à la bénédiction. Devant l'Ancien Oratoire de Londres, Margot attendait. Jérôme se trouvait déjà à l'intérieur.

– Tu es prête ? me demanda-t-elle sous son parapluie blanc, s'abritant d'une grosse averse.

– Prête et heureuse, la pluie porte bonheur, pas vrai ? répondis-je, tandis qu'elle me conduisait à l'autel.

Notre avancée fut accompagnée de la marche nuptiale pour annoncer mon arrivée.

– Oui, d'après la tradition hindoue, dit Margot.

Je réprimai un rire :

– Tout est si parfait, merci, chuchotai-je.

– Oui, ma chérie, me répondit Margot en remontant solennellement l'allée.

L'autel était richement orné de lys blancs et de bouquets de roses. Une fois que le père Constantin eut salué l'assemblée et que chacun eut répondu, le bébé de Chloé, Susan, lâcha un rire de joie. Chloé essaya de le dissimuler en se joignant au chœur avec ferveur.

Puis Margot se leva pour donner la première lecture. Profondément religieuse, elle connaissait les mots par cœur et nous regardait Jérôme et moi tout en racontant le passage bien connu extrait du livre de la Genèse : « Il n'est pas bon que l'homme soit seul. Je vais lui faire une aide qui lui correspondra [...] L'homme donna donc leurs noms à tous les animaux, aux oiseaux du ciel et à toutes les bêtes des champs. Mais il ne trouva aucune aide qui lui corresponde. Alors le Seigneur Dieu fit tomber sur lui un sommeil mystérieux, et l'homme s'endormit. Le Seigneur Dieu prit une de ses côtes, puis il referma la chair à sa place. Avec la côte qu'il avait prise à l'homme, il façonna une femme et il l'amena vers l'homme. L'homme dit alors : “Cette fois-ci, voilà l'os de mes os et la chair de ma chair ! On l'appellera femme, elle qui fut tirée de l'homme.” À cause de cela, l'homme quittera son père et sa mère, il s'attachera à sa femme, et tous deux ne feront plus qu'un. Les mots du Seigneur. »

À présent, je suis une partie de Jérôme, songeai-je en contemplant son beau visage. Il croisa mon regard et me serra la main avant de déposer un baiser sur ma joue.

Ensuite, il y eut la seconde lecture. Chloé proclama que le corps est le temple de l'Esprit. Elle fixa Jérôme tout du long et semblait être dans une sorte de transe. L'acclamation de l'Évangile, l'Évangile, l'homélie, le rituel du mariage et l'échange des vœux suivirent, puis nous nous embrassâmes. En sortant de l'église, nous étions tous deux rayonnants tandis qu'on nous bombardait de riz. Le temps s'était éclairci et nous marchâmes jusqu'à la maison de Margot, où se tenait la réception. J'avais invité quelques amis de la fac. Jérôme, lui, un groupe d'amis français. Nous finîmes même par danser.

– Je suis tellement plus heureuse maintenant, dis-je le lendemain matin en m'étirant.

Ma tête reposait sur un oreiller moelleux. Je me recroquevillai sous le duvet tout chaud et me sentis en excellente forme.

– Je n'ai plus besoin de ces antidépresseurs.

– Ah, mon cœur, tu ne peux pas les arrêter comme ça, déclara Jérôme. Tu n'es pas encore prête.

Il déposa un plateau en plastique devant moi, préparé comme chaque matin avec une tasse de café, un jus d'orange, un croissant frais et mes antidépresseurs.

– Tu dois prendre ta santé au sérieux, dit-il en me tendant les pilules, que je posai sur ma table de chevet.

– Pas aujourd'hui, dis-je.

– *Chérie**.

Ne voulant pas déclencher une dispute en ce premier jour de mariage, j'avalai docilement les médicaments. Une partie de moi s'émut de la manière dont Jérôme se souciait des gens en général et de moi en particulier.

– Tu as cours aujourd'hui ?

– J'ai eu un très bien à mon devoir sur Rodin, et je n'ai qu'un cours, je devrais y aller quand même. Tu sais que les exams ont lieu bientôt.

– Tu devrais te détendre et apprécier ta nouvelle qualité de Madame Moiras, dit-il en m'embrassant.

Je souris en regardant les documents éparpillés sur le sol et couverts de ma nouvelle signature. J'en avais essayé de toutes sortes pour accentuer les superbes lettres de MOIRAS. En soulevant une feuille, je déclarai :

– J'irai à la bibliothèque une heure ou deux, puis il faut que je passe voir Margot. Elle veut m'emmener à une vente aux enchères pour nous trouver un cadeau de mariage. Je dénicherai peut-être un truc pour le loft.

– Ça me paraît bien.

Il enfila sa veste, attrapa la sacoche de son appareil photo et m'embrassa.

– Passe une bonne journée, *chérie**. J'ai un shooting important. Du coup, on se retrouve à la soirée de Chloé.

– Chez Chloé ? Ah, oui, tu as raison, à son dîner.

– Tu apporteras un cadeau pour Susan ? Je pensais à une tenue Bonpoint avec les chaussures assorties. Je paierai pour tout.

Je songeais au père génial que ferait Jérôme. De toute évidence, il adorait Susan : il jouait avec elle quand nous allions chez Chloé, il m'encourageait à lui acheter un cadeau à chaque fois. J'avançai lentement jusqu'à la station de métro. Puis, je m'assoupis sur le trajet et m'éveillai en entendant le nom de ma station. Je traversai le campus en ne souhaitant qu'une seule chose : retourner au lit, mais je ne pouvais me permettre de manquer un seul cours ; il fallait que je valide mon diplôme.

– Vivian !

Le professeur Mhost était à côté de moi. Je m'éveillai en sursaut – je m'étais encore endormie. *Peut-être étaient-ce ces comprimés ?* pensai-je. *J'essaierai de ne pas les prendre pendant quelques jours*, décidai-je.

– Êtes-vous prête à discuter du plan de votre thèse ?

– Aujourd'hui ?

Je m'étais concentrée sur mon devoir et la préparation des examens. Je croyais que cette discussion aurait lieu en privé.

Deux de mes camarades éclatèrent de rire.

– Ton arrière-mamie ne te passionne plus ? ricana le lèche-cul de devant.

– Pouvons-nous en parler dans votre bureau comme pour les plans des autres thèses ? demandai-je en jetant un regard à la classe.

En tant que femme mariée, je me sentais plus sûre de moi. Ce type n'allait plus me tyranniser. Pour qui se prenait-il ?

Après le cours, je gagnai le bureau bien rangé du professeur Mhost. Il débordait de livres d'art consacrés aux impressionnistes. Je balayai les étagères du regard et remarquai trois livres sur Honfleur.

– Ah, vous avez été à Honfleur ? C'est charmant, n'est-ce pas ? commençai-je en essayant d'adopter un ton amical.

Je songeai à la vieille dame, qui curieusement ressemblait à Mhost. Ils avaient le même nez.

Il ignora ma question.

– Vivian, à propos de votre thèse.

J'acquiesçai et ma tête bourdonnait. Dernièrement, je souffrais de maux de tête. Je les attribuais à mes yeux, à force de lire l'écriture compliquée et parfois indéchiffrable de Marie Anne.

– Vous avez le plan de ma thèse et j'ai fait plus de recherches…

– Je suggère que vous remplaciez votre thèse par un examen, dit-il.

– Pourquoi ? Quel est le problème de mon plan ?

Il me dévisagea, l'air inquiet.

– Vivian, vous allez bien ? Peut-être devriez-vous aller voir un médecin.

– Pas besoin de médecin, répondis-je avec un sourire contraint. Je vais parfaitement bien. Qu'est-ce qui ne convient pas avec mon plan ?

Le professeur Mhost m'expliqua que mon plan était vague, il couvrait des sujets inutiles, et incluait trop d'artistes. Il m'exhorta à me concentrer sur Danet et à ne pas mentionner Toulouse-Lautrec, Monet et Boudin.

– Mais ça n'a pas de sens d'écrire sur Danet de manière isolée, protestai-je.

– J'ai une grande expérience de ce qui convient ou ne convient pas concernant une thèse et je vous encourage vivement à revoir votre plan, insista-t-il.

Je mourrais d'envie de lui parler du journal de Marie Anne, mais en même temps, je n'avais pas envie de lui montrer.

Déterminée à finir ma thèse à l'échéance convenue – le 1er septembre –, j'acceptai.

– Très bien, pour quelle date vous faut-il le nouveau plan ? demandai-je.

– Dans trois jours, répondit le professeur Mhost.

En quittant son bureau, je me sentis minée, comme si on avait débranché ma prise. J'envisageai de retourner à la bibliothèque, mais je me forçai à suivre mon programme et à rendre visite à Margot. Une fois chez elle, je m'écroulai sur le canapé.

– Chérie, qu'est-ce qui ne va pas ? s'enquit-elle. Tu as une mine atroce.

Je la rassurai :

– Juste un peu fatiguée à cause de mes études.

– As-tu eu des nouvelles du détective privé au sujet de *La Rose blanche* ? m'interrogea-t-elle.

– Aucune, dis-je. Je perds tout espoir.

– Tu es toujours prête à aller à la vente ?

Margot me tendit le catalogue et je feuilletai les pages avec des signets. Je remarquai la présence d'une Vénus accompagnée de deux chérubins.

– Oh, elle ressemble à celle que Thomas a offerte à Marie Anne, dis-je en l'examinant de plus près. Elle est superbe, mais ils en veulent cent mille livres.

Je parcours les autres pages.

– Il y a un Danet.

J'observai l'image d'une toile de Danet, celle avec deux femmes assises dans *Le Chat noir*. Je parcourus des yeux le catalogue.

« *Les Danseuses*, 1890. Huile sur toile : 100,33 cm de haut et 82,55 cm de large

Description : une des rares œuvres existantes de Maurice Danet, cette peinture à l'huile représente deux chanteuses de cabaret notoires, Jane Avril et Yvette Guilbert, avec le fameux chat de gouttière perché sur le piano du *Chat noir*, le cabaret si célèbre. »

À côté de la description, Margot avait ajouté un astérisque et inscrit la somme maximale qu'elle serait prête à payer, ainsi qu'une petite note : « pour Vivian ».

– Allons-y ! m'écriai-je, ayant retrouvé ma bonne humeur.

Une fois arrivées, on nous donna une plaquette avec le nombre 541. La salle des ventes était bondée, parcourue de murmures : « Danet, Danet, Danet ». La vente de la toile était imminente.

– Lot numéro 43, *Les Danseuses* de Maurice Danet, montré à ma gauche sur le chevalet, dit le commissaire-priseur. Ai-je entendu deux cent mille livres ?

Margot brandit sa plaquette et le commissaire-priseur acquiesça pour lui montrer qu'il en prenait note.

– Ai-je entendu deux cent mille livres ?

Il hocha la tête en direction de l'homme assis devant nous. Les enchères s'échauffèrent, et Margot s'arrêta après avoir dépassé les cinq cent mille livres. Il y avait deux acheteurs anonymes au téléphone, très désireux d'acquérir la toile. Après des enchères enfiévrées au téléphone, la toile de Danet atteignit les deux millions de livres.

– Je suis désolée, ma chérie, me dit Margot lorsque nous quittâmes la vente.

– Merci d'avoir essayé, lui répondis-je en serrant la main de Margot. Je me demande qui l'a achetée ?

Pour toute réponse, Margot haussa les épaules.

– Marchons un peu. J'ai besoin de prendre l'air.

Nous descendîmes Davies Street d'un pas tranquille et approchâmes de l'*Hôtel Claridge*. En tournant à droite sur Brook Street, six voitures de police s'arrêtèrent en crissant. L'entrée était condamnée par une corde.

– Oh, ma chérie, commença Margot en s'arrêtant non loin de l'hôtel. Je me demande s'il y a eu un accident.

Un homme qui se trouvait à côté de nous intervint :

– Il n'y a pas eu de mort. Apparemment une bijouterie s'est fait braquer. Quelque chose à voir avec la reine de Jordanie.

Nous observâmes l'agitation quelques minutes avant de héler un taxi. En rentrant, Margot nous servit deux verres de porto et alluma la télé pour voir les infos.

– En plein jour, déclara le présentateur à la mine sérieuse, des bijoux d'une valeur approximative de trente-quatre millions de livres ont été dérobés à l'*Hôtel Claridge* dans le quartier de Mayfair. Un homme déguisé en officier de police a dévalisé l'exposition de diamants qui avait lieu dans le hall d'entrée. Parmi les pièces volées se trouvait une bague ornée d'un diamant rose très rare de 24 carats. De nombreuses pièces volées avaient été prêtées par les familles royales du Moyen-Orient, et une opération est en cours pour retrouver les bijoux. Un suspect de nationalité russe a été appréhendé non loin du site et il est actuellement interrogé par les forces de l'ordre…

Je regardai l'heure.

– Oh non, je suis en retard.

J'embrassai Margot pour lui dire au revoir et je courus vers la station de métro.

***

Dans l'appartement de Chloé, la lueur des bougies dansait sur les murs blancs. En fond, on entendait les *Pink Martini*. À mon arrivée, je fus outrée de découvrir Sophie dans la cuisine. D'autant qu'elle était en grande conversation avec Jérôme.

– Surprise ! Je viens d'arriver à Londres et je me suis invitée. Ton époux est tordant. Félicitations sœurette, bien joué. Je n'arrive pas à croire que tu ne m'aies pas invitée…, déclara Sophie.

J'avais vu sa photo dans *Tatler Magazine* la semaine précédente, alors que je le feuilletais dans la salle d'attente de mon dentiste. *Que fait-elle à Londres ?* me demandai-je.

– Hello, *chérie**, lança Jérôme en déposant un baiser sur ma joue.

La dernière fois que nous avions vu Sophie – à Vienne aux funérailles –, Jérôme s'était montré glacial envers elle. Bon, Sophie avait l'art de briser la glace. Peut-être y avait-il un rapport avec sa robe de créateur – courte, décolletée et si moulante qu'on l'aurait dit peinte sur son corps.

Lorsque nous nous assîmes à table, Sophie papotait toujours avec Jérôme ayant choisi un siège à sa droite, tandis que Chloé s'assit à la gauche de mon mari. Je me serrai entre l'ennuyeux fiancé de Chloé, Dominic, et Anastasia, une Russe d'âge mûr au visage lifté, flanquée de faux ongles, de fausses dents et de faux seins. Elle était recouverte de pierres précieuses, vêtue d'un pantalon en cuir, et d'un haut transparent. Elle était comme un cheveu sur la soupe : tout le monde était habillé de façon décontractée, style Zara, sauf Sophie bien entendu. Je n'avais aucune idée de l'endroit où Chloé avait bien pu rencontrer cette femme ; je n'avais jamais entendu parler d'elle auparavant. Puis, je remarquai qu'Anastasia tenait la main de Harry, le cousin plus âgé de Chloé. Il avait réussi dans le domaine de la culture et possédait une célèbre maison d'édition consacrée aux livres d'art. *Peut-être qu'il pourrait publier mon livre sur Danet le moment venu. Quel meilleur moyen de se rapprocher de lui qu'en passant par sa petite amie ?* songeai-je. Après plusieurs tentatives pour entamer la conversation avec Anastasia, je n'avais pas découvert grand-chose, à part qu'elle venait de Moscou, qu'elle adorait le ballet, et qu'elle paraissait s'intéresser à l'art.

– Avez-vous entendu parler du casse au *Claridge* ? demandai-je. Le voleur s'est enfui avec des bijoux d'une valeur de trente-quatre millions de livres.

Anastasia ne pipa mot, mais elle prit un air gêné.

Je gigotai, mal à l'aise, et essayai de saisir ce que Jérôme chuchotait à l'oreille de Sophie.

– Pas de problème, répondit Sophie. Considère que l'affaire est conclue.

Je me penchai plus près, mais ne réussis pas à comprendre de quoi il s'agissait. Après dîner, tous les invités se retrouvèrent dans le salon pour prendre le café et je m'assis à côté de ma demi-sœur. Ensuite, Sophie me raconta que Sybille et Félix avaient fixé leur date de mariage au 8 juillet.

Je serrai les mâchoires, révoltée par ce remariage si rapide.

– Mon Dieu, il semblerait que ce soit l'année des mariages. Irons-nous ensemble ? Peut-être que j'attraperai le bouquet ! s'exclama Sophie.

– Pas sûre, dis-je.

– Tu ne devrais pas rater ça, renchérit Sophie.

Je pris conscience que Jérôme et Chloé n'avaient pas échangé un seul mot de tout le dîner. Elle paraissait fâchée contre lui. Il parlait à Anastasia. La Russe lui disait qu'ils pourraient se retrouver le lendemain. Je mourrais d'envie de savoir pourquoi, mais je ne voulais pas faire de scène. Je marchai en direction de notre hôtesse.

– Alors, Chloé, où en sont tes projets de mariage ? demandai-je.

– Franchement, rien dans l'immédiat, répliqua-t-elle. Comment se passe ta vie conjugale ?

Elle désigna Jérôme du menton.

– Fantastique, dis-je. Mais nos sorties me manquent.

Chloé sourit.

– On pourrait papoter plus tard dans la semaine.

En partant, Jérôme et moi prîmes l'ascenseur avec Anastasia et Harry. Nous leur dîmes au revoir devant la porte.

Je me mordis la langue jusqu'à ce que nous soyons dans un taxi. Une fois la portière refermée, j'explosai.

– À quoi ça rime, tout ça ?

– Qu'est-ce que tu veux dire ? répondit Jérôme en bâillant.

– Anastasia. Tu la vois demain ?

– Elle veut faire une séance photo.

Il sourit.

– Elle me paiera grassement. C'est bon pour nous. Tu préfères que je ne le fasse pas ?

– Ça ferait une différence si je n'en avais pas envie ?

– Bien sûr. Tu es la seule qui compte, dit-il en m'entourant de ses bras.

Tandis que je dérivais dans le sommeil cette nuit-là, je me demandai pourquoi j'avais l'impression que Jérôme me cachait quelque chose.

24

Vienne, 5 décembre 1892

Le voyage en train jusqu'en Autriche fut déplaisant. La dame assise en face de moi m'a interrogée au sujet de mon œil au beurre noir. Je lui racontai que j'étais tombée dans l'escalier. Pendant le reste du trajet, j'ai réfléchi à combien il serait vain de dénoncer Thomas.

À mon arrivée, j'étais épuisée et tous mes fantômes du passé ont réapparu à la seconde où je mis un pied au palais Weissenberg. Ma mère ne crut pas à mon histoire d'escalier.

– Tu portes un enfant ? demanda-t-elle.

Je me croyais plus forte et plus résistante, mais après quelques heures au palais, je suis redevenue la jeune fille enceinte et malade que j'étais il y a des années. Un chien battu qui revoyait son bourreau. J'espère qu'elle ne me suivra pas quand j'irai voir Peter. Je suis impatiente.

Quand je l'ai interrogée sur Helena, ma mère m'a informée qu'elle l'avait congédiée. Je dois retrouver ma chère femme de chambre pour la remercier. Aujourd'hui, je sais que mon trésor est vivant.

En entrant dans ma chambre à coucher, je fus ébranlée. La magnifique toile de Boucher qui représentait une Vénus, offerte par Thomas, avait disparu. C'était l'unique objet que je souhaitais rapporter à Paris dans l'optique de le vendre. J'espérais en tirer un bon prix pour m'occuper de Peter.

– Où est mon tableau ? demandai-je en courant au bas de l'escalier.

Ma mère buvait son thé à petites gorgées dans le salon.

– Je l'ai rangé en sûreté. Il a beaucoup de valeur, tu sais.

– Je veux le rapporter à Paris.

– Ne dis pas de bêtises, mein Engel[1]. *Je vais le garder en sécurité. Prends un thé.*

Je pris la tasse qu'elle me proposait, mais j'en eus mal au ventre. Quelles étaient ses raisons de voler l'une de mes rares possessions ?

Au déjeuner, elle me dit que j'avais une affreuse personnalité et qu'à mon âge, elle avait un époux et deux enfants, étapes respectives dont une femme pouvait s'enorgueillir.

– Quel dommage que ton frère ait péri et que tu aies survécu.

Au dîner, dans la salle à manger rouge, où un trop grand nombre de bougies produisaient une chaleur intolérable, elle ne cessait de répéter que j'étais une déception. Sachant que je ne digérais pas la nourriture épicée, elle avait demandé à la cuisinière de préparer un repas très relevé, qui me détruisit l'estomac. Notre conversation devenait plus tendue chaque minute, et mon père ne facilita pas les choses. Il ne me regardait jamais dans les yeux et pinçait les lèvres, mâchoires serrées, à chaque mot prononcé par ma mère. Je ne parvenais pas à connaître ses pensées.

---

1. « Mon ange. »

J'espère qu'il ne me tient pas pour responsable de la noyade de Peter, comme ma mère.

Après le dîner, je songeai à comment j'aurais dû me défendre contre ses attaques incessantes. Je ne peux même pas les écrire, le journal n'est pas assez gros pour contenir toute la colère que je ressens à son encontre. J'ai trop fumé et pris trop de laudanum – au moins, cela a engourdi ma haine.

8 décembre 1892

Sur le Ring aujourd'hui, il pleuvait et le ciel était gris. Je jetai un œil à l'opéra d'État et au Burgtheater, mais ils ne m'évoquaient que d'affreux souvenirs. Même les décorations de Noël avaient l'air glauques. À Paris, au moins la ville est belle, les dames sont élégamment vêtues et les boulevards sont larges et merveilleux. Ici, les tenues sont sombres et laides, assorties à l'humeur ambiante.

Je dois sauver mon bébé de cette ville, songeai-je en allumant une autre cigarette.

9 décembre 1892

Je partis à pied et j'achetai un gâteau pour Gabrielle et un panier de fruits frais à déposer sur la tombe de Christoph. Au cimetière, je sortis une pomme, le fruit qu'il m'avait si souvent demandé de dessiner, et la posai sur la grande pierre rectangulaire. Je me remémorai le duel fatal et les funérailles de Christoph, et je m'adressai à son âme à voix haute. Ensuite, j'allai à l'appartement de Gabrielle, qui se trouve juste à côté du cimetière.

En arrivant au pied de son immeuble, je me figeai. La naissance de Peter et les quelques instants passés avec mon bébé défilèrent devant mes yeux. Et si je le faisais pleurer et qu'il s'enfuyait en courant ?

Je gravis le vieil escalier branlant jusqu'à l'appartement sous les combles. Le bâtiment était extrêmement délabré et on entendait les rats détaler à l'intérieur des murs. Devant la porte, je distinguai une voix chaleureuse accompagnée du doux rire de mon bébé. Je frappai et Frau *Gabrielle Schneider ouvrit la porte.*

À à peine quarante ans, elle avait l'air d'en avoir soixante. Sa robe noire trop lâche pendouillait sur son corps maigre. Bien qu'emmitouflée dans plusieurs châles traditionnels du pays, bleu et rouge, elle tremblait. Elle esquissa un pâle sourire, un effort de vieille personne. Les quelques mèches de cheveux qu'il lui restait étaient nouées en un chignon serré. Elle m'accueillit chaleureusement et se signa en insistant pour que je l'appelle par son prénom. Je lui offris le gâteau qu'elle accepta avec reconnaissance.

Dans le petit salon, froid et meublé à bas prix, j'entrevis des assiettes sales et des médicaments posés sur la table. Un courant d'air glacial provenait de la cheminée éteinte et le seau à charbon était vide.

– Et voilà Peter, dit-elle.

Dans une pièce attenante, il était assis dans un coin sur le parquet nu. Il jouait avec mon ancienne femme de chambre, Helena, et deux fourchettes sales qu'ils faisaient semblant de manier comme des épées. C'était merveilleux de revoir son visage familier.

Lorsque je saluai Peter, il parut effrayé, et j'en eus l'estomac noué. Il se cacha derrière une chaise et se couvrit les yeux. Mon cœur se serra à la vue de sa mine craintive et timide. Il ne prononça pas un seul mot. J'avais envie de courir vers lui et de le prendre dans mes bras, mais je ne voulais pas lui faire peur.

– Voici ta mère, dit Helena en amadouant Peter pour qu'il vienne jusqu'à la table.

Mais mon garçon, dans sa salopette bleue qui lui allait bien mal, ne dit mot. Sur la photo qu'elle avait envoyée, il ressemblait à Christoph, mais à le voir en personne, avec ses boucles brunes de cheveux épais, son regard sombre et perçant, ses grandes oreilles et son visage rond, il me fit penser à mon frère Peter, qui avait le même âge quand il est mort. Je marchai vers lui afin de lui offrir mon présent : un puzzle représentant un château – mais il continua de dissimuler son visage en me tournant le dos. Gabrielle me raconta que tout était grâce à Helena. Elle avait conseillé à Gabrielle de m'écrire, et lui avait donné mon adresse. Je fis un signe de tête reconnaissant à Helena, il semblerait qu'elle l'ait sauvé de cette épouvantable maladie.

Pendant que j'étais assise là, à regarder Peter, la peur de devenir mère grandit en moi. Demeurer à Vienne n'était nullement envisageable, mais comment serait la vie à Paris sans le soutien financier de Thomas ? Et comment Maurice allait-il réagir en découvrant que j'avais un fils ? Mais abandonner mon bébé ici et le laisser affronter cette misère étaient pareillement impossibles. Au bout d'un moment, Peter déballa son cadeau et assembla les pièces du puzzle, tout en m'observant tout du long. Il ne répondit à aucune de mes questions, mais il me regarda droit dans les yeux et me sourit. Ne voulant pas le presser, je m'adressai à Gabrielle. Elle était bouleversée de devoir l'abandonner. Au fil des années, elle en était venue à l'adorer et le traitait comme son propre fils, mais sa maladie ne faisait qu'empirer. Je ne voulais pas me montrer brutale en arrachant Peter à son environnement familier et de plus, je n'avais nulle part où loger Peter à Vienne, alors je lui donnai un peu d'argent et lui dis que je reviendrais le lendemain.

Elle ne voulait rien prendre – sa fierté et sa sensibilité semblaient l'en empêcher –, mais je restai ferme en enfouissant l'argent dans ses mains calleuses. Mais quelle tristesse, quel crève-cœur : j'aurais aimé emporter Peter avec moi sur-le-champ. La pauvre femme est si malade.

10 décembre 1892

J'arrivai à l'appartement de Gabrielle, chargée d'un panier de nourriture, d'un fagot de bois pour la cheminée et de jouets à l'intention de Peter. Il régnait une odeur affreuse à son domicile – des relents de poussières, de saleté et de maladie, encore plus forts que la veille. Gabrielle avait le teint blême, quasiment bleu. Elle fut prise d'une quinte de toux effroyable à mon arrivée ; je ne pense pas qu'elle survivra bien longtemps et je m'inquiète que Peter ne vive dans cet environnement. Il était assis dans son coin et il toussait lui aussi en jouant avec les soldats et les chevaux que je lui avais apportés. Je lui offris un chocolat, qu'il mangea avec délice, il sourit et m'adressa ses premiers mots en français.

– Merci, madame*, *dit-il.*

Et pas maman.

Il dit en allemand à Gabrielle que le chocolat était délicieux. Il est adorable et je suis folle de joie de l'avoir retrouvé.

11 décembre 1892

J'ai rendu visite à Peter tous les jours, chargée de nourriture et il se montre chaleureux envers moi. Déjà, il prend du poids ; ses joues se remplissent et deviennent roses. Il sait que je vis à Paris et il m'a demandé comment c'était là-bas. Il m'a dit en français qu'il aimerait bien que je joue avec ses jouets.

Je tenais un de ses soldats pendant que nous combattions contre les Français. Il m'a dit que je ne pouvais pas y retourner, que je devais rester à Vienne.

12 décembre 1892

C'était une journée froide, mais ensoleillée. J'ai emmitouflé Peter dans le manteau, les gants, le chapeau et l'écharpe que j'avais apportés pour lui et je l'ai emmené au marché de Noël. C'est quelque chose que les Français ne comprennent pas. À Vienne, chaque square est transformé en un petit village accueillant qui propose de délicieuses friandises. Nous sommes allés au marché situé près de la cathédrale Saint-Étienne, le square est décoré de scènes de la Nativité et baigné de senteurs de pain d'épices, de Vanilla Kipferl, *ces biscuits en forme de croissants merveilleusement légers, ainsi que – mes préférés – les* Zimtsterne, *des biscuits à la cannelle en forme d'étoiles. Les dames étaient vêtues de somptueuses fourrures, et des images de Marie et de Jésus étaient exposées un peu partout. Mon fils et moi étions ensemble, sans Gabrielle pour la première fois. Pendant que nous mangions des beignets de pommes de terre avec de la sauce à la pomme et arrosés de chocolat chaud, il m'autorisa à couvrir de baisers sa tête, son visage et ses mains. Je pus le serrer dans mes bras et lui faire des caresses toute la journée.*

13 décembre 1892

Mon journal, je devrais relater chaque minute que je passe avec Peter, mais je ne veux pas gaspiller mon temps à écrire ; je préfère de loin être avec lui. Même si cela coûte cher, je ne peux pas résister et je lui ai acheté d'autres vêtements et des chaussures aujourd'hui. Je l'ai emmené chez le photographe, vêtu de sa nouvelle tenue. C'est le garçon le plus beau, et le plus intelligent que j'aie jamais rencontré ; le photographe l'a immortalisé à la perfection.

15 décembre 1892

Je suis assise au Café Landtmann, *et je n'arrive toujours pas à croire ce qui vient de se passer. Je gâtais Peter avec un bon chocolat chaud, servi sur un beau plateau en argent et accompagné d'une part de* Sachertorte, *mon éternel péché mignon, lorsque mon père est entré. Il m'a dit qu'il m'avait suivie depuis mon arrivée. Il a murmuré que Peter ressemblait énormément à mon frère.*

– Tu n'es absolument pas responsable de sa mort, Marie Anne, a-t-il dit. Ta mère a tort.

Je lui racontai mes projets de ramener Peter à Paris et, à la fin de notre conversation, il me donna une enveloppe renfermant une somme d'argent considérable ; un héritage provenant d'un lointain cousin.

– Ceci est notre secret, dit-il.

Au début, je ne voulais pas prendre l'enveloppe, mais il a dit que c'était la dot que je n'ai jamais reçue. Il avait une lueur triste dans le regard quand il m'annonça qu'il serait préférable que nous retournions à Paris rapidement tous les deux.

– Tu dois rester loin de ta mère, dit-il et il nous quitta aussi vite qu'il était venu.

Si l'enveloppe n'était pas encore devant moi, je croirais que c'était un rêve.

25

Sophie

« Ce que nous appelons destin provient des hommes et ne vient pas de l'extérieur. »

Rainer Maria Rilke (1875-1926)

C'était l'heure du déjeuner et le *Café rouge** était bondé comme d'habitude. Sophie et moi étions assises face à face à une table du fond. Je connaissais chaque recoin du bistrot, où l'on pouvait entendre « *oui et merci** » de la bouche des clients ou des serveurs, français pour la majorité. Le lieu était peint en rouge à l'intérieur comme à l'extérieur ; les murs en partie recouverts de bouteilles de vin à la robe foncée et les bancs en bois de banquettes en cuir bordeaux.

– New York ne te manque pas ? lui demandai-je à l'approche du serveur.

– Passons la commande, je meurs de faim, répondit Sophie.

– Très bien, je m'en charge, dis-je et je commandai de la soupe à l'oignon, des *croque-monsieur** avec de l'eau et deux verres de vin rouge.

– Pas le temps d'y penser… Je suis tellement occupée avec les réunions, les expositions et les biens à estimer ici, répondit Sophie, alors que le vin arrivait. Nous pensons ouvrir une galerie avec un joli appartement terrasse au dernier étage.

J'ai déjà visité deux ou trois maisons à Mayfair ce matin et j'ai fait une offre. Le marché est en pleine expansion.

– Cela doit être un sacré investissement, dis-je.

– Eh bien, à la mort de papa, j'ai hérité d'un beau paquet d'argent.

J'eus l'impression que le sol se dérobait sous ma chaise. Je n'étais pas certaine de pouvoir garder mon calme.

– Comment ?

Une part de moi espérait que c'était un mensonge.

– Vivi, c'est la raison pour laquelle je t'ai invitée à déjeuner. Je voudrais te proposer un boulot... Je sais que tu as besoin d'argent.

C'était la dernière chose que j'avais envie de faire, j'aurais préféré dormir sous un pont plutôt que de bosser pour cette diva, mais je demeurai silencieuse et fixai ses yeux bleu clair.

– Veux-tu travailler pour nous à la *Caroll-Hill Gallery London* ? Imagine comme papa aurait été heureux.

Je secouai la tête, ne sachant comment prendre cette proposition.

– Il y aura beaucoup à faire et tu connais le marché britannique, pas vrai ? Et tu es toujours dans ce journal spécialisé en art ?

Je n'allais pas lui avouer que j'avais perdu mon emploi, alors je dis :

– Oui, et entre les études et mes articles, je n'aurai pas le temps, mais merci pour ton offre.

– Vivi, allez, laisse tomber le journal. Ce serait génial de t'avoir à bord. Pense à Père qui nous regarde depuis le paradis. Il serait fou de joie, insista-t-elle.

– Que sais-tu de ce que Père voulait ? demandai-je quand la soupe arriva.

– En fait, il venait assez souvent à New York. Il disait que tu baignais dans l'art contemporain et que tu ferais une vendeuse géniale.

– Il parlait toujours à Kirsten ? demandai-je en recrachant presque ma soupe.

Elle était très chaude et j'avalais à moitié de travers. Un pan entier de la vie de Markus me demeurait inconnu.

– Manifestement. Nous parlions avec lui au moins une fois par mois. Maman était si dévastée qu'elle n'a pas pu venir aux obsèques, mais l'Armory Show est la foire de l'année.

Je dévisageai Sophie avec froideur, alors qu'on nous servait les *croque-monsieur**.

– Oui, nous voyions beaucoup Markus. Tu sais, mamie vivait chez nous et il venait tous les mois. C'était bien de l'avoir avec nous.

Je m'étranglai : je ne pouvais plus rien avaler.

– Je croyais que sa mère était morte.

– Pourquoi ? Elle était américaine. Quand son époux autrichien est décédé, elle est retournée vivre dans son pays. C'est elle qui a présenté Kirsten à papa. Tu ne le savais pas ?

– Oh, si.

Je ne souhaitais pas épiloguer sur le fait qu'on m'avait toujours fait croire que ma grand-mère était décédée. Je n'avais jamais vu une seule photo d'elle.

– Alors, la foire c'est l'avenir ? poursuivis-je en m'efforçant de penser à autre chose.

– Oui, les vernissages en galerie ne rapportent plus autant d'argent. De nos jours, tout tourne autour des foires. Le marché de l'art change lentement. Es-tu intéressée par cette opportunité ?

– J'ai cru comprendre que tu étais assez proche de Sybille et Félix, dis-je en prenant une petite bouchée de mon sandwich.

Je songeai à la photo où Sophie tenait la main de Félix.

– Oui, ils sont géniaux. Ils viennent aussi pas mal à New York. Tu devrais apprendre à mieux les connaître. J'ai hâte d'assister à leur mariage… Il aura lieu à Monaco.

– Écoute, Sophie, arrêtons de tourner autour du pot. Où est *La Rose blanche* ?

– Pourquoi est-ce que tu remets ce sujet ennuyeux sur le tapis ? Je ne sais pas et je m'en fiche. Tu es obsédée, déclara Sophie en attachant ses cheveux teints en blond en queue-de-cheval serrée. Je n'arrivais pas à savoir si elle disait la vérité.

– De quoi discutais-tu avec Jérôme chez Chloé ? demandai-je. Quelque chose au sujet d'une affaire conclue ?

– Je voulais l'embaucher pour faire des photos publicitaires pour notre galerie et créer un buzz avant l'ouverture, répondit Sophie.

– Menteuse ! dis-je.

Ce fut la goutte d'eau. Je ne crus plus un mot de ce qu'elle m'avait raconté : il ne s'agissait pas de photos au dîner de Chloé.

– Désolée mais le déjeuner est pour toi.

Je pris mon manteau et partis.

Dès mon retour au loft, les mots résonnèrent dans ma tête. Quel était le marché conclu entre Sophie et Jérôme ?

J'étais certaine qu'il voulait vendre une peinture ou un autre objet de valeur à Sophie. L'affaire la plus intéressante pour un marchand, c'est de vendre une pièce qui n'a pas encore été mise sur marché. Troublée, j'entrepris des recherches : j'inspectai les placards, les tiroirs, les cartons, et même sous le lit, mais je ne trouvai aucun objet que Sophie aurait pu vendre à un collectionneur privé. Je songeai à notre box et je me rendis à la cave. Je trébuchai dans le couloir baigné d'obscurité tout en cherchant la lumière à tâtons. Il y avait plus de quarante box tous verrouillés par des codes de sécurité, et il y régnait une odeur atroce. N'ayant aucune piste pour reconnaître celui de Jérôme, je remontai à l'appartement, déterminée à parler à mon époux dès son retour.

***

Trois jours plus tard, je m'envoyai un deuxième whisky en attendant le retour de Jérôme. *Il devrait arriver d'une minute à l'autre*, pensai-je, en jetant un œil à ma montre. J'entendis des pas au-dehors et la clé tourner dans la serrure. Je marchai vers la porte.

– Alors, qu'est-ce qui se passe avec Sophie ? demandai-je en détestant le ton strident de ma voix, mais je n'avais pensé à rien d'autre ces derniers jours.

– *Bonjour, ma chérie**. Quel accueil…

– Ne me regarde pas comme ça. J'ai déjeuné avec Sophie il y a deux ou trois jours, et elle m'a tout raconté, bluffais-je.

– *Tout ?* répéta Jérôme en m'embrassant et en me tendant un magnifique paquet emballé.

Je l'ouvris et en sortis une autre robe somptueuse. Bleue, celle-ci.

– Tu m'as follement manqué, *chérie**, dit-il. Ne bouge pas. Je reviens tout de suite. Je vais acheter du vin. Je veux te cuisiner un festin extraordinaire.

Je m'affalai dans le canapé, fichue. Jérôme était un génie dans l'art d'esquiver toute confrontation et il ne me restait plus aucune énergie.

***

Quelques jours plus tard, nous étions assis dans le bureau du détective privé. Jérôme lui avait confié une autre mission : en découvrir davantage sur le professeur Mhost.

– Votre professeur Mhost est irréprochable, commença-t-il. Pourtant sa carrière universitaire se distingue par son manque d'éclat pour un professeur qui officie dans un institut aussi prestigieux. Il n'a publié qu'un seul article en vingt ans… sur Whistler.

Le détective alluma une cigarette.

– Néanmoins, poursuivit-il en aspirant une bouffée, Oxford Publishing lui a récemment confié la rédaction d'un ouvrage de commande. Un ouvrage sur Maurice Danet.

– Incroyable, dis-je.

– Qui plus est, il ressort qu'il existe un lien entre le professeur et la vieille dame de Honfleur.

– Comment ça ? intervint Jérôme.

– C'est sa mère, répondit le détective.

Je fus tout d'abord interloquée, puis je me rappelai que Madame Pascaud ressemblait fortement à Mhost. Je me souvins d'avoir aperçu des livres sur Honfleur dans le bureau de mon professeur. Ce n'était pas une coïncidence. Le père de Mhost était décédé vingt ans auparavant, et sa mère s'était remariée, d'où son patronyme de Pascaud.

– Lorsque son second mari mourut, elle hérita de ses millions. Avec l'argent, elle fit construire le cottage de Honfleur ainsi qu'une maison type Mews dans laquelle réside actuellement son fils. Plus récemment, elle a fait l'acquisition de *La Rose blanche*.

Je secouai la tête, incrédule.

– Alors il savait depuis le début que le tableau existait.

– Évidemment, déclara Jérôme. Quel bâtard.

En sortant du bureau, je fulminais.

– Je vais avoir une petite discussion avec Mhost, m'écriai-je alors que nous grimpions dans un taxi.

– La colère est mauvaise conseillère, *chérie**, déclara Jérôme en donnant notre adresse au chauffeur.

– Mais il a peut-être déjà retrouvé le tableau, protestai-je.

– Attends, me conseilla Jérôme en prenant une profonde inspiration. Je ne veux pas que tu l'affrontes toute seule, et je n'ai pas le temps de gérer ça dans l'immédiat.

J'étais nerveuse.

– Peux-tu me déposer chez Chloé ? demandai-je.

– Maintenant ? s'enquit Jérôme d'un ton impatient.

– C'est sur la route et j'ai besoin de récupérer des recherches qu'elle a faites pour moi.

***

Lorsque je pénétrai dans l'appartement, Susan était en pleurs et Chloé tout ébouriffée berçait son bébé dans ses bras.

– Une autre nuit blanche en perspective, je te le dis.

– Où est Dominic ? demandai-je.

– À un week-end entre célibataires à Saint-Tropez, pendant que je suis coincée ici, soupira Chloé.

– Et la nounou ?

– Trop cher.

Je sentis que le moment était mal choisi pour discuter des recherches sur Danet. *Il lui faut quelqu'un*, pensai-je en rapportant la vaisselle et les verres sales à la cuisine.

– Arrête, Vivi.

– C'est pas grand-chose, dis-je.

Chloé n'avait manifestement pas le temps de s'occuper de son ménage ni d'elle-même. Je mis la bouilloire en marche et je préparai deux thés anglais avec du citron et du lait.

– Des biscuits ?

– Sur l'étagère du haut, Vivi, merci. Comment se passe ta *liaison amoureuse** avec Jérôme ? me questionna Chloé en posant le bébé dans son berceau.

– Géniale, il est adorable, mentis-je.

J'étais fâchée que Jérôme n'ait pas approuvé ma décision d'affronter Mhost.

– C'est un sale type, déclara Chloé.

Je laissai tomber ma tasse. L'ambiance devint glaciale.

– Qu'est-ce que tu veux dire par « sale type » ?

Je lui rappelai qu'il s'agissait de mon mari et qu'elle nous avait présentés l'un à l'autre.

– Qu'est-ce qui te fait dire ça ?

– Fais-moi confiance, Vivi. Je sais à quel point il est tordu.

– Tu vas me dire qu'il est tordu depuis que tu l'as rencontré dans le bac à sable ?

J'en avais ras le bol de ses réponses énigmatiques.

– Je sortais avec lui. Cette cicatrice qu'il a au visage, c'est mon œuvre…

– Qu'est-ce que tu racontes ?

Mais Chloé refusa d'en dévoiler davantage. Elle m'exhorta au divorce avant qu'il ne soit trop tard.

26

Paris, 17 décembre 1892

*Je suis ravie de me retrouver à nouveau à l'*Hôtel Bristol*, où j'ai l'intention de séjourner les premiers jours. Les décorations sont si festives. Un énorme sapin de Noël s'élève au beau milieu du hall d'entrée et il est agrémenté d'ornements colorés et de cheveux d'ange. Les nombreux miroirs réfléchissent les bougies et illuminent la couche parsemée de foin de Jésus. Elle est encore vide. J'ai raconté à Peter l'histoire de Noël, mais mon cœur est tourmenté depuis que j'ai filé en douce de Vienne, sur les conseils de mon père.*

Le trajet en train s'est révélé aussi éprouvant qu'à l'aller. J'ai acheté les billets les moins chers possible, car je ne voulais pas dépenser l'argent que père m'a donné. Pauvre Peter, qui n'est pas habitué aux voyages, il a eu mal au ventre pendant tout le trajet. Et nous voici enfin à Paris, mais je redoute de croiser quelqu'un de ma connaissance. Comment pourrais-je justifier la présence de Peter ? Il est adorable, d'autant plus dans son nouveau manteau bleu marine, mais il est beaucoup trop maigre pour cinq ans. Ses yeux sombres ont le sérieux d'un regard adulte. J'espère bien leur faire retrouver l'étincelle juvénile de la gaieté. Sa chevelure brune est épaisse et bouclée et rien ne semble échapper à ces grandes oreilles.

*Lorsque nous sommes arrivés à l'*Hôtel Bristol, *le propriétaire, Monsieur Morgerie, nous a accueillis chaudement.*

– Princesse, vous devenez chaque année plus belle. La plus belle femme du monde*. *La maternité vous va à ravir, dit-il en regardant Peter.*

– C'est mon neveu, chuchotai-je à son oreille, ne voulant pas que Peter entende, ni révéler que c'était un enfant illégitime.

Il évoqua mes séjours fréquents à l'époque où Thomas et moi projetions notre mariage. Nous avions fêté notre mariage civil en ces lieux. Peter et moi étions assis sur un somptueux canapé rouge, et Monsieur Morgerie nous faisait face sur une chaise. Le feu ronflait dans la cheminée et les flammes changeaient de couleur, passant du bleu au jaune puis à l'orange. Au-dehors, il faisait un froid de canard et il faisait déjà nuit à quatre heures de l'après-midi. Il me questionna à propos de Thomas et je lui assurai qu'il se portait bien.

– Vous vous souvenez que la dernière fois que vous aviez séjourné chez nous, le lustre était illuminé par des bougies, à présent, il est éclairé par le courant électrique, dit-il en désignant le lustre qui brillait d'une lueur vive au-dessus de nos têtes.

Monsieur Morgerie est fier. Depuis les derniers travaux de rénovation, le Bristol *dispose non seulement de l'éclairage électrique mais également d'une plomberie moderne et peut accueillir jusqu'à deux cents clients. Je songeai que l'intimité devait en pâtir mais je n'en dis pas un mot.*

L'hôtel fourmillait de monde ; je me sentis prise de vertiges. Peter me tirait par le bras, et je fus soulagée lorsque Monsieur

Morgerie nous montra notre chambre. Les yeux de Peter se mirent à briller. L'ensemble était décoré en bleu pâle et blanc, et chaque petite table en argent présentait des biscuits, des bonbons et des fleurs. Il y avait d'innombrables coussins en satin, de lourds rideaux, et comme promis, l'éclairage électrique. Je ne sais pas combien de temps nous pourrons nous permettre de rester ici ; c'est très coûteux.

Monsieur Morgerie me proposa de trouver une bonne d'enfants pour s'occuper de Peter, exactement ce que j'avais en tête. Je ne suis pas habituée à être mère et à divertir mon enfant toute la journée sans interruption. J'aime Peter plus que moi-même, mais depuis qu'il est avec moi, je n'ai eu aucune minute à moi. Je ne peux même pas aller aux toilettes sans que mon petit chéri me suive. C'est mignon et fatigant à la fois.

Une heure plus tard, une jeune fille douce à l'air gentil frappait à la porte, et se présentait. Elle s'appelle Babette. Peter ne pleura pas quand il la vit, mais il ne lui adressa pas un seul mot. Au moins, je pourrai sortir le soir maintenant.

Ce soir, j'ai lu Madame Bovary *de Gustave Flaubert. Torturée par son époux, son destin est semblable au mien. J'ai écrit à Maurice. Je ne supporte plus d'être séparée de lui.*

18 décembre 1892

L'amour que Maurice me porte a encore grandi, m'a-t-il assuré, mais j'ai peur de me retrouver face à lui, car je ne lui ai pas parlé de Peter.

19 décembre 1892

Hier, Maurice et moi avons assisté à une représentation de La Dame aux camélias. *Sarah Bernhardt jouait la scène de la mort avec un tel brio que je me suis mise à sangloter bruyamment.*

Pendant l'entracte, nous avons pris un verre de vin. Maurice m'a raconté que l'actrice préparait la scène de la mort en dormant dans son cercueil. Nous plaisantâmes au sujet de son tigre de compagnie, qui apparemment mordait ses admirateurs indésirables.

Après le théâtre, nous sommes allés dîner chez Bofinger. *C'était la première fois pour moi. Le dôme en vitrail de l'imposante salle à manger est saisissant. On nous conduisit dans un salon privé au premier étage. Alors que le serveur arrivait avec deux bières, Maurice me dit que* Bofinger *était le premier restaurant à proposer de la bière à la pression ainsi que des spécialités autrichiennes : charcuterie et choucroute. Puis, il parla de son ami excentrique, Aristide Bruant, un habitué du lieu, qui demande à ce que le chef lui prépare « l'omelette la plus savoureuse du monde ». Bruant apporte ses propres œufs.*

– Tu te souviens de lui, il était à la soirée au Chat noir ? *me demanda-t-il. Il faut que nous allions dans son cabaret,* Le Mirliton, *la prochaine fois. C'est encore plus animé.*

Tandis que je fixais le lustre et sa profusion de bougies, Maurice me prit la main. Il déclara que sa nature morte récente, qui représentait un camembert avec une fraise par-dessus, et le Louvre en arrière-plan, avait été parfaitement accrochée au dernier Salon de Paris. Elle venait de se vendre à un prix très élevé.

Je me rappelais bien le fromage qui se répandait sur la toile en larges rivières gluantes et je lui dis combien j'étais fière. Selon lui, les mécènes se multipliaient, le travail affluait, et il avait reçu une distinction importante. De nombreuses personnes influentes à Paris désiraient une de ses toiles aujourd'hui.

Il voulait que je quitte Thomas et que j'emménage avec lui à Montmartre.

Je répondis que j'adorerais vivre avec lui et que Thomas s'était montré assez violent.

– Que veux-tu dire ? s'enquit-il. Alors tu n'es pas tombée dans l'escalier ? C'est Thomas qui t'a battue ?

Les bières me délièrent la langue.

– Oui, et il m'a jetée à la rue. Il ne m'accordera pas le divorce.

– Ne t'inquiète pas, m'assura Maurice en me prenant dans ses bras et en m'embrassant. Je t'aime, murmura-t-il.

C'était la première fois qu'il prononçait ces trois mots. Alors je lui racontai l'histoire de Peter, inquiète de sa réaction.

Maurice fut ravi. Il insista pour que nous emménagions tous deux avec lui. Puis nous prîmes une voiture jusqu'à un dancing de Montmartre, le Moulin de la Galette. *Maurice et moi avons dansé pendant des heures au son de l'orchestre ; cela faisait longtemps que je ne m'étais pas amusée de la sorte. Nous avons tourbillonné sur la piste côte à côte, n'ayant d'yeux que l'un pour l'autre. En buvant du vin, il murmura qu'il adorait le pli au-dessus de mon nez quand je le regardais, et la manière dont mes longs doigts élégants tenaient le verre. Il m'exhorta à emménager avec lui le lendemain.*

Paris, 20 décembre 1892

Ce matin, j'ai fait toutes nos malles et j'ai hélé un fiacre pour nous mener à Montmartre. Mon cœur battait la chamade lorsque nous sommes descendus à l'atelier de Maurice, au 71 rue Lepic. Quel changement de décor par rapport à la demeure de Thomas – à laquelle je m'étais habituée malgré tout.

J'ai déballé mes affaires, ne sachant où les ranger. L'atelier de Maurice est plus petit que le salon rouge de Thomas rue Monceau. Malheureusement, il n'y a pas l'électricité ici ; je m'étais aussi habituée à cette invention. Maurice s'est excusé pour la simplicité de son existence, mais je lui ai exprimé ma gratitude de m'avoir sauvée de Thomas, ce monstre brutal.

Après notre installation, Maurice nous a montré des douzaines de toiles et nous en a parlé avec énergie et passion. Pendant le déjeuner – jambon de Bayonne, brie, gruyère, baguette, et bière fraîche –, Maurice m'a demandé si j'avais déjà été à Honfleur. J'ai répondu que oui, et j'ai repensé au port pittoresque.

– Et si nous allions passer Noël là-bas tous ensemble ? proposa-t-il en regardant Peter.

Peter aime Maurice, il l'embête, il lui chipe son pain et lui pose d'innombrables questions.

– Où habiterons-nous ? demanda-t-il de sa voix franche et haut perchée, prenant pour acquis que j'accepterais.

– Mon garçon, je veux te montrer ma ferme-auberge préférée, nichée sur une hauteur qui domine l'estuaire de la Seine. Ces dix dernières années, j'ai passé Noël là-bas avec mes amis Eugène Boudin et Claude Monet.

– S'il te plaît, allons là-bas avec Maurice, me supplia-t-il.

Maurice a vraiment la fibre avec mon petit ange.

Honfleur, 21 décembre 1892

Laissant Babette derrière nous, mon fils, Maurice et moi avons voyagé en Normandie par bateau à vapeur jusqu'à l'embouchure de la Seine. Pendant le voyage, Maurice a diverti Peter avec des anecdotes à propos des envahisseurs anglais et d'autres maraudeurs qui furent découragés à Honfleur, incapable d'atteindre

Paris en remontant le fleuve. Maurice raconta à Peter que le port fut fondé par les Vikings.

– Qui sont les Vikings ? questionna mon chéri.

– De dangereux pirates venus du Nord, mon garçon, qui naviguaient le long des fleuves sur leurs effrayants drakkars et détruisaient tout ce qu'ils touchaient.

Les yeux de Peter brillaient d'excitation pendant qu'il buvait les récits de Maurice.

Maurice ajouta que Honfleur était l'endroit d'où partaient les explorateurs et que des milliers de navires marchands y accostaient et en repartaient.

– Et ça, qu'est-ce que c'est ? demanda Peter en désignant une maison en pierres à l'extrémité du Vieux Bassin.

– La Lieutenance, mon garçon. La résidence du lieutenant de Honfleur, qui a été construite dans l'ancienne porte de la ville.

Nous prîmes une voiture pour traverser le ravissant village afin de gagner notre auberge, la Ferme Saint Siméon, une vaste ferme avec une charpente tout en bois. À deux pas de l'estuaire, elle est entourée de pommeraies. Nombre des amis artistes de Maurice – et parmi eux Claude Monet, Alfred Sisley, Camille Pissarro, et Pierre-Auguste Renoir – logent également ici. Leurs chevalets sont tous alignés dehors comme des arbres afin de saisir la vue grandiose sur la baie.

Dès notre arrivée, nous fûmes accueillis par des pots en verre remplis de cidre doux et des assiettes où s'amoncelaient des pattes de crabe bouillies, des crevettes sautées et des coquilles Saint-Jacques recouvertes d'une sauce crémeuse. Eugène Boudin et tous les autres se pressèrent dans la cuisine de l'auberge pour nous saluer. Boudin est chauve, à l'exception d'une frange, et il porte une barbe toute grise. Dans son beau costume, il avait *l'air élégant, son sens de la mode demeure intact malgré son âge avancé. Il adore Honfleur, sa ville de naissance, et il m'a dit que si tout le monde venait ici, c'était grâce à lui.*

Maurice le félicita pour sa Légion d'honneur, et Boudin, flatté, leva son verre et suggéra un toast aux peintres de l'estuaire.

Boudin poursuivit en détaillant la singularité de la lumière à Honfleur. Il ne se lasse pas de peindre à l'extérieur et s'efforce sans cesse de saisir les effets de la lumière normande.

– Quand le soleil se lève, on doit peindre d'une main ample, qui dessine rapidement, dit-il.

Puis, une fois la peinture terminée, Boudin recule de quelques mètres pour voir les taches mystérieuses s'ordonner. Grâce à l'eau-de-vie de pomme, il partit dans une envolée poétique à propos de construction navale, du commerce florissant de la pêche et de sa jeunesse, quand il travaillait sur des bateaux à vapeur. Elle se prolongea tard dans la nuit. Boudin amusa le petit Peter d'anecdotes sur Honfleur, qu'il qualifiait d'« endroit le plus enchanteur au monde ».

– Alors qu'as-tu pensé de moi quand je fais du foin ? me questionna Monet en enchaînant sur le succès de sa récente exposition. Elle consistait en vingt-cinq toiles représentant des meules de foin, figurées à différentes heures de la journée, afin de saisir au mieux l'atmosphère et la lumière.

– Il est terriblement fier de son aptitude à peindre du foin, déclara sa femme, Alice.

– Oui, j'ai vu les toiles, elles sont superbes, dis-je en songeant aux meules baignées de la pâle lumière hivernale, dans la brume printanière, sous les couchers de soleil estivaux ou encore se détachant sur les feuilles d'automne aux couleurs éclatantes.

– Oh, Monet et son foin, ironisa Pissarro. Tu ne peux pas penser à autre chose, Claude ?

Tout le monde s'esclaffa. Monet se tourna vers Peter.

– J'ai un petit bateau ; en fait un atelier sur l'eau. Aimerais-tu venir avec moi pour saisir le paysage de la rivière ? À condition que tu en aies l'autorisation.

– Puis-je ? demanda Peter en se tournant vers moi. Il affichait le plus adorable des sourires.

J'étais très angoissée à l'idée que mon bébé visite le bateau de Monet, surtout qu'il a exactement le même âge que mon frère quand il s'est noyé. Alors j'ai dû lui interdire. Monet fut aussi contrarié que Peter, mais je me devais de protéger mon tout-petit. Peut-être un jour comprendra-t-il.

Après le déjeuner, Maurice, Peter et moi allâmes nous perdre dans les rues étroites couvertes de pavés. Nous fîmes le tour de Sainte-Catherine, la plus grande église en bois de toute la région. Elle fut construite grâce aux dons et à la sueur des constructeurs de navires de la ville, qui la bâtirent sans utiliser de scies. Leur profession se retrouve dans sa conception : elle ressemble à un bateau, les nefs évoquent des coques renversées, tandis que de minces piliers en bois s'élèvent comme des mâts.

25 décembre 1892

Passer les vacances ici était une merveilleuse idée. Ce soir, Peter, Maurice, les artistes pensionnaires et moi, nous avons assisté à la messe de minuit à l'église Saint-Étienne, la plus ancienne de la ville. Elle est perchée au-dessus du bassin. Elle était superbement décorée et illuminée de cierges. À notre retour à l'auberge, Peter était aux anges : sa chaussette de Noël était pleine à craquer, remplie de ravissants cadeaux offerts par tous les artistes – des petits bateaux, des peintures miniatures et des puzzles –, ainsi que des présents de la part de Maurice : des peintures à l'huile et des pinceaux. C'est adorable de les voir tous le traiter comme leur fils.

– Demain, nous peindrons une marine ensemble, proposa Maurice à Peter.

Puis, il m'offrit un sublime manteau beige, d'une matière si douce que j'eus envie d'y envelopper mes deux hommes préférés avec moi. J'espère qu'il était tout aussi ravi du chapeau, de l'écharpe et des gants en cachemire que je lui ai offerts.

Assis à la table en bois surdimensionnée de la salle à manger, nous avons festoyé pendant des heures d'un menu composé d'huîtres, de homards, de dinde, puis de marrons glacés et d'une bûche de Noël – le tout arrosé d'un vin de pays. Jamais auparavant, je n'avais passé un Noël aussi charmant et détendu. C'était le meilleur de toute ma vie et, avant de m'allonger pour me reposer, je priai pour que ma vie se poursuive ainsi.

26 décembre 1892

Malgré le froid engourdissant, Maurice et ses amis ont tous peint à l'extérieur, pendant que Peter et moi nous régalions d'un chocolat pour lui et d'un vin chaud pour moi. Boudin est un grand militant de la peinture en plein air* *et tout le monde l'appelle « le maître des cieux ». Son style est très différent de celui de Maurice. Ce dernier est fasciné par l'architecture locale et a peint les maisons et les églises de tous les siècles. Monet venait de terminer une belle toile – bien que sombre – représentant trois pêcheurs qui tiraient leur barque sur la rive au crépuscule. Le style de Sisley est plus lumineux et sa peinture intitulée* La Lieutenance *est baignée de nuances jaunes. Pissarro m'a* *montré à l'instant son adorable tableau de Peter et moi, debout, tournant le dos au spectateur, pendant que nous admirions la vue de la Côte de Grâce*.*

Peter a l'air en meilleure santé à présent. Il neige. Maurice et Peter ont fait un bonhomme et des batailles de boules de neige.

La côte est merveilleuse ; comme c'est apaisant de contempler les marées. Nous sommes restés assis sur la plage pendant des heures ; cela nous détend – les vagues qui se brisent, l'odeur de l'océan, les éclaboussures d'écume blanche.

Honfleur, 31 décembre 1892

Au dîner, Boudin nous a raconté qu'il y avait eu une explosion à la préfecture de police à Paris aujourd'hui. Bien entendu, c'était l'œuvre des anarchistes. Le principal suspect est un homme également impliqué dans l'attentat du Café Véry.

– Heureusement, personne n'a été tué, car l'explosion a été mal programmée, déclara Boudin. Si elle s'était déroulée plus tôt, de nombreuses personnes auraient péri.

Il nous dévisagea, Maurice et moi, d'un air grave :

– Vous devriez déménager à Honfleur.

Je suis d'accord avec Boudin. Au départ, nous avions prévu de rentrer demain, mais je vais convaincre Maurice de prolonger notre séjour ici.

Honfleur, 3 janvier 1893

Maurice a emmené Peter à un déjeuner entre garçons à ce qu'ils appellent leur « restaurant secret » et je suis allée me balader toute seule, ravie qu'ils s'entendent si bien tous les deux. Près de la plage, j'ai aperçu un minuscule cottage plutôt isolé, construit en pierres, aux volets vieux rose et entouré d'un grand jardin. Quand j'ai vu l'écriteau « À vendre », je n'ai pu résister et j'ai tiré sur la sonnette. Le propriétaire m'a montré les deux petites chambres à coucher, la buanderie et la cuisine. À l'intérieur, tout est en bois et la cheminée est bien vaste. D'épaisses poutres confèrent une ambiance douillette et le mobilier indispensable est déjà là. Quel plaisir. J'ai décidé de l'acheter.

Je me suis montrée prudente jusqu'à présent, mais il s'agit d'investir dans mon bonheur. Un acte plutôt courageux, *pensai-je,* d'acquérir un petit cottage pour moi. *J'avais du mal à me reconnaître mais j'aimais cette force qui grandissait en moi. La signature a lieu demain. Ce sera mon toit à partager avec Peter et Maurice. Peter pourrait grandir ici à Honfleur – c'est beaucoup plus sain que le Paris poussiéreux. J'appellerai notre cottage « Chez Peter ».*

27

L'Expert de Danet

« Notre envie dure toujours plus longtemps que le bonheur de ceux que nous envions. »

François de La Rochefoucauld (1613-1680)

Je tournai à l'angle de la rue principale et passai sous l'arche du XIXe siècle qui marquait l'entrée dans les Mews. Dans le cul-de-sac pavé, deux rangées de maisons mitoyennes – d'anciennes étables et des remises à voitures – se faisaient face, chacune peinte d'une couleur pastel. Je jetai un œil à l'adresse sur le morceau de papier. C'était bien là. J'examinai la maison en briques située à l'extrémité. Je remarquai le balcon à l'étage et sur le côté, un grand garage. Je marchai en direction de la façade d'un vert chatoyant, mais je faillis sursauter en apercevant Mhost devant son garage. Il transportait un gros paquet et composait un code. La porte du garage remonta. Sans me faire remarquer, je me faufilai derrière lui et pénétrai à sa suite à peine quelques secondes avant que la porte redescende en grondant.

Il se retourna, un cutter à la main, sur le point de frapper. Il s'arrêta en plein geste.

– Vivian, que faites-vous donc ici ?

J'examinai le garage aux éléments high-tech. Je repérai un panneau de commandes servant à paramétrer la température, la lumière et l'humidité ; un système d'alarme ; une caméra vidéo et des piles de tableaux, soigneusement enveloppés et stockés, voisinant avec des toiles enroulées qui occupaient des étagères entières. Tout un musée semblait être confiné dans ce petit espace. Des dossiers, du papier bulle, des cartons, une équerre en T, un pistolet dévidoir à adhésif, et une balance pour calculer les frais de port, étaient soigneusement étiquetés et rangés.

– Professeur Mhost, j'ai récemment appris que malgré tous vos commentaires désobligeants sur Maurice Danet, vous écriviez un ouvrage sur lui. Et à en juger par le contenu de votre garage, vous collectionnez ses œuvres aussi.

– De quoi parlez-vous ? demanda le professeur.

– Où avez-vous déniché tous ces Danet ? l'interrogeai-je en faisant un geste vers l'étagère marquée du nom de l'artiste.

– Vivian, vous êtes folle.

– *Je* suis folle ? criai-je. Allons demander au directeur du programme qui est fou ici. Sans parler de malhonnêteté.

Mhost serra les dents et son visage se radoucit.

– Vivian, pourquoi n'entreriez-vous pas pour discuter autour d'une tasse de thé ? Aimez-vous le Earl Grey ?

– Non ! m'écriai-je.

– S'il vous plaît, entrez, me pria Mhost avec calme.

J'hésitai. *Et s'il m'agressait ?* Je le suivis avec réticence dans une cuisine immaculée et il mit la bouilloire en marche.

– La seule chose qui m'importe, professeur, c'est la vérité.

De là où je me tenais, je voyais la salle à manger et le salon, séparés par un escalier menant à l'étage. Plusieurs toiles impressionnistes de valeur étaient accrochées aux murs. Je reconnus *Boulevard des Italiens* de Pissarro et *Le Bal du moulin de la Galette* de Renoir.

– Où avez-vous eu celles-là ? demandai-je.

– Ma mère les a toutes achetées, répliqua-t-il d'un ton dur. En fait, c'est chez elle ici. Elle possède aussi tous les Danet.

– Madame Pascaud ? Oui, je l'ai rencontrée.

– Vraiment ?

Mhost se mit à faire les cent pas dans le salon, apparemment perdu dans ses pensées.

– Comment avez-vous su ? demanda-t-il.

– Alors elle vous a acheté cette maison ? questionnai-je en regardant tout autour de moi le mobilier coûteux.

– Je suis fils unique et elle a hérité d'une grosse somme d'argent à la mort de mon père, m'expliqua-t-il.

– Pourquoi Danet ?

– Elle s'est toujours passionnée pour l'impressionnisme, mais c'est moi qui l'ai initiée à Danet.

Il posa sa tasse de thé sur un plateau, me conduisit au salon et prit place sur un canapé démodé. Je remarquai les larges accoudoirs en volutes sur les pattes de lion sculptées. Deux tableaux spectaculaires trônaient au-dessus du canapé. Le premier représentait l'océan lors d'une journée de tempête, les algues rejetées sur les rochers. Le second montrait la Seine qui s'écoulait paisiblement avant de se jeter dans la mer avec une force indomptable. Sur les deux, les reflets à la surface de l'eau étaient magnifiés.

– Alors où avez-vous trouvé ceux-là ? demandai-je. Ce sont des Danet, n'est-ce pas ?

Il acquiesça.

– Je les ai découverts dans le cottage à Honfleur.

– Où dans le cottage ?

– Dans une paroi dissimulée. C'était il y a longtemps, quand peu de personnes savaient qui était Danet. Je suis tombé sur une autre de ses toiles à un vide-grenier il y a trois ans et je l'ai achetée. La jeune fille debout près de la fenêtre, dit-il en regardant la peinture. J'ai toujours l'impression qu'il va prendre vie.

Je jetai un regard à la pièce et je le vis, juste à côté de la porte d'entrée : *Les Danseuses.*

– Alors c'est vous qui avez surenchéri lors de la vente.

Mhost contempla la peinture à l'huile de Jane Avril et Yvette Guilbert, le chat de gouttière perché sur le piano.

– Oui, mais Mademoiselle Summercove a dû être l'enchérisseuse au téléphone sur l'autre ligne. Elle a vraiment fait monter le prix, dis-je.

– Vous… connaissez… Mademoiselle… Summercove ?

Mhost avoua finalement avoir visité la galerie de Manhattan et connaître Sophie et sa mère, Kirsten, assez bien.

– C'est l'unique galerie qui s'occupe de Danet.

Je m'affalai contre le dos du canapé tout en essayant de mettre en place les pièces du puzzle.

– Alors vous voulez toutes ses toiles. Mais pourquoi écrivez-vous un ouvrage sur Danet ? questionnai-je.

– J'ai pris conscience que Maurice Danet avait été injustement ignoré. Je voulais le porter à l'attention du public.

– Et je me suis mise en travers de votre route ! dis-je.

– En quelque sorte, oui. Entre-temps, j'avais acquis des douzaines de Danet, et j'avais achevé le premier jet de mon livre. Mais en fait, je n'avais jamais entendu parler de *La Rose blanche* jusqu'à ce que vous l'évoquiez. Lorsque j'ai découvert que votre père en était le détenteur, j'ai demandé à ma mère de l'acheter.

Mon estomac se serra en songeant à la transaction entre les deux hommes que je détestais le plus au monde.

– Alors vous ne vouliez pas que quelqu'un d'autre écrive à son sujet ?

– J'avais tellement travaillé, dit-il. J'ai même passé des mois à Honfleur pour faire des recherches.

– Mais je ne sais pas pourquoi vous m'avez dissuadé de me concentrer sur Danet. Je n'écris pas un livre. Je travaille seulement sur ma thèse.

Il me dévisagea, l'air triste.

– J'avais tort, et je vous prie de m'excuser. En fait, je vous aiderai dans votre travail. Mais comprenez-moi, vous connaissez Vollard ?

– L'illustre galeriste du XIXe siècle ? demandai-je.

– Oui, exactement. Sa collection a disparu après sa mort.

– C'est ce qui est arrivé à Danet également, dis-je en me dirigeant vers *Les Danseuses*.

– Eh bien, oui, nombre de ses œuvres ont disparu avec le décès de Vollard, mais quelques-unes font leur réapparition, dont de nombreuses toiles de Danet qu'il a achetées. J'ai compris que Danet serait le joyau de ma collection. Je pourrais être celui qui l'a réhabilité…

Son récit, aussi tordu et sournois qu'il était, tenait la route.

– Mais *La Rose blanche*… où est-elle ?

– Je n'ai aucune idée de qui l'a volée. Mais ma pauvre mère, dieu merci, il ne lui est rien arrivé. Apparemment, le voleur a opéré en pleine nuit – en démontant le système d'alarme – et le lendemain matin, la toile avait disparu. Entre nous, je suspecte la *Caroll-Hill Gallery* d'avoir quelque chose à voir dans tout ça.

– Qu'est-ce qui vous fait croire ça ?

– Parce qu'ils ont la réputation de traiter des affaires louches à New York.

Je ne fus pas surprise d'entendre que la galerie n'était pas irréprochable et, cependant, déconcertée par le nombre de contacts que comptait Sophie.

– Vivian, nos projets sont tellement semblables que nous pourrions peut-être collaborer. Vous pourriez écrire un ou deux chapitres de mon ouvrage et nous pourrions tous les deux en profiter. On pourrait devenir riches !

– Je vais y réfléchir, dis-je en tournant brusquement les talons.

Je devais m'éloigner de cet homme.

***

De retour au loft, je passai aussitôt mes nerfs sur Jérôme.

– Pourquoi est-ce que Chloé t'a frappé au visage ?

– Un autre joyeux accueil… De quoi parles-tu ? s'enquit Jérôme depuis son bureau.

Il examinait une série de photos et leva les yeux vers moi.

– Jérôme, elle m'a raconté qu'il y avait eu quelque chose entre elle et toi et que ta cicatrice était son œuvre.

– Il ne s'est rien passé entre nous, répondit Jérôme, en allant à la cuisine.

Je me demandai si l'« affaire conclue » dont parlait Sophie était cachée à la cave. Comme Jérôme me tournait le dos, j'attrapai son petit carnet d'adresses noir sur la table de nuit. Mes mains tremblaient lorsque je griffonnai les nombres inscrits à la lettre B : « Box N° 13 » – 3876E4.

– *Chérie**, depuis la cuisine il poursuivit la discussion : Chloé est amoureuse de moi, elle l'a toujours été. Elle aurait aimé qu'il se passe quelque chose mais elle n'est pas assez jolie. Et puis nous sommes comme le jour et la nuit, elle et moi. Cette cicatrice n'a rien à voir avec elle. Elle est jalouse parce que je suis fou de toi.

Il ressortit de la cuisine et me tendit un gin tonic.

Je ne savais qui croire, mais la boisson m'apaisa. Je racontai à Jérôme ma visite au professeur Mhost. Il m'écouta avec patience sans interrompre mon monologue.

– *Nos projets*, répétai-je.

Mon amoureux me conseilla de me détendre, mais j'étais furieuse.

– C'est moi qui devrais écrire un livre sur Danet. C'est une parente à moi qui a vécu avec lui – pas la sienne. Au réveil demain, je vais voir le directeur du programme, le professeur Nelson, et je lui demanderai qu'elle désigne un autre prof pour diriger ma thèse. Et une fois mon diplôme en poche, j'écrirai un ouvrage sur Danet.

Jérôme me raisonna en disant que ce changement de directeur ne ferait que dresser Mhost contre moi et mettre ma thèse en péril.

– Tu n'as plus beaucoup de temps, *chérie**, et le plus important est de décrocher ton diplôme.

– Tu es en train de dire que je devrais collaborer avec lui ?

Il secoua la tête.

– Tu devrais le duper.

Il me suggéra de garder Mhost comme directeur de thèse mais de changer de sujet.

– Raconte-lui que Danet est vraiment son bébé et que tu vas rédiger ta thèse sur quelqu'un d'autre, comme Pissarro.

– Ou Eugène Boudin et la manière dont il a attiré les impressionnistes à Honfleur…, proposai-je.

– Et dis-lui que tu écriras un ou deux chapitres pour son livre une fois que tu auras ton diplôme, poursuivit-il, excité par notre idée.

– Et une fois que j'aurai mon diplôme en poche, il pourra aller se faire voir, dis-je.

– Exactement. Tu ne l'aides pas et tu le laisses publier son bouquin et mettre Danet sous le feu des projecteurs. Puis, tu écris ton livre sur Danet, qui grâce à Mhost, sera plus célèbre. Tu dénicheras un éditeur en moins de deux grâce à tes nouvelles conclusions et au journal intime.

Jérôme ouvrit une bouteille de champagne pour fêter notre plan. Avec la dernière coupe, il me tendit mes médicaments.

– Il faut que tu les prennes, *chérie**.

J'étais soûle et sans volonté, alors je lui obéis et une part de moi fut touchée par son si grand intérêt. Nous regardâmes la nouvelle série *Sherlock Holmes*, et avant d'aller au lit, Jérôme me dit qu'il avait une nouvelle mission en France pendant une semaine.

– Je serai de retour avant que tu t'en rendes compte, dit-il en éteignant les lumières.

Je dormis vingt-quatre heures d'affilée et fus réveillée par la sonnerie du téléphone. Je pouvais à peine bouger ;

j'étais tellement embrumée à cause des médicaments et j'avais un mal de tête dingue. *La prescription des médicaments s'accompagnait d'un avertissement : ne pas les mélanger avec de l'alcool. Cela va me tuer un jour*, songeai-je en me levant lentement et en posant le téléphone contre mon oreille.

– Chérie, tu peux passer me voir ? demandait Margot. J'ai du nouveau.

– Oui, je suis chez toi d'ici une heure.

Et ensuite, ma tête retomba sur l'oreiller avec un bruit sourd.

28

1er mai 1893

Montmartre est une ville en soi, pleine de contrastes. Les habitants sont rustres et ma politesse est souvent moquée par les travailleuses. Je suis devenue rouge comme une tomate en entrant dans la boulangerie hier. J'avais l'intention d'acheter une baguette. La femme m'a crié dessus et m'a demandé si je m'étais perdue, avant de me dire de retourner d'où je venais.

La journée, je croise souvent de la rudesse dans les échanges entre les gens, mais de nuit, on y rencontre le plaisir, la gaieté et des passe-temps décadents. Maurice les connaît tous très bien. Ses amis artistes passent souvent nous voir, des mouchetures de peinture dans les cheveux et des éclaboussures colorées sur leurs vêtements. Ils ne sont pas riches de biens matériels mais ils m'offrent une richesse de connaissances au fil de leurs conversations, et nos nuits sont pleines de danses et de rires.

Henri de Toulouse-Lautrec, Aristide Bruant et Émile Zola me fascinent particulièrement. Je compatis avec Henri ; il aurait pu avoir une vie géniale s'il n'était pas un gnome au torse d'adulte avec des jambes d'enfant. Son éducation aristocratique se révèle dans sa manière élégante de s'habiller, mais il boit trop, il va même jusqu'à dissimuler du cognac dans sa canne.

Nous sortons presque tous les soirs et nous faisons la grasse matinée. Hier, nous sommes allés à une fête à la galerie de Vollard, rue Laffitte, qui s'est poursuivie par un somptueux dîner dans la cave. J'étais assise entre Vollard, qui a mon âge, et qui m'a parlé des nombreuses œuvres impressionnistes qu'il acquiert, et Émile Zola, que l'antisémitisme croissant à Paris rend furieux. Zola m'a aussi exposé ses théories sur le naturalisme telles qu'il les a exprimées dans ses vingt romans qui forment sa célèbre série, Les Rougon-Macquart. *Elle analyse deux familles sous le Second Empire. À cinquante ans, l'écrivain est chauve, mais il a toujours une barbe bien fournie. Après des décennies d'une existence pauvre, il rencontre enfin un grand succès ; il nous a invités Maurice et moi dans sa luxueuse maison de campagne la semaine dernière.*

Babette est arrivée tôt ce matin, un coup de chance car Peter s'est réveillé avec l'œil gauche tout gonflé ; le pauvre bébé pouvait à peine voir. J'étais dévorée par l'angoisse et je voulais appeler un médecin, mais Babette a calmé mes peurs. Selon elle, il s'agissait seulement d'une piqûre d'insecte. Elle a fait infuser des feuilles de camomille fraîches trouvées dans le cabinet contenant les herbes médicinales, elle a fait une compresse qu'elle a posée sur l'œil de Peter, dont l'état s'est presque aussitôt amélioré. C'est une perle rare.

3 mai 1893

Maurice rêve de vivre dans un coin plus prospère – les grands boulevards de Montmartre où Toulouse-Lautrec, Edgar Degas,

Auguste Renoir et Gustave Moreau ont leurs ateliers, mais je ne souhaite pas déménager. Notre chez-nous est l'opposé de mon univers avec Thomas et je suis sous son charme. De plus, bien que Maurice vende certaines de ses œuvres, je subviens largement à notre vie ici et je redoute qu'un déménagement n'augmente nos dépenses.

Maurice ne cesse jamais de peindre et Peter ne s'en plaint pas. Il observe le maître. Parfois, j'aimerais qu'il y ait d'autres enfants pour jouer avec lui – je dois lui trouver une bonne école bientôt. Pour le moment, il ne fait que peindre, comme Maurice. Il y a à peine assez d'espace dans l'atelier pour contenir toutes leurs œuvres, et j'ai suggéré que nous en stockions certaines à Honfleur. Heureusement Vollard a acheté cinq tableaux à Maurice hier, mais l'argent qu'il a reçu correspond à ce que Thomas dépensait pour un dîner. Pour se faire une petite idée du décalage de standard.

4 mai 1893

Maurice est constant, son humeur ne se dégrade jamais, et il me confie souvent son amour pour moi. Il me couvre de compliments.

– Le matin ton teint resplendit et tes yeux brillent comme des étoiles, me dit-il chaque jour.

Mon amant est aussi aux petits soins pour Peter : il lui enseigne la calligraphie, lui lit des livres en français, et il insiste pour qu'il s'asseye à table avec nous pendant les repas. Il lui a acheté tellement de jouets : des puzzles, des dominos, une calèche miniature, même un train en fer-blanc, que je l'ai prié d'y mettre un terme.

– Mais je ne peux pas… J'adore ce garçon, a-t-il dit en offrant à Peter un nouveau jeu de crayons de couleur, et en

s'asseyant à la table pour lui montrer comment s'en servir. Maurice peint souvent avec lui. Dans notre atelier, les « chefs-d'œuvre » de Peter représentant ses jouets décorent les murs à côté de ceux de Maurice, qui bien sûr sont plus variés, allant des portraits et des natures mortes aux paysages de Paris peints depuis notre terrasse sur le toit. Comme si nous n'étions pas déjà envahis de toiles, Maurice possède une pléthore de peintures faites par ses amis. Mes préférées sont celles de Toulouse-Lautrec, l'une représentant une geisha japonaise et l'autre d'Aristide Bruant. Les livres d'art aussi s'empilent dans chaque angle. L'odeur de la peinture pénètre dans mes narines quand je me lève le matin et je m'y suis habituée.

10 mai 1893

Aujourd'hui, tandis que je descendais en flânant les pentes inférieures de Montmartre, je tombai sur Élisabeth vêtue d'un ensemble ravissant de Charles Worth et toute parée de bijoux précieux.

– Marie Anne, dit-elle, manifestement sous le choc de me croiser, vêtue d'une robe toute simple. Où étais-tu passée ? Charlotte m'a rendu visite, elle était horriblement secouée par ta disparition et nous t'avons cherchée partout, y compris à la morgue.

Lorsque j'explosai d'un rire nerveux, elle me sermonna longuement et finit par m'implorer de retourner à mon ancienne vie.

– Chérie, tu dois rentrer à la maison maintenant, et je te donnerai les vêtements adéquats pour retourner à l'hôtel de Thomas. Il passe beaucoup trop de temps avec une cocotte.

Je lui dis que c'était une belle surprise de la voir et lui assurai que j'étais très heureuse avec Maurice. Je la priai de ne pas parler à Thomas d'où je me trouvais et de ne pas mentionner notre rencontre. Je ne fis aucune allusion à Peter, redoutant sa réaction. Elle me dit qu'avec les anarchistes qui faisaient n'importe quoi, il n'était pas sûr de vivre parmi des bohémiens. Selon elle, les deux se valaient à peu près. Je demeurai ferme dans ma résolution de rester à Montmartre. Je m'éloignai plutôt étonnée ; elle paraissait déçue au plus haut point par mon comportement.

C'est vrai que j'ai radicalement changé de vêtements. Fini les larges robes et les gants, que je changeais trois fois par jour. Maintenant, j'ai verni mes ongles en rouge et chaque matin, je dessine un grain de beauté sur ma joue gauche. Je commence à m'intégrer au sein des artistes.

11 mai 1893

Maurice et moi avons grimpé d'un pas tranquille jusqu'au dôme blanc du Sacré-Cœur, dépassant plusieurs vignes en chemin. Le dôme est magnifique mais encore en construction. Nous nous sommes assis sur les marches du point le plus haut de la ville, le sommet de la butte Montmartre, pour savourer la vue enchanteresse qui s'étendait sous nos yeux. Maurice m'a raconté que les Prussiens avaient positionné leurs canons exactement à cet endroit quand ils avaient bombardé Paris vingt-trois ans plus tôt. La basilique fut construite par la suite, comme une pénitence nationale pour la défaite contre les Prussiens. Selon les Français, le temps de l'église était venu.

Durant notre déjeuner tardif, pendant que nous sirotions du vin dans un petit café, il pointa du doigt la maison de la rue Lepic où feu Vincent Van Gogh vivait avec son frère plusieurs années auparavant.

Un type tellement bizarre – désagréable quand il daignait parler et son style pictural était souvent traité par le mépris, déclara Maurice. Cependant, j'adorais ses œuvres et les touches épaisses appliquées au couteau à palette qui créaient un effet si inhabituel.

Il me raconta la dispute entre Van Gogh et Gauguin, durant laquelle Van Gogh poursuivit son ami avec un rasoir pour s'en prendre à son cou – ce qui conduisit en définitive Van Gogh à trancher sa propre oreille. Puis le peintre enveloppa l'oreille dans du papier et livra le paquet à un bordel qu'il fréquentait avant de retourner chez lui et de s'évanouir. Je suis tellement contente que Maurice soit équilibré et en bonne santé, et à ce que j'en sais, il n'a jamais mis le pied dans un bordel.

D'après Maurice, Van Gogh n'a vendu qu'une seule toile de son vivant. Maintenant qu'il est mort, la galerie de Vollard vend ses pièces à une cadence folle.

16 mai 1893

Je ne m'ennuie jamais avec Maurice ; chaque jour est différent et chaque nuit est remplie des facéties et des traits d'esprit de ses amis artistes. Celui que je préfère c'est Zola ; il m'offre toujours un livre quand il passe à l'atelier. Hier, il m'a apporté Le Docteur Pascal, *le dernier volume de sa célèbre série* Les Rougon-Macquart.

– Ce roman évoque la science par opposition au destin, dit-il en me le tendant.

J'en commençai immédiatement la lecture et je suis subjuguée par la formidable limpidité de son écriture et par sa capacité d'observation.

17 mai 1893

Hier, nous avons assisté à une représentation au Moulin rouge, *qui était incroyable !*

La grande salle a toujours l'air belle et chic, même si très enfumée. Se distinguant par le moulin à vent rouge sur le toit, elle se targue d'une atmosphère plus chic que Le Chat noir. *Je portais mon ensemble vert avec des boutons de rose sur le chapeau assorti. Toulouse-Lautrec était avec nous et, au début, j'en fus ravie. Nous avons discuté de son affiche* Moulin rouge *présentant La Goulue, mais lorsque je le complimentais sur son chef-d'œuvre, il se contenta de rire. Le petit homme me souffla la fumée de sa cigarette au visage jusqu'à ce que les yeux me brûlent. Quand je frottais mes larmes, il minimisa à nouveau son talent et rit.*

– Ma chérie, tu as mauvais goût, Charles Zidler m'a payé en boissons gratuites pendant un an, rien de plus, déclara Toulouse-Lautrec.

Ses tableaux ne se vendent pas bien, alors ce sont des propositions auxquelles il a du mal à résister. Lorsque je lui demandais pourquoi il buvait si diablement, il m'a répondu que l'alcool lui permettait d'oublier sa laideur.

Je me retournai vers Maurice à nos petites tables près de la scène, lorsque l'ambiance devint plus grossière. Les danseuses Jane Avril et La Goulue apaisèrent l'atmosphère avec leurs silhouettes graciles et je devins assez jalouse quand je vis l'admiration avec laquelle Maurice les observait. Après leur performance, tout le monde, même les femmes, se mit à danser le cancan et je demandai à Maurice de me ramener à la maison. Je n'arrivais pas à suivre le rythme de ces femmes. En partant, j'aperçus de loin Thomas avec sa traînée. Je crois pouvoir dire qu'il ne nous a pas vus – je le déteste tellement. Je dois sous peu obtenir le divorce de ce diable à sang froid. Je n'ai pas dit à Maurice que je l'avais vu, car je ne voulais pas gâcher la soirée. Sur le chemin du retour, le visage de mon amour brillait comme les pierres précieuses à la lumière de la lune. Il avait passé son bras autour de mon épaule.

18 mai 1893

Je suis toujours dans notre chambre, et je jette un coup d'œil dans le salon, où Maurice se tient à côté de Peter, qui peint. Peter porte une des blouses blanches de Maurice, dans laquelle il nage. Ses adorables petits bras et jambes dépassent. Maurice guide sa main sur la toile pour peindre une femme.

– C'est Maman, dit Peter en terminant la robe violette.

20 mai 1893

Aujourd'hui, nous sommes finalement allés aux Folies Bergère *pour voir le célèbre spectacle de la danseuse américaine Loïe Fuller –* La Danse serpentine. *Édouard Marchand, le directeur, l'a présentée avec une immense fierté. Elle n'est pas jolie mais cette femme réalise une incroyable performance dans son costume de soie qui tourbillonne. Elle met tout son cœur et toute son âme dans sa danse d'un rêve blanc, tout en tournoyant avec une impeccable coordination, sous un jeu de lumière très moderne.*

– Sorcellerie, déclara notre ami Émile Zola.

Je me contentai de prendre une autre gorgée de mon verre et de la contempler. Je ne pouvais détacher mon regard d'elle. J'avais la chair de poule tout du long et je me sentais en avance sur notre temps. J'allai au lit, aveuglée par la lumière, la joie au cœur et l'esprit admiratif.

19 juin 1893

Hier, nous sommes passés en coup de vent à l'atelier de Toulouse Lautrec. Il est sale et encombré de meubles adaptés à un nain, et ses toiles couvrent chaque centimètre des murs. Il prenait des verres avec Auguste Vaillant, qui nous a raconté sa vie. Il est le fils d'une mère célibataire qui a dû mendier dans les rues quand il était enfant. Il n'a jamais réussi à conserver un emploi et a été cordonnier, fourreur, épicier et forgeron – tout cela sans succès. Ses tentatives pour mener une existence décente en Argentine échouèrent et il ne gagne pas un sou à Paris, mais je fus sous le choc quand il se présenta comme un anarchiste. Je ne pus dissimuler mon épouvante quand il me dit vouloir venger Ravachol ; je suis tentée de le signaler à la police.

Puis, je demandai à Toulouse-Lautrec ce qui est arrivé à ses jambes, et pour la première fois, il m'a raconté son éducation d'aristocrate en pointant la photographie d'un magnifique château accrochée au mur. Le Château du Bosc, où il passait ses étés durant son enfance, formé pour devenir un héritier.

– Aucun de mes ancêtres n'a jamais travaillé et, sans aucun doute, ils n'apprécient pas une seule de mes toiles, dit-il.

Un jour, alors qu'il était petit, le père d'Henri revint d'une chasse à courre. Henri, excité de le retrouver, descendit l'escalier en courant, chuta et se cassa les jambes. Les médecins firent tout ce qui était en leur pouvoir, mais elles cessèrent de grandir. La partie supérieure de son corps se développa, alors que ses jambes demeuraient celles d'une enfant, faisant de lui un handicapé.

– Ne te qualifie pas ainsi, protestai-je et je le complimentai sur sa dernière toile encore sur le chevalet.

Je le suspecte de jalouser les talents de Maurice – il le ridiculise sans cesse et il critique son travail –, mais Maurice est trop aimable pour se rendre compte que Toulouse-Lautrec est devenu une âme sombre et triste. Il détourne Maurice de son travail en lui proposant beaucoup trop d'absinthe et de cocktails américains. Je dois éloigner Maurice de lui.

20 juillet 1893

Cet après-midi, nous nous sommes installés dans un petit café et Maurice a commandé des bières. Il a pris ma main et a commencé à réciter du Charles Baudelaire.

– « Eh ! qu'aimes-tu donc, extraordinaire étranger ? – J'aime les nuages… les nuages qui passent… là-bas… les merveilleux nuages ! » Et par-dessus tout, je t'aime, ma chérie, jusqu'au soleil aller et retour.

Personne ne m'a jamais parlé ainsi.

J'étais gênée ; il me déclare sans cesse son amour.

Il veut nous peindre Peter et moi afin de nous saisir pour l'éternité.

21 août 1893

J'ai vendu mes bijoux et mes robes Charles Worth, mais mon argent continue de diminuer jusqu'à disparition totale car je paie pratiquement toutes nos dépenses et nous n'avons rien à manger. Les toiles de Maurice se vendent mais à des prix peu élevés. Les jours et les nuits se confondent car nous consommons de grandes quantités d'absinthe. Peter devient agité quand je suis ivre et il me demande ce qui ne va pas. Je dois arrêter de boire autant. Maurice a commencé le portrait ; il déclare que je suis sa muse. Il fait des croquis de nous sur le toit terrasse avec des roses blanches. Pour lui, nous évoquons une déesse et son ange.

Cinq heures de l'après-midi

Avec prudence, Peter et moi avons escaladé l'échelle qui conduit à la terrasse et qui domine la ligne étagée des mansardes. J'étais d'une humeur exceptionnelle. C'était une chaude journée d'été et le soleil caressait nos visages, frôlés par une brise légère. J'étais heureuse de porter ma robe en satin bleu clair. Maurice n'a pas cessé de me faire des compliments. D'après lui, la robe révélait à merveille ma généreuse poitrine et ma silhouette gracile. Il ne m'a jamais regardé avec un tel désir. Il dit que mes yeux sombres sont mystérieux et il me demande de ne pas sourire pendant notre séance.

1er septembre 1893

Peter a débuté l'école et il apprécie cette nouvelle stimulation. Grâce aux lois Jules Ferry, l'école primaire est gratuite et il apprend à compter et à réciter l'alphabet.

21 septembre 1893

Je me suis réveillée entourée des deux personnes que j'aime le plus au monde et j'ai pris le petit déjeuner avec elles : des croissants, de la baguette et des œufs avec de la bière pour Maurice et du lait pour Peter. Babette l'emmène ensuite à l'école. Aidé par les premiers rayons du matin, Maurice commence à me peindre. Je suis assise et je suis regardée, décortiquée, examinée à la loupe. À chaque coup de pinceau, je me sens plus importante et plus fière. Aujourd'hui il faisait beau et doux, plus chaud encore qu'hier. Maurice m'a encore flattée : mon teint est frais comme la rosée, encore plus que celui de Peter.

Quand Peter revient de l'école, il grimpe sur mes genoux et Maurice peint mon petit ange. Il nous instruit tout au long des séances de modèle.

– Ma chérie, dit-il, s'il te plaît bouge ta magnifique tête un peu plus vers la droite et redresse légèrement ton menton, puis regarde-moi de haut avec ce regard sombre et majestueux.

Il me fixe un long moment et ne semble pas entièrement satisfait. Je commence à me sentir mal à l'aise.

– Les doigts de ta main droite, peux-tu entourer Peter avec ? À présent, lance-moi un de tes coups d'œil intenses et esquisse-moi un sourire, lèvres closes. Arrangeons tes cheveux, ajoute-t-il, en laissant quelques mèches retomber librement de mon chignon et en décalant mes épaules plus vers la droite.

– Tu peins aussi mon petit ange ? je lui demande.

– Bien sûr, mais nous devons d'abord te représenter à la perfection.

Puis il cesse de parler et s'absorbe dans sa tâche. De mon côté, je me perds aussi dans mes pensées, dérivant dans un rêve récurrent où j'étends mes ailes blanches et je vole au-dessus de l'océan déchaîné, observe l'écume des vagues qui se fracassent. Peter est sur mon dos et de la sorte, nous découvrons le monde sans effort et sans limites. Les saisons vont et viennent, et le temps change, mais nous deux continuons notre chemin, en volant vers le soleil brûlant. Plusieurs heures s'écoulent et Peter s'endort. Maurice ne m'autorisera pas encore à voir la peinture.

2 novembre 1893

Nous avons décidé de passer les vacances scolaires de la Toussaint à Honfleur, loin de l'absinthe et de la décadence parisienne. Les commandes pour des œuvres de Maurice sont en augmentation. Vollard, le mécène, galeriste et éditeur, est un génie. Il vend du Van Gogh, du Cézanne et d'autres impressionnistes à des prix extraordinaires. Vollard a vendu des douzaines de toiles réalisées par Maurice la semaine dernière. À présent, nous sommes invités partout. J'ai du mal à avoir Maurice pour moi seule et il néglige notre tableau à Peter et moi. Je suis tellement curieuse de le voir. À la campagne, nous aurons la paix.

Honfleur, 9 novembre 1893

L'automne à Honfleur est merveilleux : avec les arbres mouchetés de rouge et d'orange, l'odeur des feux de bois et le froid vif de l'air marin. Maurice adore notre cottage. Il est différent ici. Il coupe du bois, et allume des feux de cheminée ronflant chaque après-midi. Je nous cuisine souvent à dîner avec du poisson, que nous arrosons de vin blanc ; parfois nous soupons à l'auberge avec Boudin. Je suis soulagée d'échapper au tumulte de Montmartre et de passer du temps avec Maurice et Peter près de l'océan apaisant.

11 novembre 1893

Aujourd'hui, Maurice nous a dévoilé La Rose blanche *avec théâtralité. L'extrême beauté qui s'échappait de la toile m'a stupéfaite avant de s'infiltrer sous ma peau. La femme avait l'air encore plus captivante que Mona Lisa et son sourire était mystérieux, le coin droit de sa bouche relevé. Les lèvres rouges peintes par des touches épaisses sont irrésistibles. Au départ, je ne me suis pas reconnue dans le spectacle de cette femme et de cette mère sûre d'elle. Le bleu infini de l'horizon, les yeux sombres, perçants, intelligents de la femme d'une couleur non identifiable (marron mêlé de nuances bleues et vertes), avec des pupilles qui paraissaient en mouvement, semblaient regarder le spectateur, tout cela m'a captivée.*

– Tu aimes ? s'enquit Maurice d'une voix mal assurée.

La palette de Maurice n'a jamais été aussi épaisse et riche. Cette peinture surpasse n'importe quel artiste et j'ai lâché un cri de joie.

– Maurice, c'est merveilleux, dis-je en l'entourant de mes bras.

Je n'arrive pas à arrêter de le contempler. Il m'a représentée plus jeune et plus mince, avec une peau d'ivoire, de porcelaine, et une abondante chevelure foncée relevée en chignon. Peter ressemble à un chérubin aux joues roses et des roses blanches magnifiquement rendues occupent la moitié de la toile.

Maurice veut accrocher le portrait dans notre salon de Montmartre, mais je préfère que nous le mettions dans notre chambre ou que nous le laissions ici à Honfleur.

Le soir, Boudin, Pissarro, Monet, et Sisley vinrent au cottage pour voir le chef-d'œuvre*. *Tous parurent saisis par l'œuvre. Monet proposa à Maurice de l'intituler* Impression : Marie Anne et Fils, *mais Maurice protesta en disant que c'était sa* Rose blanche. *Selon Boudin, les petits et néanmoins visibles coups de pinceau, malgré leur finesse, la composition libre et la représentation éblouissante de la lumière faisaient de* La Rose blanche *un chef-d'œuvre. Pissarro l'examina avec attention avant de s'exclamer : « Attendez que Vollard le voie. » Pour fêter ça, nous fîmes rôtir un gros faisan et nous portâmes des toasts à chacun de nous jusqu'aux petites heures du matin.*

15 novembre 1893

Maurice était nerveux ce matin. Je n'arrivais pas à comprendre pourquoi. Pendant notre balade quotidienne le long de la plage, il parut plus tendu que d'habitude. Il avait apporté une flasque et il buvait de la vodka tout en me proposant d'en boire aussi. Je pris une gorgée et je le questionnai sur ses toiles, mais il se contenta de boire davantage. Puis Peter a couru vers nous.

16 novembre 1893

Ce matin, Maurice s'est agenouillé et m'a demandée en mariage. J'étais à peine réveillée, encore allongée dans le lit et incapable de répondre. Il m'a glissé au doigt une magnifique bague avec une aigue-marine ronde – infiniment plus belle que le rubis ovale offert par Thomas, que j'ai vendu il y a si longtemps.

– Mais je suis toujours mariée, dis-je.

Il m'a supplié de l'épouser une fois que je serai libre. Je l'en assurai en ajoutant que je projetais de voir mon avocat, Monsieur Pepit, une fois revenue à Paris.

Je n'eus pas le cœur de le formuler, mais je crains que Thomas ne m'accorde jamais le divorce. Peut-être Marguerite Durand pourra-t-elle m'aider. Elle lutte sans relâche pour le droit des femmes. Depuis la demande de Maurice, des pensées sur mon mariage à l'église de la Madeleine remplissent mon esprit. Je croyais sincèrement que mon mariage avec Thomas résoudrait mes problèmes. Comme je me trompais ; notre union commença à se déliter dès notre retour de lune de miel. Malgré l'argent, les bals somptueux et les soirées à l'opéra, je me suis rapidement sentie prise au piège d'un mariage dépourvu d'amour et Thomas m'a usée à force de froideur et avec ses aventures.

Comment puis-je être certaine que le mariage avec Maurice sera différent ? Peut-être tous les hommes changent-ils après le jour des noces ? Non, je ne peux pas me remarier ; ce serait ridicule. Ni prendre le risque d'avoir un autre enfant. Dans quel genre de monde cette créature innocente verrait-elle le jour ?

10 décembre 1893

Hier, l'anarchiste Auguste Vaillant a fait ce qu'il avait menacé de faire pendant des mois : il a balancé une bombe à la Chambre des députés. Il n'y a pas eu de victimes, à peine quelques contusions, et la réunion s'est poursuivie comme d'habitude aussi surprenant que cela puisse paraître. Malgré tout, Vaillant a été condamné à la peine de mort. Enfin, les lois désignant l'anarchisme comme une infraction pénale vont être adoptées. J'espère que cela va dissuader une bonne fois pour toutes les futurs anarchistes.

29

Le Mensonge

> « Si vous cherchez la perfection, vous ne serez jamais satisfait. »
>
> Léon Tolstoï (1828-1910)

– Tu es maigre et si pâle, déclara Margot en me préparant une tasse de café.

Je me détendis dans mon rocking-chair préféré et lui racontai ma visite au professeur Mhost.

– Il veut devenir le spécialiste mondial de Danet. C'est pour ça qu'il se mettait en travers de mon chemin.

J'évoquai sa collection des œuvres de Danet, et la vente des *Danseuses* où il avait surenchéri.

– J'ai vu le tableau accroché dans son hall d'entrée, dis-je, sur le ton de la colère. Je lui parlai de son ouvrage et de sa proposition de collaboration.

– Tu vas l'aider ? demanda Margot.

Je secouai la tête.

– Mais Jérôme et moi avons eu une bonne idée.

J'exposai à Margot notre plan de changer de sujet et de consacrer ma thèse à Boudin.

– Boudin ? Tu en sais suffisamment sur lui ? s'enquit-elle. Je suis d'accord, changer de directeur de thèse ne fera qu'amplifier la haine de Mhost. Mais si tu optes pour un autre sujet maintenant, tu dois connaître parfaitement l'artiste.

– Jérôme pense que c'est…

Margot intervint :

– Vivian, je dois te dire quelque chose au sujet de Jérôme. J'ai embauché un détective privé pour jeter un œil à son passé…

– Tu as fait quoi ?

Je dévisageai Margot, surprise.

– Il a une histoire assez crapuleuse.

Elle me tendit un rapport imprimé. Jérôme avait été un délinquant juvénile impliqué dans des cambriolages, des vols de voitures, et des vols à l'étalage. La police n'avait pas réussi à le coincer une fois adulte, mais presque chaque fois qu'il apparaissait pour photographier un événement dans la haute société, une œuvre d'art ou des bijoux venaient à disparaître.

– Chérie, on le suspecte d'avoir pris part à des vols de bijoux et on le croit impliqué dans un réseau de drogue et de voitures volées.

– Ce doit être un autre Jérôme Moiras, dis-je en feuilletant le rapport, qui confirmait les dires de Margot.

Je ne connais absolument pas mon mari, songeai-je, parcourue d'un frisson.

– Chérie, je crois que tu devrais le quitter et emménager avec moi.

Submergée par l'incertitude, je dévisageai Margot.

– Pour l'instant, tu n'as aucune raison de t'inquiéter. Il est retourné en France – il ne sera pas de retour avant dimanche.

J'enfilai mon manteau.

– Je dois aller en cours, mais je t'appellerai demain.

Le cours fini, je me rendis dans le bureau du professeur Mhost pour l'informer de mon changement de sujet.

– Vous laissez tomber Maurice Danet ? s'étonna-t-il.

– Boudin vivait à la même époque… En fait il était ami avec Danet, répondis-je. Vous savez que je me passionne pour Danet, mais selon moi, il est préférable que je vous aide à rédiger un ou deux chapitres, une fois mon diplôme obtenu.

– Cela me paraît une bonne chose. Quel angle souhaitez-vous choisir ? me questionna-t-il. On a beaucoup écrit sur Boudin – il est assez célèbre aujourd'hui.

– Je me concentrerai sur Honfleur et l'influence qu'il a exercée sur Danet, Sisley et Pissarro.

– Intéressant. Vous pouvez m'envoyer une proposition de nouveau sujet dès demain.

Il retira plusieurs livres d'une étagère derrière lui.

– Ils vous seront d'une aide inestimable.

J'examinai les titres : deux étaient des sources primaires car des lettres écrites par Boudin à Maurice Danet ainsi qu'à d'autres artistes, et l'autre contenait des extraits du journal de Boudin.

Je rentrai au loft et m'affalai sur le lit. J'essayai de m'endormir mais je n'arrêtai pas de tourner et de me retourner en pensant au rapport que Margot m'avait montré.

Ma tête tambourinait et ma langue brûlait d'avoir trop bu. Comme d'habitude, Jérôme avait déposé une bouteille de whisky près de mon lit. Je lui avais pourtant dit que j'essayais d'arrêter de boire.

– S'il te plaît, aide-moi, lui avais-je demandé la semaine précédente.

– Tu n'as aucun problème avec l'alcool, avait-il insisté en buvant une gorgée de mon gin tonic, pendant que nous regardions un film.

Il avait posé mon verre sur la table.

Incapable de résister à la tentation, je bus la moitié de la bouteille, le ventre vide. Je dus perdre connaissance à un moment donné, parce que lorsque je m'éveillais, il était huit heures du matin, et ma tête me faisait mal. Je voulais me rendre à la cave. *Je peux le faire*, me dis-je en me forçant à me lever et en gagnant la salle de bains, pliée en deux. Mais je m'écroulai aussitôt et je retournai au lit. Un brin de sommeil supplémentaire soulagerait sans doute ma douleur. Je retournai dans mon lit en tirant la couverture sur ma tête. Quand je jetai un autre coup d'œil à l'heure il était midi, mais je ne me sentais absolument pas mieux. Je me levai et m'obligeai à m'habiller. L'effort me fit courir jusqu'à la salle de bains et je crachai de la bile. La tête au-dessus des toilettes et le regard fixé sur la substance gluante jaunâtre, ma rage grandit. Il fallait que je découvre ce que Jérôme cachait.

Je me mis debout tant bien que mal, j'attrapai mon sac et descendis avec l'ascenseur jusqu'au sous-sol obscur et humide. En bas, des toiles d'araignées, une odeur écœurante, et une faible lumière. Je vomis à nouveau, mais je persévérai. *Je dois découvrir ce qu'il manigance.* J'essayai le code que j'avais recopié sur le box 13 et les nombres magiques ouvrirent la porte. J'entrai et clignai des yeux pour m'adapter à la faible lumière. Je hurlai lorsqu'une souris me passa sur les pieds. J'en eus l'estomac tout retourné. Malgré tout, je commençai à ouvrir le premier meuble, qui révéla des fournitures photo basiques. À côté, une pile de cartons contenait d'anciennes photos de mondanités couvertes par Jérôme. Sur une étagère, des tirages et des négatifs, mais dans le fond, il y en avait d'autres encore. Ce box comptait au moins une vingtaine de placards et encore plus de cartons, de sacs en plastique et de valises de toutes tailles. Dans un placard tout au fond, je découvris plusieurs uniformes de police. *Que fait-il avec ça ?* me demandai-je – terrifiée à l'idée de connaître si mal mon époux.

J'ouvris la fermeture Éclair d'un sac en plastique et en ressortis une peinture ; c'était le Degas volé – *Ludovic Lepic et ses filles* –, les deux petites vêtues de blanc et la plus grande portant une écharpe rouge et un chapeau noir sur sa chevelure blonde. Dans l'autre sac fermé, il y avait un Cézanne : *Le Garçon au gilet rouge*. Après avoir découvert d'autres toiles, je jetai un œil aux valises et je trouvai la bague au diamant rose. *Il est sans pitié*, pensai-je, mon cœur battant la chamade. Je mis la main sur vingt-trois colliers de diamants dans une autre valise. Je n'étais jamais entrée dans une pièce qui rassemblait autant d'objets de valeur. Mes mains tremblaient en les touchant. Puis je déballai un tableau d'une taille imposante et mon cœur cessa de battre.

Quel bâtard ! C'était *La Rose blanche*. Je contemplai fixement la toile, ma perle rare, coincée ici entre des toiles d'araignées et des souris. J'éprouvai le besoin de la caresser, de l'examiner de près, en espérant qu'elle n'ait pas été abîmée. Comment avait-il pu ?

Même dans ce recoin sous terre, le tableau était plus beau que dans mon souvenir. Les ombres rendaient Marie Anne encore plus jolie avec sa chevelure d'acajou, et son diadème rose que je n'avais jamais remarqué auparavant, dissimulé dans l'épaisseur des cheveux. Le scintillement ressemblait à un halo et il me fit entrevoir une lueur d'espoir.

– Je vais te sortir de là, dis-je. En prononçant ces mots, je ressentis une joie soudaine.

Des larmes roulèrent sur mes joues, mais c'était de bonheur. Je scrutai le tableau. L'espace d'un instant, j'oubliai où je me trouvais, tellement notre union était forte. Peter avait l'air innocent et un regard vif. Les longs doigts de Marie Anne légèrement enroulés autour de son fils le protégeaient et le caressaient en même temps. Elle portait encore sa bague toute simple de fiançailles. La mère et l'enfant paraissaient une seule et même personne sur le portrait – inséparables –, et je me sentais comme une part d'eux-mêmes. Comme une trinité.

Il va se détériorer s'il reste ici plus longtemps, me dis-je. Le lieu était humide, froid, et l'odeur atroce. Il me fallait quitter la pièce sur-le-champ, mais lorsque je me retournai vers la porte, elle se referma dans un claquement.

– Non ! hurlai-je.

Je courus composer le code, mais il ne fonctionna pas. Apparemment, celui qui ouvrait la porte de l'intérieur était différent. Je saisis désespérément chaque combinaison de nombres qui me vint à l'esprit mais en vain – j'étais piégée.

30

10 janvier 1894

À vingt-cinq ans seulement, ma situation est déjà désespérée. Thomas ne m'accordera jamais le divorce – c'est une malédiction éternelle, car j'ai du sang sur les mains. Je n'aurais jamais dû épouser ce meurtrier.

Aujourd'hui, j'ai rencontré mon avocat, Monsieur Pepit, dans son bureau de Saint-Germain-des-Prés, une pièce lumineuse avec vue sur l'église. Cependant, ses mots ont assombri mon humeur. Il a confirmé mes craintes : depuis 1884, le divorce n'est rendu possible qu'au motif d'une faute conjugale, comme la condamnation pour crime sérieux. Un divorce par consentement n'est plus possible ; de plus, la loi interdit à un homme ou une femme adultère d'épouser son amant ou amante.

– Eh bien, il a eu des aventures, ai-je dit. Je l'ai vu plusieurs fois en compagnie de sa gourgandine, dont récemment au Moulin rouge, *et il m'a frappée.*

– Cela n'a pas d'importance, a déclaré Monsieur Pepit. Même si vous dites que Thomas vous a trompée, il n'en demeure

pas moins un homme influent à Paris, et il est préférable que vous fassiez profil bas.

– Il s'est montré violent envers moi : il m'a donné des coups de poing et m'a jetée au sol.

– Ce sera difficile à prouver devant un tribunal, je vous conseille vivement d'y réfléchir. On accorde peu de divorces ces derniers temps, princesse.

Je protestai. Je me faisais appeler à présent Madame Danet. Si nous restons à Paris, je ne pourrai jamais épouser Maurice. C'est désolant. Peut-être pourrions-nous mener une existence simple avec Peter à Honfleur, entourés d'artistes. Mais mes amis me manquent, comme la comtesse Greffulhe. C'est ainsi que notre première dispute a éclaté.

– Tu es frivole, a déclaré Maurice. Et dépendante de l'opinion des gens – tes soi-disant amis.

– Je ne vivrais pas avec toi si c'était le cas, ai-je aboyé en regrettant instantanément ces mots.

Cela a empiré encore et encore.

C'est tellement affreux de se disputer. J'aime vraiment Maurice – je dois me montrer forte. Je commence à souhaiter la mort de Thomas. Après, j'hériterais de sa fortune, et Maurice et moi n'aurions plus de problèmes financiers et nous serions acceptés en société. Ce serait la solution à tous nos problèmes.

16 mars 1894

Les anarchistes causent d'énormes ravages dans Paris et la situation se dégrade chaque jour. Il y a un mois, une bombe a explosé : on l'avait placée dans une gamelle métallique au milieu d'un restaurant animé. Il y a deux semaines, Émile Henry a fait exploser une bombe dans le Café Terminus, *et a tué des innocents qui menaient leur vie de tous les jours. Il y a une semaine des anarchistes ont fait sauter une autre bombe – cette fois dans un petit hôtel. La propriétaire a été mortellement blessée et de nombreux locataires ont été touchés. Aujourd'hui, il y a eu une autre explosion dans l'église de la Madeleine. Par chance, la bombe s'est déclenchée trop tôt et elle n'a tué que l'anarchiste qui la lançait, bien que plusieurs personnes fussent blessées. Je suis à peine sortie de l'atelier durant le dernier mois et j'ai retiré Peter de l'école.*

4 avril 1894

Hier, Maurice a fait une vente importante de l'un de ses paysages urbains parisiens vus de Montmartre. Il m'a invitée à un dîner de célébration dans le restaurant en face du Palais du Luxembourg. Je portais la robe Charles Worth bleu pâle de la peinture. Maurice m'a couverte de compliments – il est encore plus attentionné depuis notre première dispute. À l'instant où le serveur nous versait du champagne, nous avons entendu une bruyante explosion et les fenêtres ont volé en éclats, des bris de verre étaient projetés dans tous les sens et les clients plongeaient sous les tables.

– Cours, dit-il en attrapant ma main.

Nous nous sommes précipités hors du restaurant.

Mon cœur martelait ma poitrine et je redoutais de m'évanouir. Arrivés à l'atelier, je me suis jetée sur le lit, épuisée, mais je fus incapable de m'endormir, car mon cœur continuait de s'emballer à cause de la peur.

5 avril 1894

La presse rapporte que l'attentat à la bombe était encore l'œuvre des anarchistes mécontents de la Troisième République.

C'est monstrueux. Ces bâtards ont posé une bombe dans une jardinière sur le rebord d'une fenêtre et au moins trois personnes ont été gravement blessées. Deux suspects ont déjà été appréhendés. Étant donné le règne de la terreur, les Parisiens fuient la ville en masse. J'exhorte Maurice à déménager à Honfleur, mais selon lui, nos vies ne sont pas en danger. Je ne comprends pas pourquoi il se voile la face. J'ai décidé d'emmener Peter à Honfleur s'il y a un autre attentat dans les jours qui viennent. Il n'y a pas encore eu d'incidents à la campagne, et je dois penser à Peter. Je déteste l'idée de laisser Maurice derrière moi pourtant – je dois essayer de lui faire entendre raison.

25 juin 1894

Sadi Carnot, notre Président, a été assassiné hier à Lyon. Caserio, un Italien dément, l'a poignardé. Nous vivons une époque horrible. Je ne me sens plus en sécurité en France. Casimir Périer est le nouveau Président à l'Élysée. Je ne l'envie pas.

15 octobre 1894

Le capitaine Alfred Dreyfus a été arrêté pour trahison, mais je ne peux faire taire mon sentiment. D'après moi, il est innocent. Il n'y a pas de raison réelle. En ces temps de tension, tout paraît possible.

2 novembre 1894

Le tsar Alexandre III est mort hier dans son lit. Il y a des changements partout à l'horizon. Je souhaite le meilleur à Nicolas II, mais d'après ce que je lis, la Russie traverse une période très agitée.

28 novembre 1894

Aujourd'hui, Zola a entamé une discussion houleuse à propos du capitaine Alfred Dreyfus, reconnu coupable de trahison et d'avoir transmis des secrets militaires français aux Allemands. Zola est convaincu de l'innocence de Dreyfus. Je suis d'accord avec lui et je trouve l'antisémitisme parisien intolérable.

– L'homme sera probablement condamné à perpétuité pour un crime qu'il n'a pas commis, seulement parce qu'il est juif.

Je suis fatiguée de toute cette haine dans la ville et je veux partir, mais Maurice dit que Montmartre est sa source d'inspiration et qu'il a besoin de l'énergie de la ville pour travailler.

20 janvier 1895

Zola est revenu à l'atelier aujourd'hui avec son livre sur la vie paysanne.

– Puisque tu parles toujours de déménager à la campagne, je parie que tu aimeras celui-ci, dit-il en me tendant La Terre.

J'en commençai la lecture et je le trouve charmant – cela me donne envie de déménager en Beauce dans le Centre de la France. Ce passage est mon préféré : « C'était ainsi, il y avait du mal partout, il fallait se tuer de travail, et ne pas se plaindre. Peu à peu, d'ailleurs, une douceur berçante montait des grandes pièces vertes qu'il longeait. De légères pluies, en avril, avaient donné une belle poussée aux fourrages. Les trèfles incarnats le ravirent, il oublia le reste. Maintenant, il coupait par les labours, pour jeter un coup d'œil sur la besogne de ses deux charretiers : la terre collait à ses pieds, il la sentait grasse, fertile, comme si elle eût voulu le retenir d'une étreinte ; et elle le reprenait tout entier, il retrouvait la virilité de ses trente ans, la force et la joie. Est-ce qu'il y avait d'autres femmes qu'elle ? »

Comme ce serait bon de m'échapper à la campagne avec mes deux hommes préférés.

21 janvier 1895

Aujourd'hui, j'ai lu la terrible nouvelle dans Le Petit Journal. *Dreyfus devra passer cinq ans sur l'île du Diable en Guyane française, tandis qu'un coupable diabolique se balade parmi nous. C'est un déshonneur pour la France.*

28 décembre 1895

Aujourd'hui, Maurice avait préparé une surprise phénoménale pour Peter et moi. Sans nous révéler pourquoi, il nous a poussés à l'accompagner au Grand Café *près de l'Opéra. Au départ, j'étais réticente à y aller, car j'étais tout à fait consciente que le siège du Jockey Club se situait juste au-dessus du café, et je ne voulais pas tomber sur Thomas. Malgré tout, Maurice me convainquit et je suis heureuse de l'avoir fait.*

Il nous conduisit dans l'arrière-salle du café, appelée le « salon indien », où quarante personnes étaient assises. Plusieurs d'entre elles examinaient une petite machine qui ne paraissait être rien de plus qu'une boîte en bois avec une manivelle.

– C'est le cinématographe, chuchota Maurice.

Deux hommes, les frères Lumière, firent un bref discours, puis la pièce fut plongée dans l'obscurité. Nous étions assis là ébahis de voir des images traverser l'écran. Nous avons regardé dix épisodes d'« images en mouvement » – l'une d'un garçon qui donnait des raisins à deux petites filles, une autre d'un train, une troisième de travailleurs sortant d'une usine, et une autre encore d'un tout-petit qui faisait ses premiers pas – aucun d'entre eux n'excédait une minute. Peter était ravi, comme s'il contemplait un spectacle de magie, tandis que j'étais sidérée par ce dernier cadeau de la technologie. Cela avait l'air si réel.

31

La Cave

> « Il n'y a qu'un problème philosophique vraiment sérieux : c'est le suicide. »
>
> Albert Camus (1913-1960)

Alors que j'achevais la lecture de cette phrase, l'unique ampoule du box chuinta, clignota, avant de griller. Une odeur déplaisante se propagea dans la pièce. J'étais à présent assise dans l'obscurité totale, submergée par l'odeur de moisi et de moût. *Injustement emprisonnée, comme Dreyfus.* Je pensai me remémorer les derniers mots que j'avais lus. Le silence me flanquait la trouille et ma situation me donnait la fièvre. Désespérée, je plongeai la main dans mon sac à la recherche d'un papier et d'un stylo. À tâtons, j'écrivis À L'AIDE en espérant que mon écriture serait lisible. Je glissai le papier sous la porte. Je savais à quel point ce geste était futile mais il fallait que j'agisse.

– Je survivrai, dis-je à voix haute.

Du moins je l'espère, pensai-je.

Certaines toiles étaient enroulées dans de vieilles couvertures ; je me frayai un chemin à travers les ténèbres, je déballai maladroitement une des couvertures et l'étalai sur la froideur du béton. Je m'allongeai dessus. Cependant, la peur que des rongeurs me rampent dessus m'empêcha de m'endormir. J'étais dans le box depuis des heures et je me demandai combien de temps encore je serais capable de survivre dans cet espace confiné, dépourvu de tout orifice. *Va-t-il y avoir suffisamment d'air ?* m'interrogeai-je alors que la panique grandissait en moi. Elle allait et venait en vagues dangereuses comme sur la côte de l'océan Atlantique. Mon estomac se serra, j'eus une crampe et je me levai, espérant soulager la douleur. Dans le noir total, j'entendis un grattement dans un coin. Je m'agenouillai et récitai mentalement le *Je vous salue Marie*, lorsqu'un rat courut sur mes pieds. Je hurlai. Je continuai de crier quelques minutes encore, en vain. Malgré tout, je beuglai à nouveau jusqu'à ce que ma voix s'enroue. Puis je martelai les murs pour que quelqu'un m'entende. Je me rappelai une chaise en fer dans un coin et je traversai lentement le petit espace. Un carton me fit trébucher sur le chemin jusqu'à la porte et le siège lourd me tomba sur le pied.

– Aïe ! hurlai-je, mais bizarrement la douleur réveilla mon esprit.

Je gagnai la porte et fracassai la chaise contre elle de toutes mes forces. Le fer ne céda pas. À présent, mon cœur battait à tout rompre, une chaleur me parcourait le corps et je respirai avec peine. En sueur, j'ôtai mon sweat et mon jeans, mais ma détresse ne fit qu'augmenter. Je donnai un coup de pied dans la porte, la cognai avec mes poings. Prise de vertige, je m'écroulai au sol. Une tension persistait dans ma poitrine. J'étais épuisée. *Je ne sortirai jamais d'ici*, pensai-je furieuse contre moi-même de ne pas avoir pensé à bloquer la porte. *J'aurais dû la caler avec la chaise !* J'essayai de me souvenir s'il y avait une autre ouverture dans la pièce, mais je ne me rappelai pas en avoir vu.

Je m'efforçai de me relever mais le sol se déroba sous mes pieds. Des pensées désordonnées me traversèrent l'esprit à toute allure. Je rejouais sans cesse mentalement des scènes de mon existence. J'entendais la voix de ma mère et je faisais le vœu d'être avec elle. Un sommeil léger accompagné de visions de mes parents, de Margot, puis de Jérôme me gagna.

Des heures plus tard, j'entendis des pas à l'extérieur, mais ensuite tout fut silencieux à nouveau et je crus que je les avais imaginés. Je craignis que ce ne fût Jérôme. *Il est capable de me tuer.* Mais encore une fois, il aurait pu être mon sauveur. Je tremblai, je devais dire quelque chose, mais j'avais la bouche sèche.

– Bonjour, dis-je d'une voix éraillée.

– Vivian ? hurla Margot. Où es-tu ?

– À l'aide, je suis enfermée, dis-je faiblement. Box 13, ajoutai-je.

– Tenez-vous éloignée de la porte, lança soudain une voix d'homme.

Je me traînai jusqu'au coin opposé du cube sombre, en tombant en cours de route. Puis, on percuta violemment la porte. À force de coups de bélier, la porte finit par sortir de ses gonds avec un bruit assourdissant. Des lampes de poche trouèrent les ténèbres, et deux officiers de police et Margot pénétrèrent dans le box.

– Vivi, tu vas bien ? me questionna Margot en me prenant dans ses bras.

Des larmes de soulagement me montèrent aux yeux. Margot me tenait si serrée qu'elle me comprimait les poumons, mais en même temps, je n'avais pas envie qu'elle arrête. Puis elle m'examina. Je me sentais sale, froide, mais en sécurité.

– Tu frissonnes, déclara Margot en ramassant mon sweat. Dieu merci, il ne t'est rien arrivé. Tu es ici depuis une éternité.

– Oui, dis-je, ayant recouvré assez de force pour enfiler mes vêtements. Tu avais raison au sujet de Jérôme.

Des larmes inondèrent mon visage.

– J'ai épousé un membre des Pink Panthers. Je suis une idiote, sanglotai-je.

Je reniflai, puis je dis à Margot d'examiner mes trouvailles. Je la conduisis ainsi que les deux policiers dans le box.

– Là-dedans, dis-je en montrant le placard, vous trouverez des uniformes : certains de la police et d'autres de gardes.

– Oh mon Dieu ! s'écria Margot. C'est *lui* le voleur qui s'est déguisé en agent de police pour accéder aux tableaux et les dérober sans recourir aux armes.

J'acquiesçai.

– Apparemment. Et dans cette grosse boîte, tu trouveras *Ludovic Lepic et ses filles* d'Edgar Degas ainsi que *Le Garçon au gilet rouge* de Cézanne.

Je retins un autre afflux de larmes.

– Cette boîte à bijoux contient des trucs coûteux, y compris, je crois, la bague au diamant rose récemment volée. Mais ici, dis-je en traversant la pièce, se trouve la trouvaille la plus troublante de toutes.

Je menai Margot et la police jusqu'au fond et soulevai le drap poussiéreux.

– *La Rose blanche* ! s'exclama Margot. Jérôme l'a volée ?

– Oui.

– C'est incroyable. Que ce type est malhonnête !

– Oui, tu avais raison. Je suis désolée de ne pas t'avoir écoutée.

– L'amour rend aveugle, je suppose, dit-elle avec l'éclat dans le regard qui me faisait sourire. Ma chérie… Je suis si heureuse que tu ailles bien.

Les agents prirent de nombreuses photos et griffonnèrent des notes dans leurs carnets.

– Et quand avez-vous pris conscience de cela ? demanda le jeune officier.

– Seulement la nuit dernière, quand je suis descendue pour fouiller le box. Après que ma tante m'a parlé du rapport sur mon mari…

– Quand avez-vous parlé à Jérôme Moiras pour la dernière fois ? me demanda un officier plus âgé qui portait des lunettes.

– Hier… Il a dit qu'il resterait en France un moment, répondis-je en tremblant.

En passant un bras autour de moi, Margot demanda :

– Pouvons-nous poursuivre cet interrogatoire une autre fois ou au moins dans le loft ? Regardez cette pauvre enfant. Elle a probablement attrapé une pneumonie.

– Un instant s'il vous plaît, l'interrompit le policier d'âge mûr. Saviez-vous quelque chose au sujet des vols ?

– Non, répondis-je en claquant des dents. J'étais complètement ignorante jusqu'à ce que je découvre toutes ces pièces, la nuit dernière.

Tandis que nous montions avec l'ascenseur jusqu'au loft, je méditai. La police me suspectait et me croyait complice. Nous pénétrâmes dans le loft, et l'interrogatoire continua dans la cuisine, où Margot alluma la bouilloire, prépara du thé et fouilla dans les placards à la recherche de sucre.

– Vivian, me demanda-t-elle en me tendant un flacon de pilules, tu prends toujours tes antidépresseurs ? Je croyais que tu en avais fini avec ça ?

Je regardai le flacon en me rappelant l'insistance de Jérôme pour que je continue à les prendre.

– Monsieur, pourriez-vous analyser le contenu de ces médicaments ? demandai-je. Je me suis sentie très mal ces derniers temps et je pense que cela a à voir avec ça. Mon époux ne voulait pas que j'arrête de les prendre.

J'eus de nouveau les larmes aux yeux.

– Messieurs, je dois emmener ma nièce chez moi à présent, dit Margot.

– D'abord, madame, dit un jeune officier, nous devons l'emmener au commissariat pour qu'elle fasse une déposition. Avez-vous une photo de votre époux ?

Je retirai la photo de mariage du cadre argenté près du lit et la tendis à la police. De colère, j'ôtai ma bague de fiançailles et mon alliance, et les posai sur la table de nuit. À cet instant, je fus certaine de ne jamais plus refaire confiance à un homme. Je jetai un coup d'œil au loft et emballai rapidement quelques affaires. Je me blâmai en silence de m'être fait si facilement duper.

Au commissariat, on me filma pendant que j'exposai toutes mes connaissances sur Jérôme et énumérai les objets découverts. Tandis que je relatais son histoire, sa condition d'orphelin et ses diverses activités bénévoles, je me demandai s'il y avait une once de vérité dans tout cela.

– Et de qui Jérôme était-il proche ? m'interrogea le jeune officier de police.

– Chloé Windmill est la seule amie que nous avons en commun.

Chloé est-elle au courant de tout cela ? me demandai-je.

– Il connaissait aussi une Russe qui s'appelle « Anastasia ». Et il..., commençai-je, mais ma voix se brisa. Il y a aussi ma demi-sœur, Sophie...

Je leur fournis les numéros de Chloé et de Sophie. Je n'avais pas les coordonnées d'Anastasia.

– Chloé les a, discutez-en avec elle, suggérai-je.

L'officier acquiesça.

– Nous n'y manquerons pas.

Au bout d'une heure, Margot me ramena chez elle. Je me douchai et enfilai des vêtements chauds et confortables. Au dîner, ma tante me consola et m'assura qu'elle resterait à mes côtés.

– Merci d'être toujours là pour moi !

– Je suis si fière de toi.

– Crois-tu que Chloé ait quelque chose à voir avec ça ? demandai-je.

– Ne te tracasse pas pour ça maintenant.

– Tu ne lui as jamais fait confiance. J'aurais dû t'écouter.

– Ne t'inquiète pas. Tu devrais te reposer un peu.

Margot m'exhorta à ne plus penser à ce qui s'était passé et à regarder vers l'avenir. J'allais rester chez elle et nous nous occuperions de Jérôme ensemble.

– Il faut que tu dormes, ma chérie, me conseilla ma tante en me bordant comme une petite enfant.

Mais j'en fus incapable à cause de la terreur d'être enfermée, de l'odeur infecte toujours dans mes narines, et de la douloureuse déception.

Ces dernières vingt-quatre heures me changeraient à jamais.

***

Deux jours plus tard, Margot me raccompagna au commissariat. Les analyses du laboratoire avaient révélé que les pilules contenaient de l'arsenic, d'où mes maux de tête, ma confusion et ma somnolence. À présent, j'étais convaincue que Jérôme cherchait à me tuer à petit feu. Donc en plus de ma déposition en tant que témoin, je fournis une déclaration en tant que victime. Je fis part de mon inquiétude à la police : une fois mon époux appréhendé, on aurait pu lui proposer une mise en liberté sous caution.

Le lendemain, la police arrêta Jérôme grâce à Chloé. Interrogée par la police, elle avoua avoir été sa complice, proposa de le piéger et de témoigner plus tard contre lui. Chloé, mise sur écoute, attira Jérôme à son appartement et tous les mots qu'il prononça furent retournés contre lui.

Au cours des poursuites judiciaires, le vol de bijoux au *Claridge* constitua le noyau du premier procès. La police en référa au Service britannique des poursuites judiciaires, qui mit Jérôme en accusation pour vol aggravé et tentative de meurtre, et l'envoya en prison sans liberté sous caution. En cas de condamnation, il devrait effectuer au minimum vingt ans de prison.

Deux jours plus tard, l'arrestation de Jérôme faisait la une des informations, Margot et moi étions assises devant la télévision, en train de boire du vin et de regarder le compte rendu. Sur l'écran, nous vîmes les parents de mon époux débarquer d'Australie afin de soutenir leur fils unique.

Son père avait une ferme là-bas et sa mère était la coiffeuse du village. Vêtu de manière décontractée en bottes, chapeau et chemise à carreaux, son père avait l'air d'un honnête homme. De toute évidence, Jérôme était un arnaqueur et toute l'histoire de son passé d'orphelin en France n'était qu'une autre de ses tromperies.

– Le voleur rusé du diamant rose a enfin été appréhendé, annonça le présentateur à l'instant où l'on frappait à la porte.

C'était Chloé. Elle était dans un état épouvantable. Les cheveux sales, son mascara avait coulé.

– J'ai encore quelques courses à faire et nous connaissons toute l'histoire, déclara Margot en éteignant la télé.

Elle proposa un verre de vin à Chloé et, en sortant, elle me pressa l'épaule en signe d'encouragement.

– Ça te dérange si je fume ? me demanda Chloé en sortant ses cigarettes.

Je haussai les épaules et poussai le cendrier en argent dans sa direction.

– Vivi, j'ai aidé la police à épingler Jérôme et je leur ai tout avoué. Je veux tout t'avouer aussi.

Je hochai la tête.

– Je veux témoigner contre Jérôme, m'assura-t-elle.

Je gardai le silence. Chloé était, en réalité, mariée à Jérôme et Susan était leur fille.

– Tu es quoi ? m'écriai-je en repérant le gros solitaire qui brillait à l'annulaire de mon amie.

– Jérôme a dégoté cette bague pour moi. Je devrais certainement arrêter de la porter.

– Et tu n'as rien dit quand je l'ai épousé ?

– Vivi, c'était trop tard. Je ne savais pas qu'il t'épouserait ni qu'il essaierait de te tuer. Vivi, je ferai n'importe quoi pour t'aider. Je suis aussi anéantie que toi – et même plus. Nous avons un enfant… il faut que tu me croies.

Chloé fondit en larmes.

– Que je *te* croie ? répétai-je en laissant échapper un profond soupir.

Je sentis mon estomac se nouer et je secouai la tête, écœurée. *J'ai été tellement bête*, songeai-je. Il me paraissait évident maintenant que Jérôme témoigne un tel intérêt à Susan. Les larmes de Chloé ne m'émurent pas. Je ressentais uniquement de la froideur envers mon ex-amie ; malgré tout, j'avais envie d'entendre sa version des faits.

Chloé poursuivit. Pendant trois ans, Jérôme et elle avaient fait partie d'un réseau de cambrioleurs qui au départ ne volait que des bijoux, puis qui s'était progressivement lancé dans l'art.

– Alors tu m'as piégée ? demandai-je.

– Quand tu m'as parlé de Maurice Danet, que nous sommes allées chez toi, au palais Weissenberg, et que tu m'as montré *La Rose blanche*…

Je l'interrompis.

– Tu l'as dit à Jérôme, et vous avez décidé tous les deux que vous le vouliez.

– J'étais jalouse, déclara Chloé.

– De quoi ? m'enquis-je.

– Eh bien, le château, ton éducation d'aristo, ta relation avec Marie Anne.

– Mais je n'ai pas un sou.

– Moi non plus et le plan était d'en faire. Jérôme et moi, nous sommes ensemble depuis de nombreuses années, Vivi, bien avant que tu n'entres dans le groupe.

Un instant, Chloé garda les yeux dans le vague avant de lâcher :

– Il est allé trop loin. Il n'était pas censé t'épouser, jamais.

Je regardai la bague de Chloé et je songeai à quel point j'avais fait une cible facile. À part Margot, tous les membres de mon entourage m'avaient trahie.

– Je suis tellement désolée, poursuivit Chloé comme si elle lisait dans mes pensées.

Elle avoua avoir parlé de *La Rose blanche* à Jérôme. Ensuite, ils avaient élaboré un plan pour se rapprocher de moi à leur manière, avec le but ultime de voler le tableau. Jérôme sortirait avec moi. Chloé m'aiderait dans mes recherches et ferait semblant que Dominic, qui était en fait homo, était le père de sa fille. Une fois que la peinture serait à Londres, ils la voleraient et disparaîtraient de ma vie.

Chloé continua :

– Et alors, sans crier gare, Jérôme décide de t'épouser – qu'importe qu'on soit déjà mariés. Là j'ai su qu'il n'avait plus du tout l'intention de partager avec moi – il voulait la toile pour lui tout seul.

– Alors quand il a découvert que Markus avait déjà vendu *La Rose blanche*, cela a dû bouleverser ses projets, dis-je en réfléchissant à voix haute.

– Il était dans tous ses états et voulait le retrouver. Il avait une longueur d'avance sur toi. Il l'a d'abord localisé, puis il l'a piqué. Je l'ai supplié de partager l'argent avec moi après la vente.

Je dévisageai Chloé incrédule.

– Comment pouvait-il vendre une toile volée ?

– Allons, c'était le plus facile. Sophie avait un acheteur sous le coude.

– Sophie était impliquée, elle aussi ? demandai-je sans surprise.

Chloé acquiesça.

– J'ai assez de matière pour envoyer Kirsten et Sophie sous les verrous. La *Caroll-Hill Gallery* a vendu pas mal de pièces volées. Je les ai rencontrées toutes les deux il y a des années, avant de te connaître en fait. Kirsten était la première acheteuse de nos marchandises.

J'avais envie de vomir. Je bus une gorgée de thé.

– Et Anastasia ?

– Jérôme en voulait encore plus. Il l'a rencontrée dans le hall du *Claridge* peu de temps avant mon dîner. Il a découvert qu'elle était la petite amie pleine aux as de mon cousin Harry, et il les a invités. Puis il s'est jeté sur elle pour lui prendre ses bijoux et son argent aussi, l'enfoiré.

– Sa cicatrice ? Tu as dit la lui avoir faite. Non ?

– C'était il y a une éternité, lors d'une dispute, au début. Je l'ai surpris avec une autre fille et je lui ai fracassé une bouteille de vin sur la joue.

Chloé rit d'un air gêné.

– Vivian, j'ai peur. Si je t'aide, est-ce que tu m'épauleras aussi ? J'ai Susan, je ne peux pas aller en prison. Si Jérôme et moi, on est en taule, qu'est-ce qui va lui arriver ?

Je marquai un temps d'arrêt avant de hocher la tête. La collaboration de Chloé avec les services britanniques était capitale pour garder Jérôme sous les verrous le plus longtemps possible.

– Tu devras témoigner et apporter le maximum de preuves contre Jérôme et la galerie.

– Je ferai tout ce qu'il faudra, confirma Chloé entre deux sanglots.

***

Je ne rendis pas visite à Jérôme une seule fois durant ses six mois d'incarcération dans l'attente de son procès. Je ne l'informai même pas de l'annulation de notre mariage, une formalité des plus simples étant donné qu'il était déjà marié à Chloé.

Grâce à Chloé qui était devenue l'un des principaux témoins à charge, Jérôme fut reconnu coupable et condamné à trente ans de prison sans admission à la liberté conditionnelle. La *Caroll-Hill Gallery* ne s'en sortit pas impunément non plus. Kirsten dut payer une lourde amende et fut condamnée à trois ans de prison. Sophie s'en tira avec une année d'emprisonnement après avoir avoué sa culpabilité au tribunal. Malgré le fait que Chloé s'était montrée utile et s'était excusée à de nombreuses reprises, je décidai de ne plus jamais la revoir et je ne fis rien pour lui éviter l'emprisonnement.

32

10 janvier 1897

J'ai reçu une lettre de Thomas, que je devrais faire encadrer.

> *Marie Anne,*
>
> *Je pense que tu n'as pas conscience des conséquences de tes agissements, comme c'est si souvent le cas, alors je me dois d'éclairer ta lanterne. Tu es allée trop loin.*
>
> *Je trouve la vie de paysanne que tu mènes avec Maurice complètement inacceptable. Je n'ai nullement l'intention de tuer un autre homme en duel, à cause de toi. De plus, il est venu jusqu'à mes oreilles que tes aptitudes en tant que mère sont défaillantes. Je ne souhaite plus être associé avec toi. Tu dois cesser de te servir de mon nom et tu ne recevras rien de moi. Signe les documents ci-joints et nous pourrons finaliser notre divorce.*
>
> *Thomas*

12 janvier 1897

J'adore Maurice, mais je me fais souvent du mauvais sang pour l'argent et nous ne pouvons pas payer nos factures. J'espère qu'il vendra plus de tableaux, mais entre-temps, j'ai accepté la proposition d'Hugo Fittinger.

Je l'ai rencontré à la galerie, un immeuble lumineux situé au 5, rue de Seine et j'ai signé le contrat. Je ne peux rêver meilleur emploi. La galerie sera un endroit dédié aux jeunes artistes, et la première exposition montrera le travail de Maurice entre autres. J'espère que mon emploi nous apportera la prospérité.

– Considère que c'est ta propre galerie, mais que tu n'en es pas responsable, m'a dit Hugo.

Le premier vernissage est en avril. Je suis aux anges. Hugo a embauché une fille pour aider à diriger le bureau : Mademoiselle Levine, une créature charmante.

13 janvier 1897

Quand Élisabeth nous rend visite à Montmartre, notre chez-nous paraît tout petit et humble, mais je n'échangerais ma nouvelle vie pour rien au monde. Elle a aimé la terrasse, mais il faisait trop froid pour rester dehors. Elle a été merveilleuse envers Peter depuis qu'elle a découvert qu'il était mon fils illégitime. Elle le couvre de présents. Aujourd'hui, elle lui a encore apporté d'autres jouets coûteux : des calèches, des chevaux, et un puzzle de Versailles. Quand je l'ai dévisagée avec incrédulité, elle m'a dit que c'étaient des cadeaux de Noël en retard.

Je ne voulais pas les garder, mais le bonheur de Peter m'a obligée à vaincre ma fierté. Élisabeth m'a redemandé mon assistance au Bazar de la Charité. Ma cousine Charlotte vient de Vienne et séjournera chez elle. Comme l'année dernière, elle œuvrera aussi au Bazar. Élisabeth a ajouté que ce serait bien pour Peter qu'il y assiste, car il y aura de nombreux enfants. Je finis par céder mais je l'informai de mon divorce – donc je serai vêtue modestement et dorénavant je m'appellerai Madame Marie Danet. Elle s'est contentée de sourire.

1er mars 1897

Les préparatifs de l'exposition à la galerie sont éreintants, tout autant qu'excitants. Elle présentera les merveilleuses toiles de Maurice en même temps que les œuvres de Toulouse-Lautrec et les photographies de Nadar. Les œuvres du photographe incluent des portraits de Sarah Bernhardt avec son tigre de compagnie, de Charles Baudelaire, d'Édouard Manet, et de Victor Hugo. J'ai exprimé ma gratitude à Nadar et je m'attends à ce que ses photographies inspirent des prix très élevés.

3 avril 1897

Le vernissage fut la soirée mondaine de la semaine, avec la présence de Robert de Montesquiou, Marcel Proust, la comtesse Greffulhe, Anna de Noailles, plusieurs branches de la famille Rothschild, et même le prince Edmond de Polignac. Tout au long de la soirée, j'ai surpris des commentaires, pratiquement tous élogieux.

Maurice a emmené Peter au vernissage, et Peter a immédiatement repéré la photographie que Nadar avait prise de nous l'année dernière dans son atelier. Sur ce cliché, nous sommes tous les deux vêtus de noir, nos visages lumineux brillent. Élisabeth, la duchesse d'Uzès, et Charlotte sont arrivées au tout début et ont chacune acheté une peinture de Maurice. La pièce devint silencieuse quand Vollard fit son apparition et acheta dix toiles, dont sept de Maurice. Il nous invita à un autre de ses dîners bohèmes dans la cave située sous sa galerie. À la fin de la soirée, toutes les œuvres de Maurice étaient vendues.

5 avril 1897

Hugo et moi avons filé après le travail pour prendre un porto chez Maxim's *et fêter le succès de notre première exposition. Nous étions entourés de femmes vêtues avec élégance, en velours, fourrures, mousseline de soie, soie, couvertes de diamants et d'or. Le regard d'Hugo passait d'une beauté à une autre.*

Je suis souvent intimidée en sa compagnie. Il s'habille de manière impeccable, toujours à la dernière mode. Par exemple, le pli de ses pantalons est marqué sur le devant au lieu des côtés, le dernier bouton de son gilet de costume est défait, il porte un col haut et rigide, et le devant de sa chemise est amidonné. Sous son haut-de-forme en soie, ses cheveux ont la raie au milieu et sont fixés avec de la brillantine. Il a une moustache fine taillée à la perfection. Je me sens négligée et débraillée à côté de lui.

Paris, 3 mai 1897

Hugo a accepté de diminuer mes heures en mai, car j'ai décidé d'aider au Bazar de la Charité. Les discussions dans tout Paris portent sur le cinématographe qui y sera montré et les trois images en mouvement réalisées par les frères Lumière. La ville entière parle de L'Arroseur arrosé *en particulier. Le film raconte un canular : un petit garçon embête un jardinier, en mettant le pied sur le tuyau d'arrosage, il coupe l'eau de la sorte, puis il lève le pied et l'eau arrose le jardinier.*

5 mai 1897

Oh, nuit de malheur – une horreur d'un genre inconnu jusque-là. La journée d'hier avait commencé sur une note pleine de douceur. Peter et moi sommes arrivés rue Jean-Goujon, où se déroulait le Bazar, à côté des étables du baron de Rothschild. Le thème de l'intérieur me frappa car il me paraissait moins créatif que les années précédentes, néanmoins Peter fut enchanté lorsqu'il posa les yeux sur la rue médiévale imaginaire construite en bois, carton, tissu et papier mâché. Dans un coin, nous avons repéré un diorama de rues parisiennes démodées qui abritaient les vingt-deux stands du Bazar. Je travaillai aux côtés de Charlotte et d'Élisabeth au stand des châles et des napperons brodés.

– Regarde là-bas, dit Charlotte, en désignant discrètement la porte et la sœur de l'impératrice autrichienne Sissi. La duchesse d'Alençon est arrivée.

Peter était joyeux et s'est pris d'amitié avec la fille d'Élisabeth. Ils ont regardé les images en mouvement mais s'en sont vite lassés, en disant que L'Arroseur arrosé *était projeté encore et encore. Ils se sont mis à jouer avec les autres enfants, à rire gaiement et à courir à travers le grand bâtiment en bois.*

J'étais occupée à aider Élisabeth et Charlotte sur le stand lorsque je levai les yeux. Mon regard se posa sur Thomas. Il pénétrait dans le Bazar bras dessus bras dessous avec sa gourgandine, que tout le monde semblait traiter avec respect.

Je m'excusai, trouvai Peter, et avec l'intention de revenir bientôt, nous nous mîmes en route pour prendre l'air. Je ne voulais pas me retrouver face à face avec Thomas, surtout avec sa cocotte.

Peter et moi flânions le long des Champs-Élysées, lorsque nous aperçûmes des brigades de sapeurs-pompiers qui nous dépassaient à toute allure. Nous regardâmes vers la destination des chariots chargés d'eau et tirés par des chevaux. Nous vîmes l'immeuble qui abritait le Bazar briller d'une lueur orange. Les flammes se propulsaient dans les airs et une fumée ignoble s'élevait du lieu que nous avions quitté à peine quinze minutes plus tôt. Horrifiés, nous courûmes dans cette direction. Je n'arrêtais pas de penser à ma cousine, à mes amies, et à tous les petits enfants qui se trouvaient à l'intérieur.

Des participants sortaient en hurlant, en feu, comme des torches humaines. Je couvris les yeux de Peter et envisageai de fuir, mais j'étais déterminée à sauver mes amies. Une chaleur extrême et une odeur âcre, écœurante, de cheveux, de peau et de bois brûlés envahit la rue. J'eus la nausée. J'emmenai Peter dans un café et lui intimai de m'attendre.

– Promets-moi de ne pas bouger, dis-je, et je repartis en courant.

À cause de la fumée, je ne voyais pratiquement rien, car elle me piquait les yeux. Je me couvris le nez avec mon mouchoir. Au milieu de la pagaille, les gens se précipitaient dehors, ils piétinaient ceux qui tombaient en route. Après de nombreuses minutes à observer ce spectacle atroce, je dépassai les pompiers en jouant des coudes, ignorant leurs avertissements. Je toussai à cause de la fumée, mais je courus à l'intérieur à l'instant où un autre cadavre était transporté au-dehors, la main de la victime pendait mollement de la civière. Mes yeux furent attirés par la grosse chevalière à son doigt noir comme de la suie, une bague que je ne connaissais que trop bien. C'était Thomas. Je faillis m'évanouir.

À l'intérieur, la chaleur se fit encore plus intense et au sol, je repérai Charlotte. Elle était grièvement brûlée et incapable du moindre mouvement. Son bras avait été méchamment piétiné et sa jambe paraissait cassée. Avec l'aide d'un homme, je transportai ma cousine au-dehors. Elle gémissait de douleur. Entre deux quintes de toux, elle m'implora de trouver la duchesse d'Alençon. À cet instant, on sortait le corps calciné de la duchesse. Elle était morte.

Paris, 6 mai 1897

J'ai rejoint l'hôpital pour rendre visite à Charlotte. Une femme si belle, complètement détruite. J'arrivais à peine à la regarder ; son visage a fondu. Elle est terrorisée à vie. Je crains qu'une part d'elle-même ne soit morte. Elle me raconta que de nombreux hommes ont paniqué dans le Bazar. Ils se sont montrés lâches, ont poussé et frappé des femmes en se précipitant vers la sortie.

– Qui était l'homme qui nous a aidées ? demanda-t-elle.

– Je ne connaissais pas cet ouvrier, avouai-je.

Elle veut que je le retrouve pour le remercier de lui avoir sauvé la vie.

– Oh, Marie Anne, tout était si affreux, dit-elle en pleurs. Je n'oublierai jamais Robert de Montesquiou. Il a donné un petit coup de canne à sa femme pour vérifier si elle était morte.

– Repose-toi, lui conseillai-je en lui serrant doucement la main.

9 mai 1897

Maurice, Peter et moi avons assisté au service funèbre qui se tenait à Notre-Dame pour commémorer la mémoire des cent vingt-cinq victimes qui périrent dans l'incendie. Je suis tellement soulagée qu'Élisabeth et sa fille s'en soient sorties.

Le président Félix Faure et le ministre de l'Intérieur Louis Barthou étaient présents, ils avaient l'air tristes et recueillis quand ils prirent place à côté des autres personnalités officielles. Le père Ollivier a assuré le service et il a blâmé le régime actuel, en disant que ce désastre était une punition divine, parce que les Français avaient abandonné la tradition de la foi chrétienne en faveur des fausses promesses du progrès et de la technologie.

20 mai 1897

Ce désastre m'a complètement anesthésiée, Maurice et Peter sont ma seule raison de vivre. Hier, Maurice et moi avons retrouvé des amis pour le déjeuner à La Closerie des lilas. *Émile Zola est venu également et il m'a apporté un autre livre, intitulé* Lourdes.

– N'étant pas religieuse, vous l'aimerez certainement.

Il s'agit du premier tome d'une trilogie sur un prêtre qui abandonne la foi catholique dans le but de trouver un système de croyances plus humanitaire.

Ses ouvrages frappent toujours juste et ses mots ne manquent jamais de m'élever – voire de proposer des solutions. Je suis si heureuse de le compter parmi mes amis intimes et comme conseiller dans ma vie. Il m'apporte la foi. Son livre est incroyablement puissant. Mon passage préféré jusqu'ici est : « Mais, au milieu de cette tristesse sans bornes, Pierre sentit une pitié profonde le gagner. Ah ! cette humanité misérable, elle le bouleversait, réduite à cet excès de malheur, si nue, si faible, si abandonnée, qu'elle renonçait à sa raison, pour ne plus mettre le bonheur possible que dans l'ivresse hallucinée du rêve. Des larmes de nouveau emplirent ses yeux, il pleurait sur lui-même, sur les autres, sur tous les pauvres êtres torturés, qui ont le besoin de stupéfier leur mal, de l'endormir, afin d'échapper aux réalités de ce monde. »

15 août 1897

Je suis enceinte ! Je suis transportée de joie. Maurice est aux anges lui aussi à la perspective d'être père. Nous nous marierons à l'automne.

16 août 1897

Dans ma vie, les bonnes nouvelles semblent toujours enchaînées à des mauvaises. Je suis allée voir Monsieur Pepit. Selon lui, mon avenir financier est peu réjouissant suite au décès de Thomas. Sa famille m'a exclue du testament et je n'hériterai de rien. Je dois travailler davantage. Je verrai Hugo dès que possible.

18 août 1897

J'ai vu Hugo à la galerie pour décider du thème du prochain vernissage en novembre. Il débordait d'idées. Un nouveau mouvement artistique, né en Autriche, l'intrigue. Il s'appelle la « Sécession viennoise » et a été fondé, ce printemps à peine, en réaction au style classique. Gustav Klimt en est le chef de file.

– Klimt ? répétai-je en me remémorant ses grisantes peintures dans le Burgtheater, *le théâtre impérial de Vienne. Il m'a montré cinq toiles de Gustav Klimt :* Sappho *;* Le Garçon de Savoie *;* Clara Klimt *; une montrant un bébé sur un canapé, avec une seule chaussette au pied – comme Peter juste après sa naissance ; et une autre* femme fatale*.

Puis, il me fit découvrir deux peintures réalisées par son frère, Ernst Klimt. L'une représente deux jeunes filles en train de prier et l'autre un jeune couple qui se promène dans les bois.

– Son frère était également artiste peintre ? demandai-je, surprise de découvrir qu'ils avaient ensemble fondé « La compagnie des artistes ».

– Lorsque son frère est mort en 1892, Gustav fut anéanti. Peut-être est-ce la raison pour laquelle il s'est autant ouvert à l'avant-garde européenne, déclara pensivement Hugo.

D'après lui, Gustav cessa de peindre pour un temps, à cause du chagrin mais aussi de la lassitude face au naturalisme asphyxiant de l'école académique. Ce dernier représentait sans cesse l'Égypte antique, l'Antiquité grecque, et la Renaissance italienne.

– La Sécession autrichienne est un nouveau départ aussi radical que l'impressionnisme.

Je n'étais pas d'accord car les impressionnistes partageaient un même style, unis dans leur façon de saisir la lumière, mais le seul point commun entre les sécessionnistes était leur rejet de l'historicisme et leur opposition au Künstlerhaus *viennois, un lieu d'exposition.*

– L'Autriche brillera dans la prochaine exposition, promit-il.

Je pris des notes et l'écoutai attentivement. Je réalise ma chance de travailler avec Hugo et il me rétribue généreusement. Cela ne l'ennuie pas que je sois enceinte.

Pour notre prochaine exposition, nous allons nous concentrer sur six artistes de la Sécession viennoise : Gustav Klimt, Koloman Moser, Josef Hoffmann, Joseph Maria Olbrich, Otto Wagner et Max Kurzweil. Hugo se passionne pour les œuvres variées de Moser : des livres de décoration, de la céramique, des bijoux et du mobilier, tous d'inspiration art nouveau. Ces objets sont magnifiques et utiles. Hugo m'expliqua que les artistes de la Sécession intègrent les tracés curvilignes, tout en développant leur propre style basé sur la symétrie plutôt que sur les formes naturelles. Les motifs principaux sont le quadrillage et le damier. L'art japonais les influence également : l'emploi modéré de la décoration, l'intégration des textiles japonais, et l'équilibre entre le vide et le plein.

2 septembre 1897

J'envoyai des invitations aux artistes viennois sélectionnés pour notre vernissage. Hugo proposa de prendre en charge toutes les dépenses liées à leur voyage jusqu'à Paris.

– J'espère qu'ils pourront tous venir, dit-il en me demandant de réserver leurs chambres d'hôtel.

À Vienne, les artistes de la Sécession ne sont pas bien accueillis, mais Hugo croit qu'ils rencontreront un beau succès à Paris.

10 octobre 1897

Les œuvres sont toutes arrivées en bon état. Seul un croquis de Moser – montrant une fenêtre ronde avec un ange au milieu – est légèrement abîmé. Je dois le faire remettre en état, mais je pense qu'il est vendable. Les Klimt sont mes pièces préférées. Danaé, *représentant une femme rousse nue allongée en position fœtale, et* La Musique I, *montrant une jeune femme jouant d'une harpe dorée, sont les plus précieux. Le grand jour, je porterai un magnifique ensemble signé Callot Sœurs. Il est recouvert de dentelle et s'accompagne d'une cape plissée en soie noire, qui dissimulera mon ventre protubérant.*

5 novembre 1897

Klimt est arrivé, en même temps que Moser et Hoffmann. Le magnétisme de l'artiste est encore conforté par son physique puissant et sa virilité espiègle. Je rougis et faillis m'évanouir, lorsqu'il me serra fermement la main.

Il est très séduisant. D'après lui, ils ne pourront séjourner longtemps à Paris, parce qu'ils doivent ouvrir leur maison dédiée à l'art nouveau, un peu plus tard dans le mois. Elle se trouve sur le Ring.

– Cette dictature des expositions doit prendre fin, ajouta Klimt.

Je ne pus m'empêcher d'acquiescer à chaque mot qu'il prononçait.

« À chaque époque son art, à l'art sa liberté », voilà la devise des artistes de la Sécession. Maurice voulait travailler. J'en profitai pour passer des soirées à parler allemand et à écouter des nouvelles de Vienne. C'était merveilleux. La scène artistique est en ébullition là-bas : j'ai presque éprouvé le mal du pays.

10 novembre 1897

Le vernissage connut un incroyable succès. Toutes les œuvres de l'exposition ont été vendues hier soir et mes peintures Sappho, Le Garçon de Savoie, *et* Clara Klimt *ont atteint des prix élevés. Hugo a pris la décision de montrer les artistes de la Sécession l'année prochaine pendant l'Exposition universelle. Il discute déjà des détails avec eux. Paris se passionne pour le travail de Klimt.*

– Vous devriez emménager ici, lui a conseillé Hugo et il l'a prié de rester.

20 novembre 1897

À présent, je suis Madame Danet. Maurice et moi nous sommes mariés à la mairie aujourd'hui. Zola et Charlotte étaient nos témoins. Par la suite, Hugo nous a invités à un somptueux déjeuner chez Maxim's, *où nous avons festoyé de caviar et de homard. Divins. Dans son discours, Hugo nous a assurés de son soutien sans faille jusqu'à sa mort. Je fus si émue que je versai une larme. En cadeau de mariage, Zola nous a offert une peinture de Cézanne.*

Selon lui, mon devoir consistera à gérer Maurice et à l'empêcher de se consacrer trop à son travail. Sa toile s'accompagnait d'un autre présent : son livre, intitulé L'Œuvre, *sur Cézanne.*

– Maintenant que vous êtes l'une d'entre nous, Marie Anne, j'espère que vous lirez ce que je pense de tous les peintres. Maurice est merveilleux, mais Cézanne ne me parle plus. Il a porté un toast en disant que nous devions rester amis pour toujours.

La nature morte montrant des pommes m'a rappelé Christoph, une époque qui semble si lointaine.

Peter était de fort bonne humeur et il nous a présenté sa peinture : un couple et un petit garçon sur un bateau.

– C'est nous à Honfleur.

Charlotte nous a fait cadeau d'un magnifique dessin de Klimt, qu'elle avait rapporté de Vienne. Tout au long de la journée, elle était repliée sur elle-même et elle a à peine prononcé un mot. Elle a tellement changé depuis l'incendie.

6 décembre 1897

Le bébé donne souvent de grands coups de pied et je ne peux plus dormir. Noël approche et Maurice m'a annoncé que demain, il rapporterait un sapin à la maison. Tout est déjà joliment décoré avec une couronne et un calendrier de l'Avent pour

Peter, il contient vingt-quatre chocolats, un pour chaque jour jusqu'à Noël. J'ai préparé des biscuits : des Vanilla kipferl, *les petits croissants au sucre vanillé, et des* Zimtsterne, *les étoiles à la cannelle, ainsi que du* Glühwein, *du délicieux vin chaud. J'ai mis de la musique de Noël allemande sur notre nouveau gramophone. Charlotte a passé la journée avec nous et cela m'a rappelé Vienne.*

15 décembre 1897

Marguerite Durand m'a envoyé un message pour me demander de venir à son bureau. J'avais honte avec ma robe bleue toute simple, lorsque je pénétrai dans les élégants locaux de la rue Saint-Georges. Son bureau est raffiné, le mobilier coûteux, y compris un grand bureau en bois ciré. Elle était superbe avec ses cheveux blonds bien coiffés et sa robe blanche. Elle m'a serrée dans ses bras et a souligné que nous avions beaucoup de points communs : elle a également divorcé de son premier mari, Laguerre. Elle a poursuivi ainsi :

– Mais ce n'est pas ce dont je voulais discuter avec vous aujourd'hui. J'aimerais que vous écriviez une rubrique dans La Fronde *qui s'intitulerait « Le travail des femmes » et où vous raconteriez les difficultés que vous avez rencontrées en travaillant à la galerie,* Le Papillon bleu.

Avant que j'aie le temps de répondre, elle s'est engagée à me payer. Elle m'a proposé aussi d'écrire un article sur la maternité pour les colonnes du Home.

Je me suis immédiatement mise au travail. C'est un honneur pour moi de collaborer à un magazine qui compte des contributrices éminentes comme la première scientifique, Clémence Royer.

17 décembre 1897

L'atmosphère autour de l'affaire Dreyfus devient de jour en jour plus tendue. Elle continue de diviser Paris, et même Montmartre. Après la deuxième absinthe avalée, le débat s'engage.

En voyant Élisabeth aujourd'hui, j'ai ressenti un choc. Elle est convaincue de la culpabilité de Dreyfus. Mon amie intime me déçoit. J'ai écrit un article pour La Fronde *en faisant des parallèles entre l'injustice envers Dreyfus et les nombreuses injustices vécues par les femmes.*

13 janvier 1898

Émile Zola est passé à l'atelier aujourd'hui, il fulminait.

– Dreyfus est innocent, et l'armée le sait, dit-il. Esterhazy a fait fuiter les secrets aux Allemands – c'est lui qui devrait pourrir sur l'île du diable.

Maurice l'a apaisé. Puis nous avons fêté la publication de la lettre ouverte rédigée par Zola à l'attention du président. Elle vient juste d'être publiée dans L'Aurore. *Les gros titres disent simplement : « J'accuse ! », et le Tout-Paris parle de la défense de Dreyfus par Zola. Je suis fière de l'héroïsme de notre ami, bien que le gouvernement projette de l'accuser de trahison.*

15 mars 1898

La semaine dernière, Francesca est née ici dans le cottage de Honfleur. La sage-femme a essuyé mon visage avec des serviettes mouillées d'eau froide, chaque fois que je criais, mais rien ne soulageait la douleur inimaginable de l'accouchement. Quand tout fut terminé, elle a nettoyé mon bébé et elle l'a montrée à Maurice, qui avait attendu dehors avec Peter pendant des heures. Maurice me l'a ramenée.

– Elle est divine, a-t-il dit en déposant notre princesse dans mes bras.

1er avril 1898

J'ai reçu une lettre d'Hugo qui m'encourageait à me reposer, et il m'a accordé de me payer quand même. Il ne s'attend pas à ce que je recommence à travailler avant l'automne. Nous allons passer le printemps et l'été à Honfleur – cela nous fera le plus grand bien.

11 septembre 1898

*L'impératrice Élisabeth d'Autriche a été assassinée. La malheureuse se trouvait en Suisse et s'apprêtait à monter dans un bateau en direction de Montreux. En chemin, l'anarchiste italien Luigi Lucheni l'a poignardée à la poitrine. Elle est décédée à l'*Hôtel Beau-Rivage.

Les anarchistes frappent partout en Europe – aucun endroit n'est sûr.

Dans sa lettre, Hugo craignait qu'ils ne piègent notre galerie, et à présent, un officier de police en garde l'entrée.

1er octobre 1898

Hier, nous prîmes un fiacre pour retourner à Paris. Francesca a dormi durant tout le trajet.

– Elle te ressemble, toute blonde, ai-je dit à Maurice, qui pour toute réponse afficha un grand sourire.

Après avoir passé des mois dans le minuscule Honfleur, je suis sur un petit nuage de retrouver Montmartre. Le bruit du trot des chevaux dans les rues animées, les ateliers d'artistes, la vie nocturne de débauche, les expositions, les soirées tardives à boire de l'absinthe avec des gens de bohème, les cafés, les musées, les restaurants – comme cette vitalité m'a manqué. Je me sens revenue à la vie.

1er novembre 1898

J'ai rencontré Hugo aujourd'hui.

– Nous devons prendre de l'importance avant l'Exposition universelle, a-t-il dit. Paris sera envahi d'étrangers qui ont bien l'intention de dépenser leur argent. C'est notre chance de rendre la galerie célèbre dans le monde entier.

L'Exposition universelle se tiendra du 15 avril au 12 novembre 1900. On a du temps devant nous.

Hugo a décidé que notre exposition mettrait l'accent sur les artistes de la Sécession et de l'art nouveau. Le thème principal portera sur les mouvements radicaux artistiques de la fin du XIXe siècle.

8 décembre 1898

Que de fous rires. Aujourd'hui, Maurice, Peter, Francesca et moi sommes allés nous promener dans les jardins du Luxembourg. Tout était saupoudré de blanc, Maurice et Peter ont lancé des boules de neige contre des arbres et ont fait un bonhomme de neige. Puis, Maurice s'est jeté au sol et a fait une empreinte d'ange dans la neige. Peter riait. Nous étions tous emmitouflés dans de la fourrure et le reflet de la neige sur les arbres était étrange.

Après notre balade, nous avons fait une halte dans un petit restau de la rue Madame et dîné de parmesan, de jambon d'Espagne et de vin rouge. Assis devant un feu ronflant, Maurice m'a déclaré à nouveau son amour pour moi et les enfants.

28 mars 1899

Maurice a beaucoup travaillé ces derniers temps. Quand il peint, c'est un autre homme. Il y a des toiles partout, empilées les unes devant les autres, accrochées au mur – elles occupent tout l'espace. Sa blouse blanche est couverte de peinture – bleue, rouge et jaune – et il parle sans cesse de sa dernière création avant que la peinture sèche.

Ses couleurs dominantes sont aussi mes préférées – bleu-violet et ocre jaune – et il possède un talent hors du commun pour saisir la lumière.

Sa dernière toile de Francesca et Peter dans notre atelier est merveilleuse. Leurs visages sont lumineux en blanc, tandis que l'arrière-plan est sombre. Elle sera parfaite pour l'exposition.

25 décembre 1899

Maurice et moi avons célébré Noël à Honfleur, à la Ferme Saint Siméon *en compagnie de Boudin, Pissarro, Sisley et nos deux enfants. Peter courait partout et embêtait tout le monde, sans cesser de tirer la barbe de Boudin. Il se sent tout à fait à l'aise et fait le pitre pour les artistes, qui peuvent parfois se montrer sérieux. Avec Peter, ils sont joyeux, idiots même, et inventent toutes sortes de jeux pour lui. Francesca s'est bien comportée et n'a presque pas pleuré. Elle s'est laissé porter par Sisley, qui lui témoigne de l'affection. Après la messe de minuit, nous sommes retournés à l'auberge et les enfants – surtout Peter – étaient ravis de découvrir leurs chaussettes remplies de puzzles, de poupées et de livres. Puis, nous avons savouré le festin du réveillon avec des huîtres, du homard et des* crêpes Suzette*. *Pendant qu'on nous servait les* crêpes*, *Boudin, déguisé en père Noël, a distribué des macarons et des chocolats aux enfants.*

Quand tout le monde était endormi, Maurice m'a tendu une boîte magnifiquement enveloppée. À l'intérieur se trouvait un éventail blanc en dentelle de soie, caséine, gaze de soie et sequins.

– C'est pour te porter chance, dit-il.

Il est superbe et je suis sûre que j'aurai besoin de chance l'année prochaine.

Je lui ai offert un pull-over en cachemire bleu clair, qu'il a immédiatement enfilé. Il met en valeur ses yeux bleu turquoise intense.

30 janvier 1900

Hugo a dépensé une fortune pour acheter une collection d'œuvres d'artistes de la Sécession, dont de nouvelles pièces réalisées par Klimt, Moser, Hoffmann, Kurzweil, Olbrich, et Wagner. Il s'attend à en tirer des prix encore plus élevés pendant l'Exposition universelle.

J'adore tout particulièrement Nymphes *de Klimt, montrant deux femmes aux visages un peu dissimulés, l'une à la figure d'un bleu scintillant, ainsi que* Musique II *de Klimt, avec une autre rousse qui joue de la harpe et un sphinx doré en arrière-plan.*

Pendant l'Exposition universelle, notre galerie sera transformée en une Vienne miniature avec une grande photographie de la cathédrale Saint-Étienne et des montagnes aux sommets enneigés tout autour. L'entrée sera refaite selon le style art nouveau avec des lignes fluides et courbes.

1er février 1900

Après ma rencontre avec Hugo, je suis allée faire des emplettes au Bon Marché *et je me suis acheté une merveilleuse robe en alpaga crème avec des manches longues, un col en velours, et une ceinture en gros-grain. J'ai également opté pour une robe en tissu foulard bleu marine pour 95 francs, parfaite pour l'exposition.*

1er mars 1900

La galerie est pleine de poussière et des chariots de livraison arrivent tous les jours. Des fleurs aux longues tiges, au style gracieux – des lis, des callas, des iris, des coquelicots, et des boutons de rose – ainsi que des silhouettes féminines élancées aux longs cheveux et aux robes fluides recouvrent la façade de la galerie. On a remplacé notre porte par un modèle en fer et acier. À l'intérieur, des ouvriers à grand renfort de marteaux, de scies et de plâtre transforment le lieu en une Autriche miniature. Des carreaux de faïence et des fresques murales créent des images de lacs turquoise et de montagnes tyroliennes. On y voit aussi tous les monuments viennois : la cathédrale, l'opéra, le Burgtheater et le musée du Belvédère.

1er avril 1900

Aujourd'hui, c'est l'accrochage des pièces. Klimt et Moser sont tendus quant à l'emplacement de leurs toiles. Ils supplient Hugo de leur donner la priorité.

14 avril 1900

Aujourd'hui, Maurice et moi sommes allés à l'inauguration de l'Exposition universelle dans la salle des fêtes du

Champ-de-Mars. Des milliers de personnes fourmillaient dans ce lieu immense. Notre président, Monsieur Loubet, s'est exprimé avec émotion. J'avais les larmes aux yeux. Il a évoqué la féerie de l'exposition, qui saupoudrait sa magie partout et son discours était à la fois profond et chaleureux. Il a dit qu'il s'agissait d'une bonne fée, de ces jolies fées qui donnent à leurs filleules beauté et grâce.

Ensuite, Maurice m'a invitée à déjeuner dans le restaurant chinois temporaire du Trocadéro. J'étais emballée et c'était merveilleux.

15 avril 1900

L'éventail en soie blanche et mon beau chapeau bleu m'ont porté chance. Paris a parlé de Klimt, Moser, et les autres artistes de la Sécession. Hugo avait raison de croire que les visiteurs des pavillons de l'exposition trouveraient notre galerie bien plus attirante. En arrivant ce matin, j'ai été accueillie par une longue file d'attente devant Le Papillon bleu. *Notre entrée a fait sensation et elle a évidemment plu aux visiteurs. À l'intérieur, des peintures d'artistes de la Sécession et d'impressionnistes sont accrochées au-dessus de divans au design élégant, de chaises en bois recouvertes et de tables massives en marbre noir et blanc.*

Aujourd'hui, des centaines de personnes sont passées au Papillon bleu.

Même Monsieur Émile Loubet, notre président, a fait une apparition et il a acquis Musique II. *Il est arrivé à la galerie par le* trottoir roulant*, *une sorte de tapis roulant, un nouveau mode de transport utilisé au sein de l'exposition. Avec le métro, ce trottoir en mouvement, tous les nouveaux immeubles et les ponts, Paris est une vitrine pour le monde entier.*

Christophe Laribault, le directeur du Petit-Palais, est aussi passé en coup de vent, tandis que de nombreux collectionneurs américains, hollandais, et russes qui paraissaient avoir des comptes en banque bien fournis ont afflué. Les réactions sont extrêmement enthousiastes. À midi, nous avions déjà vendu dix peintures, dont deux œuvres de Maurice.

Je me suis échappée une heure dans l'après-midi pour me balader dans l'exposition avec Maurice, Babette, et les enfants. Sous l'insistance de Peter, notre première halte a été la grande roue de Paris – elle offrait une vue splendide sur l'exposition. Peter était ravi. Tandis que notre nacelle s'élevait dans les airs, nous avons aperçu notre atelier à Montmartre.

D'après Maurice, la galerie d'Hugo est de loin la plus célèbre de Paris. Tout le monde pense que notre exposition montre l'art le plus audacieux. Même le palais français de la peinture n'a montré que très peu de pièces remarquables d'art moderne. Maurice a qualifié leur exposition de « lugubre ».

Je suis rentrée à la maison avec les pieds en compote, mais cela valait la peine. Hugo m'appelle « Madame Vollard », car il dit que, comme Vollard, j'ai du flair en matière d'art.

18 avril 1900

Le palais de l'Allemagne est magnifique ! La rue des Nations n'a jamais été aussi belle. C'est une église immense et colorée, avec une horloge. À dix heures pile, Maurice et moi sommes entrés et nous n'avons entendu parler qu'allemand. Des dames blondes magnifiques, aux poitrines généreuses, priaient de toutes parts et je dois avouer que, en voyant les yeux de Maurice vagabonder, j'ai ressenti une pointe de jalousie.

16 mai 1900

En un mois à peine, nous avons vendu à peu près toutes les peintures de la galerie. Le statut de Gustav Klimt a pris une autre ampleur, car sa toile La Philosophie – *exposée au pavillon autrichien le long du quai des Nations – a obtenu la médaille d'or à l'Exposition universelle.*

Je projette de visiter le pavillon autrichien bientôt pour voir la peinture, mais chaque jour, de nombreux visiteurs viennent à la galerie et je n'en ai pas encore eu l'occasion. Les cinq toiles de Klimt – La Vérité nue, Schubert au piano, Portrait d'Helene Klimt, Portrait de Serena Lederer, *et mon préféré,* Les Sirènes, *une peinture sensuelle de deux rousses nues qui flottent dans l'eau – se sont vendues à des prix très élevés. Klimt demeure l'artiste autrichien le plus prisé. Il a peint des fresques murales dans des stations thermales, des palais et des théâtres dans tout l'empire. Depuis qu'il a initié le mouvement sécessionniste, parodiant l'establishment viennois, il n'est plus dans les grâces, mais après son succès parisien, je crois que cela va changer. Après quatre semaines seulement, le nombre de visiteurs de l'exposition a déjà dépassé toutes les attentes. Où que j'aille, j'entends des gens parler anglais, turc, russe et même chinois.*

25 mai 1900

Aujourd'hui, Maurice et moi avons flâné dans les environs, visitant le Grand Palais. Il est bâti en pierres massives à l'extérieur et doté d'une structure légère en acier et verre à l'intérieur. Il présente nombre de sculptures, des concours hippiques ainsi que le salon de l'automobile. D'aucuns disent que les voitures tirées par des chevaux seront obsolètes très bientôt.

Le pont Alexandre-III, nouvellement bâti pour la foire, est fabriqué à partir d'une seule arche en acier et taillé dans la pierre. Nous l'avons traversé et la Seine scintillait par le fond. En nous promenant le long de l'esplanade des Invalides, nous sommes entrés dans la galerie Siegfried-Bing. La presse internationale acclame cette exposition. Maurice et moi sommes de grands admirateurs de sa « Maison de l'art nouveau ». Elle surpasse ses précédentes expositions et nous sommes restés des heures dans cet endroit. Comme celle d'Hugo, elle a été transformée. Mais Bing a eu l'idée novatrice de recréer l'intérieur d'une maison dans le style français. Dans chacune des six pièces, nous avons repéré les designs de Georges de Feure, Edward Colonna et Eugène Gallard. Le talent artistique de Georges de Feure se révèle dans un boudoir meublé d'un canapé en bois avec dorures – ses lignes ondoyantes s'inspirent de la forme des plantes – et un cabinet de toilette, ornés de tapisseries en soie et de paravents dorés. Eugène Gallard a dessiné une chambre et une salle à manger. Il les a parées de tapis, de vitraux, de tissus somptueux, et de peintures murales. Edward Colonna, un architecte devenu créateur de mobilier et orfèvre, a conçu un salon et une salle de musique, où trônait un riche mobilier en bois de citronnier, incrusté de marqueterie colorée. Les murs étaient recouverts de tissus pastel. Les tapis à motifs reflètent les formes florales gravées dans les meubles. Chaque pièce débordait d'objets art nouveau – bijoux, costumes, et céramique dévoilaient le goût personnel des artistes. Les bijoux et les bijoux de cheveux de Lalique inspirés de l'éblouissant Japon firent un carton : ils montrent des abeilles et de petits insectes posés sur des plantes. La beauté de ces pièces est fascinante.

26 mai 1900

Aujourd'hui, Maurice et moi avons emmené les enfants en promenade dans l'exposition. Chaque jour, nous découvrons de nouveaux chefs-d'œuvre. Je ne cesse de m'émerveiller sur le raffinement des pavillons. Le pavillon russe présente une icône religieuse de la Vierge Marie d'une taille colossale et même un tabernacle russe orthodoxe. Tandis que j'étudiais l'icône en or, les poupées gigognes russes qui s'imbriquaient les unes dans les autres fascinaient Peter.

Le pavillon allemand représente une ville médiévale, avec des stands qui vendent de la bière et des saucisses. Il se targue d'avoir une flèche qui monte encore plus haut que la grande roue.

Le pavillon italien est construit à la manière d'une cathédrale florentine, avec des fenêtres ornées de vitraux et des statues en marbre. Maurice souhaite visiter la galerie des Machines. Cependant, je m'y opposai après avoir appris que les frères Lumière montraient des images en mouvement sur un énorme écran. Après la catastrophe du Bazar de la Charité, j'abhorre le cinéma.

À notre retour au Papillon bleu, *nous avons rencontré un jeune Espagnol qui examinait les œuvres. Un homme petit, beau, au regard sombre, intense. Il étudiait l'art de Maurice avec grand intérêt. Maurice et lui discutèrent en détail de l'emploi de la couleur bleue. Le sujet dévia finalement sur Barcelone et l'anarchisme, qui occasionne en Espagne une pagaille aussi énorme qu'en France. L'Espagnol est lui-même peintre et il aimerait s'installer à Paris.*

28 mai 1900

Aujourd'hui, Maurice, les enfants et moi projetons de visiter le pavillon autrichien le long du quai des Nations. La file d'attente était atrocement longue, car c'est un des sites les plus visités. J'ai lu tellement de choses à son propos et j'ai étudié le catalogue, qui montre une illustration art nouveau : une belle femme qui tient tendrement le pavillon dans son giron. Ludwig Baumann l'a dessiné à la manière d'une villa baroque. À l'intérieur, des portraits des Habsburg sont exposés dans d'élégantes salles de réception décorées de précieux satin, velours et marbre. Je suis impatiente d'initier Peter à ses origines. C'est un garçon tellement intelligent et il s'intéresse beaucoup à l'histoire et à l'art. Le clou du spectacle pour nous sera la peinture de Klimt dont on parle tant, La Philosophie, *la gagnante du grand prix de l'exposition. Il me tarde de poser les yeux dessus !*

33

Doctor Aigner

Cinq ans plus tard, à Vienne

Je traversai le jardin élaboré avec soin, passai devant les cascades, les sculptures en marbre, le vaste étang et les sphinx monumentaux. En entrant dans le Belvédère, le musée de couleur crème – un palais baroque qui fut autrefois la résidence d'été du prince Eugène de Savoie –, je fis une pause au sommet de l'imposant escalier. Là, je m'imprégnai de la vue spectaculaire sur Vienne, qui se déployait en contrebas. Au loin, la cathédrale Saint-Étienne s'élevait vers le ciel. Mon pouls s'accéléra lorsque je me souvins de ce qui m'attendait.

Le directeur du musée m'avait demandé de prononcer un discours sur Maurice Danet. Mon allocution serait suivie d'un cocktail pour me remercier des trois œuvres de Danet dont j'avais fait don au musée.

J'avais choisi trois toiles complémentaires : la première de Peter et Francesca jouant du piano, la deuxième de Marie Anne assise sur la terrasse qui dominait Montmartre et la troisième de la famille fêtant Noël à Honfleur avec tous les artistes et amis.

J'aperçus mon reflet dans un miroir du hall. Vêtue d'un tailleur de créateur moulant, gris anthracite, les cheveux relevés en chignon, j'avais l'air élégante. J'hésitai avant d'entrer dans le hall carrelé de marbre, avec ses lustres scintillants et son plafond recouvert de fresques, mais il était trop tard… Le directeur m'avait repérée :

– Docteur Aigner, dit-il en me faisant un respectueux baisemain.

Je souris. J'étais encore étonnée chaque fois que j'entendais mon titre, bien que je fusse professeur – enseignant l'histoire de l'art à l'université de Vienne – et que j'aie publié un ouvrage. Je repensai à mes derniers mois au *Courtauld Institute*, où j'avais rédigé ma thèse sur Eugène Boudin et obtenu mon diplôme *summa cum laude*. Après mon mariage désastreux avec Jérôme, j'étais plus que jamais motivée par une publication et j'avais immédiatement entamé la rédaction d'un ouvrage sur Danet.

Bien que j'aie décliné la proposition du professeur Mhost de collaborer à son ouvrage, sa somme avait (comme Jérôme l'avait prédit) joué en ma faveur en éveillant l'intérêt collectif pour Maurice Danet. Surfant sur la vague, je sortis mon ouvrage et écrivis plusieurs articles sur l'impressionniste oublié. J'étais devenue une spécialiste du peintre. L'université Harvard m'avait même fait venir pour parler de l'artiste cher à mon cœur.

– Vous êtes prête ? s'enquit le directeur en m'introduisant dans la salle Klimt.

En apercevant Margot, je fus aspirée dans notre bulle et oubliai les étrangers qui m'entouraient. Je m'approchai d'elle et la remerciai de sa présence.

– Je n'aurai manqué ça pour rien au monde, dit-elle. Tes peintures sont merveilleuses ici.

En effet, la salle Klimt, avec son sol noir et ses murs décorés de stuc blanc, fournissait le décor parfait pour les peintures de Danet.

Le directeur me présenta à la foule rassemblée et les centaines de mécènes me reçurent chaleureusement.

– « L'art, commençai-je en regardant la foule de nantis, consiste à capturer la lumière, et nulle part cet ingrédient essentiel n'est plus riche ni plus puissant qu'à Montmartre », disait Maurice Danet, l'artiste qui, peut-être plus que tous les autres, symbolise le mouvement impressionniste.

Je pointai du doigt la peinture à ma droite qui montrait Marie Anne sur la terrasse de leur atelier.

– Fasciné par le reflet en perpétuel changement de la lumière, Danet a peint cette vue à tous les moments de la journée et à toutes les saisons de l'année…

Je me lançai dans mon discours, encouragée chaque fois que je voyais l'expression des membres de l'assistance. Ils avaient l'air captivés.

– Où avez-vous acquis les peintures ? me demanda l'un des participants lors de la séance de questions-réponses.

J'expliquai que *La Rose blanche* m'avait émue, enfant. Puis, mes recherches sur Danet m'avaient fait prendre conscience que nombre de ses toiles s'étaient perdues. J'avais passé des années à remonter leur piste.

– Comment en êtes-vous venue à vous intéresser à Danet ? me questionna un autre.

Je relatai l'histoire de Marie Anne et du journal intime. Il révélait des informations que ma famille n'avait pas.

– Mes recherches confirmaient que j'étais l'arrière-petite-fille de Maurice Danet, répondis-je avec un sourire radieux.

Mes investigations m'ont révélé que ma grand-mère était Francesca, la fille de Marie Anne et Maurice.

– Quel est le rapport entre le scandale de la *Caroll-Hill Gallery* de New York et Danet ? s'enquit une autre personne.

– Sans commentaire, répondis-je.

Je n'avais pas envie de parler des affaires louches que Sophie et Kirsten avaient conclues à New York. Suite à la condamnation de Jérôme, leur réputation avait été entachée, et elles avaient été contraintes de fermer la galerie, avant d'atterrir toutes les deux en prison. Malgré tout, j'étais incapable de ressentir la moindre compassion pour elles.

– Avant de profiter du buffet, concluai-je, je souhaitais annoncer la sortie de mon nouvel ouvrage, *Le Pinceau et la Plume. L'histoire de Danet et de Zola.*

Un murmure d'enthousiasme parcourut la foule. Mon premier livre avait rencontré un vif succès.

– J'espère que vous le trouverez aussi agréable à lire qu'il le fut à écrire, dis-je en souriant et je descendis de l'estrade.

Après coup, Margot et moi bavardâmes avec le directeur, mais nous ne nous attardâmes pas longtemps au cocktail. Je n'ai jamais apprécié les mondanités.

Savoir que mes peintures étaient accrochées dans la meilleure salle du musée me réchauffait le cœur.

– Maintenant, tout le monde pourra voir quel génie il était, dis-je pendant que nous marchions vers la maison. Mais il y a une seule peinture, dont je ne serai jamais capable de me séparer.

– Et tu n'en as pas le droit ! s'exclama Margot.

J'ouvris la porte du palais Weissenberg, ma maison d'enfance. Il n'y a pas si longtemps, elle symbolisait l'angoisse, mais c'était à présent un lieu joyeux rempli de fleurs, de couleurs, et de toiles. Dans l'entrée se trouvait la peinture de François Boucher, la *Vénus avec deux angelots*, qui avait autrefois appartenu à Marie Anne. J'avais réussi à la racheter à une vente aux enchères, deux ans plus tôt.

Zola, mon Yorkshire terrier hirsute, vint vers nous en courant, fouettant l'air de la queue. J'avais sauvé ce chiot de la fourrière un an plus tôt et depuis nous étions inséparables. Grâce à Zola, j'allais courir tous les jours le long du Danube. L'activité physique augmentait ma productivité et ma joie de vivre.

– Vivian, tu as fait un travail merveilleux en modernisant le palais tout en préservant son histoire. Greta serait tellement fière de toi, déclara Margot en passant de pièce en pièce.

Récemment, j'avais redécoré toutes les pièces et j'étais particulièrement fière de la cuisine, qui exhibait des plans de travail en marbre, un réfrigérateur en inox et un four à pizza. Après avoir sorti une bouteille de champagne du réfrigérateur, je nous servis deux verres et retournai au salon pour trinquer avec Margot devant *La Rose blanche*. La toile était accrochée à l'emplacement exact où elle devait être.

– À Marie Anne, à Danet et par-dessus tout, à *La Rose blanche*, dis-je en levant mon verre.

– Nous l'avons rapportée ! s'exclama Margot.

– Grâce à Dieu, ce calvaire est derrière nous, fis-je remarquer en me remémorant les épreuves traversées pour regagner la propriété de la peinture et du palais.

Au départ, Sybille et Félix prétendirent que le testament de Greta était un faux. Une bataille juridique paraissait inévitable. Cependant, je découvris un acte crapuleux qui changea la donne. Félix était impliqué dans le dopage d'athlètes et le trafic de drogue. Lorsque je les menaçai de révéler mes découvertes, Sybille et Félix abandonnèrent leurs poursuites et le procès fut évité. Ils furent rattrapés par la justice un an plus tard.

– Je suis heureuse que tu aies récupéré le palais, dit Margot. Je tremble en pensant à l'héritage historique qu'il représente.

Je m'assis sur le canapé et fis signe à Margot de venir près de moi.

– Margot, j'ai quelque chose à te dire, commençai-je.

Je pris Zola sur mes genoux et le caressai.

– Qu'y a-t-il, ma chérie ?

– Je ne sais pas comment le formuler, mais j'ai vu quelque chose, quand j'étais enfant.

L'alcool me rendit émotive et la tristesse m'envahit. La scène réapparut devant mes yeux :

– C'est à propos de Markus.

– Qu'est-ce qu'il y a ?

– Je ne pourrai jamais pardonner à ce meurtrier d'avoir tué maman, dis-je en pleurant.

Je lui racontai la poudre mortelle versée dans le verre de ma mère.

– Cela ne s'est pas passé tout à fait ainsi, déclara Margot. Tu n'en as jamais reparlé et j'ai manqué de courage. Ce n'était jamais le bon moment.

– Cela concerne maman ?

– Vivi, tu étais trop jeune pour savoir ce qui se passait. Ta mère était en phase terminale d'un cancer du sein très rare. Elle serait morte d'une lente et douloureuse maladie. Ton père l'a aidée. C'était de l'euthanasie.

Je fixai Margot.

– Elle savait ce qu'il faisait... Qu'elle allait mourir ?

Margot acquiesça.

– Vivi, c'était mon frère. Je sais qu'il s'est révélé un père froid et terrible. Mais ce n'était pas un meurtrier.

Je pris une gorgée de champagne, l'air songeur. Les révélations de Margot changeaient radicalement mon opinion sur mon père.

– Merci de m'avoir raconté ça, Margot, dis-je en la serrant dans mes bras, en larmes.

Tôt le lendemain, la sonnette retentit.

– Vivian Aigner ? demanda le livreur.

Il me tendit un gros carton en provenance de Paris. Je savais ce qu'il contenait – les fruits d'une autre longue épreuve. J'étais devenue obsédée par l'endroit où Marie Anne et Maurice Danet étaient enterrés. J'avais passé trois mois à Paris, allant d'un cimetière à l'autre et étudiant les archives. J'avais commencé au Père-Lachaise. J'espérais qu'ils étaient ensevelis près de Molière, Chopin, Colette, et Oscar Wilde, mais ce n'était pas le cas. Après avoir visité chaque cimetière de Honfleur, je persévérais. J'appris que Marie Anne et Maurice avaient autrefois été enterrés au cimetière de Montparnasse, mais comme c'est fréquent à Paris, leur caveau n'avait qu'une durée de dix ans. On avait exhumé leurs deux corps un siècle plus tôt, et jusqu'à ce que je les retrouve, ils n'étaient rien d'autre que deux sacs d'os rangés dans l'ossuaire de Paris. Ce fut difficile mais je fis transférer leurs dépouilles jusqu'à Vienne.

En lisant le journal intime, j'appris que Marie Anne avait survécu à l'incendie, ayant quitté le lieu quelques minutes auparavant. Il me fallut encore des mois pour reconstituer les faits : Marie Anne et Maurice furent tués par balle sur le quai des Nations par un anarchiste le 28 mai 1900 devant le pavillon autrichien. Peter et Francesca qui les accompagnaient furent témoins de l'agression. Le meurtrier avait réussi à s'échapper en plein jour. Les enfants horrifiés furent sauvés par leur cousine Charlotte. Ils déménagèrent à Vienne. Francesca avait deux ans et Peter douze. Charlotte prit soin d'eux avec tendresse et conserva également *La Rose blanche.* Charlotte et Francesca survécurent de peu à la Première Guerre mondiale à Vienne. Les enfants devinrent des adultes intelligents et en bonne santé. Peter, qui adorait l'art depuis toujours, suivit les pas de son beau-père et devint artiste peintre. À l'instar de ses modèles Pablo Picasso et Georges Braque, il parvint à se faire un nom en tant que peintre cubiste et plus tard en tant que surréaliste aux côtés de Salvador Dalí et de René Magritte. Avec l'argent de ses ventes, il racheta l'ancien atelier de son père, rue Lepic, et épousa Loulou, une danseuse du *Moulin rouge* aussi séduisante qu'excentrique. Ensemble, ils eurent un fils prénommé Philip. Philip ressemblait même physiquement à son beau-père avec ses boucles blondes de chérubin et ses yeux bleus. Il devint artiste lui aussi et perpétua la tradition familiale en imitant le style de Danet. Un soir, alors qu'il ramassait ses lunettes par terre, Peter découvrit une latte de bois descellée. Il la secoua et la souleva : il était là – le journal intime de Marie Anne – enveloppé dans un châle épais et poussiéreux. Après avoir déchiffré l'écriture manuscrite de sa mère, il prit conscience avec tristesse que Maurice n'était pas son vrai père et il donna le journal à sa sœur. Malgré cette découverte, ils restèrent très proches. Peter rendit visite à Francesca aussi souvent qu'avant à Vienne. De son côté, elle venait à Paris au moins trois fois par an. Philip et Greta avaient le même âge et furent élevés comme des frères et sœurs malgré la distance. Malheureusement pour moi, mon oncle bien-aimé n'eut jamais d'enfants. Il se consacrait trop à sa réussite professionnelle et amoureuse.

***

Des années plus tard, le célèbre avocat Heinrich Schwarzenberg prit la superbe brunette Francesca sous son aile. Avec son aide, elle étudia le droit et devint l'une des premières avocates fiscalistes de Vienne. Ils achetèrent une jolie maison et sa cousine Charlotte leur offrit *La Rose blanche*. Leur fille, Greta, eut une enfance agréable et grandit en admirant *La Rose blanche*. Elle devint une marchande d'art prospère et une galeriste renommée. En 1958, l'année de ma naissance, elle racheta le palais Weissenberg où je grandis.

Au travers des anecdotes racontées par sa mère et lues dans le journal, Greta connaissait bien la vie de Marie Anne. Elle s'était attachée à elle, passant des heures à méditer devant *La Rose blanche*.

J'examinai le gros carton qui contenait leurs restes. Cet après-midi-là, j'allais enterrer Marie Anne et Maurice, l'un à côté de l'autre, dans le jardin du palais Weissenberg. Deux larmes roulèrent le long de mes joues.

Zola bondit sur mes genoux en aboyant furieusement.

– Laisse-moi l'ouvrir, dis-je en le repoussant.

Je retirai l'adhésif, mais il me fallait un couteau pour découper le carton. Je me rendis à la cuisine et cherchai un couteau suisse.

– Le moment est venu, Zola. Il y a si longtemps que j'attends d'être réunie avec Marie Anne.

Zola remua la queue et sauta à côté de moi sur le canapé. Il fixait la boîte avec impatience.

– Non ! hurlai-je.

Elle était vide. À l'intérieur se trouvait un simple morceau de papier recouvert d'une écriture manuscrite, de grosses capitales anguleuses révélant un message agressif. Je ne pouvais plus respirer et lâchai le papier qui voleta lentement jusqu'au sol.

Remerciements

Du fond de mon cœur, un grand merci à tous mes amis, qui m'ont toujours encouragée et qui ont considérablement contribué à faire de ce rêve, *La Rose Blanche*, une réalité. Un remerciement particulier à Stéphanie des Horts pour ses conseils et son soutien. Mille mercis aussi à Marella Rossi, Maresa von Rohrer, George Mullen, Benedikt von Solms, Valerie Kyrle et Victoire de Pontales.

Merci à mon mari Fady et mes enfants Charles-Édouard, Alice et Diane pour leur soutien inconditionnel et leurs mots qui savent me toucher et me motiver à poursuivre de telles aventures.

Merci à mon éditrice Ambre Rouvière et à l'équipe des Éditions Prisma, quelle chance de vous avoir à mon côté !

Merci aussi aux librairies Tome 7, Galignani, Lardanchet, Librairie du Marché à Deauville et Shakespeare & Company à Vienne.

Caroline von Krockow

Le Clan Danet

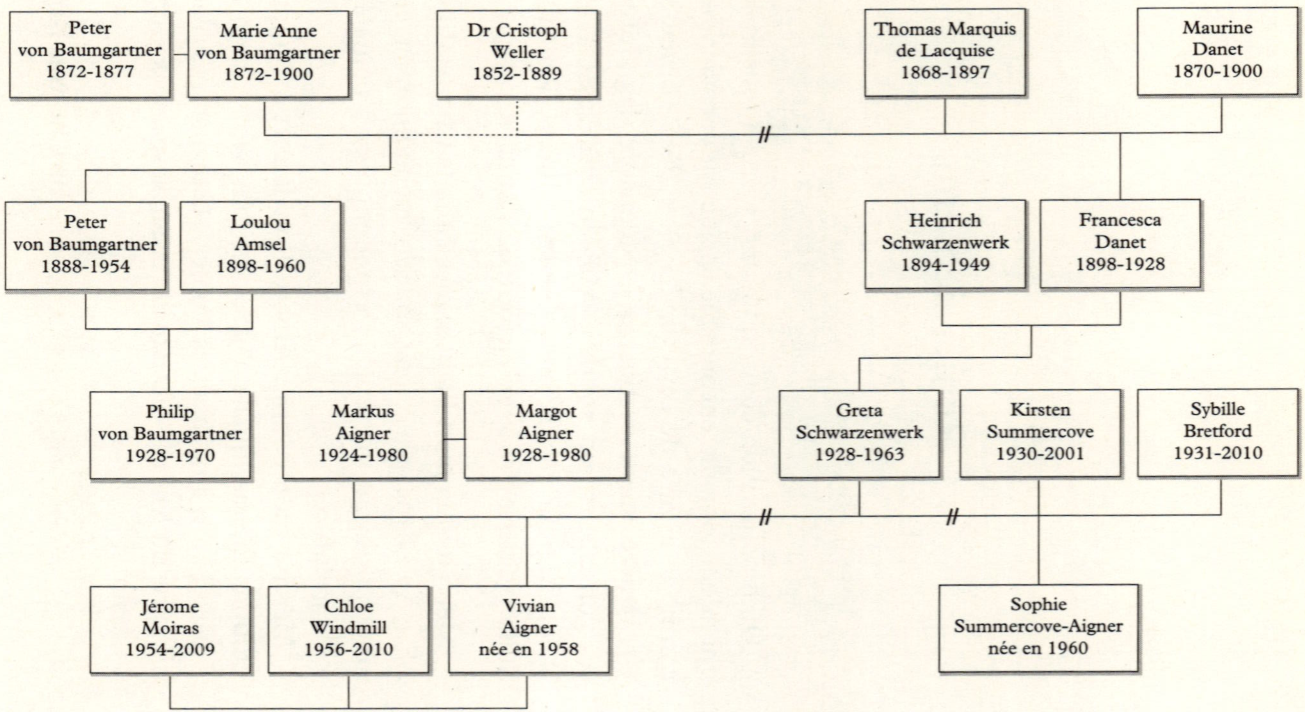

Dépôt légal : mars 2020 – n° d'impression : 1912.0142
Achevé d'imprimer en France par : Aubin Imprimeur